나무를 대하는 태도가 인류의 미래를 결정한다.
인간이 나무를 살리면 나무가 인간을 살린다.

나무는
나무가 아니다

나무를 찾아
· 떠나는 ·
생태기행

나무는 나무가 아니다

초판 1쇄 발행 2025년 12월 20일

지 은 이 남궁 선
펴 낸 이 이종복
편　　집 이지영
펴 낸 곳 하양인

주　　소 서울특별시 마포구 월드컵북로 22길 25 (202호)
전　　화 02-6013-5383 핸드폰 010-3982-5843 팩스 02-718-5844
이 메 일 hayangin@naver.com
출판신고 2013년 4월 8일 (제300-2013-40호)

ⓒ 2025, 남궁 선

I S B N　979-11-87077-40-4 03800

나무는
나무가 아니다

나무를 찾아
· 떠나는 ·
생태기행

하양인

환경문제에 관심을 두고 생태철학에 대하여 공부를 시작한 지가 벌써 25년이 넘었다. 그사이에 모든 생태지표가 악화 일로를 걷고 있다. 자연의 중요성과 고마움을 모르는 우리 인간들 때문이다.

기후위기와 환경오염의 원인이야 이루 헤아릴 수 없이 많이 있다. 그중에서도 숲의 파괴가 중요한 원인이 된다는 생각을 하게 되었다. 그러면서 나무에 관심을 기울이기 시작하였다. 나무가 생태계에 미치는 영향을 알아보았다. 나무의 소중함을 인식하게 되었다. 나무가 바로 지구의 뭇 생물들과 인간의 보호자라는 것을 알 수 있었다.

처음 시작은 나무가 벼슬을 하고 재산을 물려받았다는 사연이 재미있어 흥미를 느끼게 되면서부터이다. 인간과 나무가 깊은 교감을 나눌 수 있기 때문에 가능한 일이다. 그러한 나무들을 찾아 나서게 되었다. 그러다 보니 나무에 대하여 더욱더 관심을 갖게 되었다. 나무와 인간이 어떻게 교감을 하였는지도 재미있는 일이었다. 나무가 인류의 역사에서 어떤 영향을 서로 주고받았는지 알아보았다. 그런 뒤로는 나무와 숲이 예사롭지 않게 보였다.

나무도 인간 못지않게 살아남기 위해 온갖 수단을 다해 몸부림치는 생존본능이 뛰어난 존재이다. 나무는 인간이 이해할 수 없는 감각체계를 가진 생명체이다. 인간의 감각기관으로는 그들의 희로애락을 감지할 수 없다. 그러나 인간은 나무가 고통을 느끼지 않는다고 생각하며 나무에 톱질을 하고 도끼질을 하면서 아무런 주저함도 보이지 않는다. 어쩌면 그런 행위를 인간의 당연한 특권처럼 여긴다.

나무는 인간의 편리용품이나 일회용품이 되기 위해 태어난 존재가 아니다. 그러면서도 나무는 우리 인간과 다른 생명체들에게 온갖 혜택을 베풀어 주는데 인색하지 않다. 숲은 닭이 알을 품듯이 온갖 생명체들을 자기의 품 안으로 다 받아들인다.

나무와 숲에 대하여 알아볼수록 지구 생태계를 이끌어가는 향도라는 것을 느낄 수 있었다. 인간이 없어도 나무는 살 수 있겠지만 나무가 없다면 인간은 살아남을 수 없을 것이다. 그런데도 인간은 나무를 학대하고 있다. 그 과보가 바로 오늘날의 기후위기이고 환경오염으로 나타났다.

나무는 우리가 지금까지 알고 있던 그런 나무가 아니다. 이젠 인간이 나무를 바라보는 눈이 달라져야 한다. 그것이 바로 인류가 살아남을 수 있는 길이다. 나무는 그냥 나무가 아니다. 나무는 우리를 포근히 감싸고 보호해 주는 어머니의 품과 같은 존재이다. 한 걸음 더 나아가 우리의 어머니를 태어나게 해주고 길러 준 것이 나무로 구성된 숲이다. 우리가 숲을 살리면 숲이 우리를 살린다.

현재의 생태위기를 벗어날 수 있는 길은 지금까지 우리가 가지고 있던 상식과 가치관의 연장선상에 있지 않다. 불편한 진실을 알아차릴 수 있는 마음의 변화가 필요하다.

PART 1

나무를
찾아
떠나는
여행

벼슬을 한 나무

용문사 은행나무

경기도 양평에 가면 창건한지 1천 년이 넘은 유서 깊은 사찰 용문사가 있다. 그 절 일주문에 들어서면 숲이 터널을 이루고 경치가 뛰어난 사찰 진입로에 들어서게 된다. 한참을 경치에 취해 걷다 보면 나무의 위용이 범상치 않은 거목이 나타난다. 사천왕문 왼쪽에 서 있는 은행나무다. 천연기념물(제30호)로 지정된 나무이다. 높이도 하늘을 찌르지만 몸집도 우람하다. 위풍당당한 모습에 압도당하는 느낌을 주는 나무다. 무언가 감동적인 사연이 있어서 그리 보일 것이다.

연륜이 많고 풍채가 좋다고 사람들이 줄을 잇고 찾아오는 것은 아니다. 그에 걸맞은 품격을 갖춰야 한다. 온갖 풍상을 이겨낸 의연함이 있어야 한다. 용문사 은행나무가 바로 그런 나무이다.

용문사 은행나무는 나이가 1,100살이 넘었다. 동양에서 가장 큰 은행나무이고, 한국의 나무 중 가장 키가 크며, 우람하고 당당한 위엄을 풍기는 나무이다. 긴 세월을 우리 역사와 같이 하면서 시대의 아픔을 우리 조상들과 함께 나눈 나무이다. 이젠 더 이상 아픔을 겪지 말라고 그 옆에 피뢰침이 높이 서서 지켜주고 있다.

이 나무는 태어날 때부터 여느 나무와는 다른 여러 가지 전설과 애절한 사연을 간직하고 있다. 신라의 마지막 왕 경순왕(927~935년)이 친히 그의 스승 대경대사를 찾아왔을 때 심었다는 이야기가 있고, 나라가 망하는 바람에 태자로 책봉되고도 왕위를 이어받지 못한 마의태자가 망국의 슬픔을 가슴에 안고 금강산으로 가는 길에 심은 나무라고도 전해진다. 또 다른 사연으로는 신라시대의 의상대사가 꽂아놓은 지팡이에서 싹이 돋아 자란 나무라고도 한다.

이 나무가 처음에 왕실과 인연을 맺은 것은 태종 때였다. 태종은 친히 1414년과 1415년 두 해에 걸쳐 용문산 산신제에 참례하였는데 그때 용문사 은행나무를 보면서 '나는 조선의 왕이지만 이 나무는 하늘 아래 모든 나무 중 왕이로다.'라고 칭송했다고 한다.

이 나무는 세종대왕과도 인연이 깊었다. 그런 이유로 세종대왕으로부터 당상관이라는 직첩(職牒, 임명장)을 받은 나무이다. 당상관이란 정삼품 이상의 벼슬로 임금님의 집무실에서 국사를 논하는 높은 벼슬이다. 또한 용문사는 세종대왕의 왕비 소헌왕후가 소원을 빌던 사찰(원찰, 願刹)이었다.

우리나라는 유난히 외침을 많이 당했다. 특히 왜구의 침입이 잦았다. 그런 역사의 아픔을 다 겪어낸 이 은행나무가 천 년이 넘는 세월을 지내오면서 얼마나 많은 어려움을 이겨내야 했는지 감히 짐작하기도 힘들다. 때로는 화마를 물리쳐야 했고, 도끼질과 톱날의 아픔을 견뎌내야 했고, 질병을 이겨내면서 지금 이 자리를 지키고 있는 것이다.

이렇듯 긴 역사를 버텨낸 용문사 은행나무에 얽힌 이야기는 수없이 많다.

옛날에 누군가가 이 은행나무를 자르려고 톱을 댔는데 그 자리에서 피가 쏟아지고 맑던 하늘에 갑자기 먹구름이 끼더니 천둥과 번개가 쳐서 작업을 중단하였다고 한다. 그런데 이런 일이 일제강점기에도 또다시 벌어졌다. 일제는 우리나라의 정기를 끊어 없애 버리겠다고 명당자리와 명목 훼손 작업에 혈안이 되어 있었다. 그때 이 은행나무도 그 표적이 되어 톱질을 당했는데 현재 굵은 가지 하나가 잘려 나간 흔적이 바로 그 당시의 톱질 자국이라고 한다.

용문사는 조선이 일본의 식민지로 합병되기 직전에 일어난 정미의병(1907년)의 근거지였다. 당시 권득수 의병장이 용문사에 병기와 식량을 비축해 두고 항일활동을 펼치며 침략군에 타격을 가했다. 반격에 나선 일본군이 용문사 일대에서 의병과 치열한 공방전을 벌였는데 그때 일본군이 의병을 진압하기 위해 사찰에 불을 질렀다.

그 불에 사찰은 물론이고 주위의 다른 나무들이 전부 불길에 사라졌으나 이 은행나무와 이 나무에 둘러싸인 건물은 화마를 피할 수 있었다고 한다. 또 그 후에 벌어진 한국전쟁에서도 화마를 이겨내고 이 은행나무만이 살아남아서 절을 지켜주었다. 고종이 승하하였을 때에는 커다란 가지 한 개가 저절로 뚝 부러져 나갔고, 해방과 한국전쟁 때에도 이상한 소리가 이 나무에서 들렸다고 한다.

이 나무는 사천왕문(四天王門)이 불탄 뒤에도 묵묵히 용문사를 지키는 수호신 역할을 하였다. 그래서 이 은행나무를 천왕목(天王木)으로 부르게 되었다고 한다.

① 은행나무의 특징

은행나무는 어떤 나무도 알지 못하는 수많은 지구 상의 비밀을 간직하고 있다. 현존하는 나무 중에서 가장 먼저 이 지구 상에 태어났기 때문이다. 은행나무는 2억 7천만 년 전에 태어나 고생대 빙하기를 거쳐 공룡이 살던 쥬라기에 가장 번성하였다. 이처럼 기나긴 세월을 지내 왔지만 은행나무는 태어날 당시의 모습을 변함없이 그대로 간직하고 있다. 그래서 은행나무를 살아 있는 화석나무라고 부른다.

동양에서는 은행나무를 그동안 계속 볼 수 있었다. 그렇지만, 300년 전만 해도 유럽이나 다른 대륙에서는 볼 수 없는 나무였었다. 은행나무는 북미에서는 700만 년 전, 유럽은 250만 년 전에 멸종되었고, 오직 극동아시아 대륙에서만 살아남아 있던 나무이다. 마지막 빙하기에 북아메리카 대륙과 유럽 대륙은 얼음에 덮여 있어 은행나무가 멸종되었으나 중국 남부는 빙하가 덮이지 않아서 살아남을 수 있었다.

은행나무의 원산지는 중국 양자강 하구 천목산(天目山)으로 알려져 있다. 은행 나무는 다른 나무에서 찾아볼 수 없는 여러 가지 특징이 있다.

은행나무는 분명히 나무이다. 그러나 진화상으로 볼 때 그 조상은 풀 종류인 종자고사리(seed fern)이다. 은행나무는 태어난 이후로 화석으로 남아 있는 식물처럼 진화도 퇴화도 일어나지 않고 동일한 형태를 유지하고 있어 화석식물이라고 불리는 나무다. 소철과 메타세콰이어도 은행나무와 함께 살아 있는 3대 화석식물에 속한다.

은행나무는 신비로운 점이 많은 나무이다. 동물처럼 정충으로 수정을 하고 유주라는 특별한 기관이 있고, 잎의 생김새는 활엽수처럼 보이지만 바늘잎나무에 속한다. 잎을 관찰해 보면 여러 가닥의 가느다란 잎 맥들이 방사상으로 뻗어 있다. 이 모양은 바늘잎을 서로 붙여 놓은 침엽수에 가깝게 보인다.

은행나무는 장수목이다. 다른 나무는 대부분의 경우 수명이 2~3백 년인데 비해 은행나무는 천 년이 넘는 수명을 누린다. 벚나무나 잎갈나무는 수명이 100년을 넘기는 것도 쉬운 일이 아니다.

나이가 많은 은행나무에는 여인의 젖가슴처럼 생긴 유주(乳柱)가 달려 있다. 유주는 일종의 공기뿌리다. 은행나무는 암수가 따로 있다. 은행나무는 겉씨식물로 바늘잎나무와 유사하다. 1목 1과 1속 1종의 나무이다.

은행나무는 영하 30도 이하의 혹한도 잘 견뎌내며, 줄기뿐 아니라 잎도 불에 타지 않는 뛰어난 내화성(耐火性)이 있어서 긴 지질시대 동안에 수시로 일어났던 화산 폭발, 화재와 벼락 등으로부터 살아남을 수 있었다. 은행나무는 화재를 당했을 때 줄기 껍질이 터지면서 물을 뿜어내어 오히려 불을 잡았다는 기록이 곳곳에 남아 있을 정도로 살아가는 데 필요한 장치와 지혜를 지니고 있어서 유구한 지질시대에 닥쳐왔던 고난을 이겨낼 수 있었다.

은행나무는 방사선에도 강한 나무다. 일본 히로시마에 원폭이 투하되었을 때도 그 당시 폭발 지점에서 1~2km 떨어진 곳에 6그루가 있었는데 근처의 다른 동식물은 다 죽었으나 은행나무만은 까맣게 그을렸다가 다시 이듬해에 움이 올라와 지금까지 생장을 하고 있다고 한다. 이처럼 은행나무는 추위와 열은 물론이고 강력한 방사선에도 잘 견딜 수 있는 불굴의 생명력을 지닌 나무이다.

은행나무는 가로수로 흔히 볼 수 있는데 그럴만한 이유가 있다. 은행나무는 길가의 좁은 공간에서 잘 견디고, 병충해와 공해에 강하고, 공해를 일으키는 기체를 흡수하고 산소를 방출하기 때문이다. 은행나무는 병충해가 없어 약을 치지 않아도 된다. 산성비에도 강한 내성을 보인다.

은행나무는 대기오염과 건조, 열에 강하여 교통이 번잡한 도로변에서도 잘 견딘다. 광합성을 많이 해(특히 열매를 많이 맺는 암나무는) 산소 배출량이 많고 이산화황(SO2) 흡수 능력이 매우 뛰어나다. 은행나무는 심근성이므로 뿌리가 도로 위로 튀어나오지 않아 가로수로 적합하다. 또한 염해에도 강하여 해변 가로수로도 가능하다. 수령이 높아도 이식이 잘 된다.

이처럼 끈질긴 생명력으로 용문사 은행나무는 1,100살을 넘게 살고 있지만 열악한 환경의 도시에 사는 은행나무는 50살을 넘기가 힘들다고 한다.

은행나무는 가로수와 풍치목(風致木)으로 사랑을 받고 있다. 은행나무는 사람의 눈을 즐겁게 해준다. 여름에는 푸른 잎으로 가을에는 샛노란 단풍으로 우리의 눈길을 사로잡는다. 또 은행나무는 곰팡이 등의 미생물에도 강하다. 그래서 어느 나무보다도 끈질긴 생명력으로 2억 7천만 년 동안 온갖 풍상을 이겨온 것이다.

은행나무는 재질이 강하지 않아 줄기나 가지가 바람이나 눈을 견디지 못하고 부러지기도 하지만 뿌리는 깊고 넓게 뻗는다. 그래서 뿌리가 송두리째 뽑히는 경우는 거의 없다. 은행나무를 자연 그대로 두면 뿌리와 줄기 주변에서 끊임없이 잔 가지가 움터 나와 아들 나무와 손자

나무, 손손자 나무가 자라서 거대한 가족 숲을 이룬다. 이런 거대한 뿌리 덕분에 지진이나 단층 작용과 같은 자연 재해에도 살아남을 수 있었다.

은행에 들어 있는 화학성분을 이용하여 은행잎과 은행알은 약제로도 쓰인다. 은행잎에는 빌로발라이드(bilobalide), 징코라이드(ginkgolide) 등의 화학물질이 들어 있어 항혈소판 작용을 하는 심장병 치료제로 이용되고 또 편두통 치료나 뇌의 혈관 과 말초혈관의 흐름을 개선하는 약물로도 이용된다.

또 징코플라톤이라는 성분이 있어 혈액순환을 개선하고, 혈전을 없애주어 혈관의 노화를 막는다. 다만 은행잎에는 시안배당체와 메칠피리독신이라는 독성물질을 함 유하고 있어 구토, 설사, 복통과 심한 경우에는 신경 손상까지 일으킬 수 있으므로 성인은 하루 10~15알, 어린이는 5알 이내로 섭취해야 한다.

은행 열매의 외피 속에는 고약한 냄새를 풍기고 피부에 염증을 일으키거나 두드러기를 일으킬 수 있는 독성물질이 들어 있어 껍질에 붙어 있는 육질부를 완전히 제거하고 먹어야 한다. 은행은 천식과 가래, 기침, 결핵을 포함한 기관지 및 호흡기 질환에 좋은 것으로 알려져 있다.

② 은행나무 그늘은 야외 강단

냉방시설이 없던 시절, 무더운 여름철에 은행나무는 시원한 그늘을 제공하여 야외 강단인 행단(杏壇)으로 사용하였다. 본래 행단은 공자가 제자를 가르치던 살구나무 아래의 강단을 일컫는다. 그러나 우리나라에서는 살구나무 대신 은행나무 그늘을 무더운 여름철의 야외수업 장소로 이용하였다. 서울 성균관 명륜당의 은행나무가 대표적인 행단 나무이며, 대부분의 향교나 서당도 은행나무 밑을 행단으로 이용하고 있다.

은행나무는 우리나라의 기후에 적합한 행단나무이다. 봄에 잎사귀가 돋아나서 그늘이 꼭 필요한 여름이면 잎이 무성해져서 햇빛을 가려준다. 더욱이 은행나무는 꽃이 피어도 꿀이 없기 때문에 벌이나 나비 등의 곤충이 달려들지 않아 그 배설물도 발생하지 않는다. 은행나무 근처에는 모기나 파리는 물론이고 벌레가 접근하지 못해 물것들이 달려들지 않아 쉬기에 좋고 학습하기에도 편리한 공간을 마련해 준다. 또 은행나무는 수명이 길고 높이 자랄 뿐 아니라 옆으로도 가지를 길게 뻗어 넓은 그늘 공간을 마련해준다. 열매는 날씨가 추워 실외에서 강의를 진행할 수 없는 가을에 익으니 고약한 은행 냄새를 맡지 않아도 된다. 그런 냄새가 싫다면 열매가 열리지 않는 숫나무만 심어도 된다.

충남 아산에는 맹사성이 살던 집 마당에 맹씨행단이라는 야외강단이 아직도 옛 품위를 잃지 않고 자리를 지키고 있다. 여름이나 가을철이 되면 다시 한 번 들르고 싶은 유적지이다.

정이품송

정이품송은 세조와 인연이 깊은 나무이다. 조선의 7대 임금 세조는 피부병으로 고생이 많았다. 세조가 1464년(세조 10)에 속리산 법주사의 복천암 약수터로 피부병을 치료하기 위해 가마를 타고 가는 길이었다.

법주사를 얼마 남겨두지 않은 지점이었다. 아래로 처진 소나무 가지에 걸려 가마가 지나갈 수 없었다. 그때 신하가 큰 목소리로 '임금님 가마가 가지에 걸린다.'라고 소리치자 바로 소나무가 가지를 위로 쳐들어

쥐서 무사히 통과할 수 있었다고 한다. 그리고 복천암에서 목욕을 마치고 궁궐로 돌아가는 도중이었다. 그 소나무 근처를 다시 지나가는 데 갑자기 소낙비가 세차게 쏟아졌다. 그때 왕 일행은 이 나무 밑에서 비를 무사히 피할 수 있었다고 한다. 그 뒤 세조가 이 소나무에 정이품의 벼슬을 하사하여 '정이품송'이라는 이름을 얻게 되었다.

이 소나무는 천연기념물(제103호)로 지정되었다. 높이는 약 15m, 가슴높이의 줄기둘레 약 4.7m이며 가지의 길이는 동서가 19.9m, 남북이 19m이다. 수령은 약 600년으로 추정된다.

소나무에 벼슬을 내린 역사적 기록은 일찍이 중국 진시황 시대로 거슬러 올라간다. 황제가 천하를 통일한 후 태산에 올라 하늘에 제사 올리려 할 때 갑자기 소나기가 쏟아졌다. 미처 준비가 없어 모두 당황하였는데 마침 인근에 큰 소나무 한 그루가 서 있었다. 그 밑에서 비를 피하고 무사히 제사를 마칠 수 있었다고 한다. 그 후 황제가 그 소나무에 공작 벼슬을 주어 목공(木公)이라고 부른데서 송(松)자가 만들어 졌다는 이야기와 대부(大夫)라는 벼슬을 내렸다는 이야기가 사마천의 사기(史記)에 전한다.

세월을 이겨내는 장사는 없다. 오늘 날의 정이품송도 그렇다. 위풍당당하던 그 모습을 멀리한 채 세상을 달관한 모습으로 서 있다. 1993년에는 거세게 불어오던 태풍으로 왼쪽에 뻗어 있던 앞 가지가 부러졌고, 2004년에는 폭설로 왼쪽의 윗가지가 피해를 입었다. 세월의 무게를 감당하지 못하여 벌어진 일이다. 정이품송은 그 상처의 흔적을 안고 퇴역을 앞둔 노병처럼 그 자리를 지키고 있다. 벼슬은 부질없는 것이니 헛된 욕심을 부리지 말고 겸손하게 살아가라고 인간들에게 가르쳐주고 있다.

세금을 내는 나무

석송령(石松靈)

경상북도 예천군 감천면 천향리 석평마을에 가면 예사롭지 않은 자태를 자랑하는 소나무를 만날 수 있다. 천연기념물(제294호, 1982년)로 지정된 나무다. 보통 소나무처럼 하늘을 향해 높이 자란 것이 아니라 옆으로 가지를 뻗어 쟁반처럼 보이는 소나무라 반송(盤松)이라 부른다. 쟁반이라기보다는 천막을 쳐 놓은 듯이 보이는 나무다.

수평으로 뻗은 나무가지 밑에는 각각의 가지를 받쳐주는 수많은 지주목이 열병식을 하듯이 서 있다. 그 밑으로 성인 500명 이상이 들어가 서 있을 수 있는 넓은 공간이 있다. 이 나무는 사람처럼 유산을 물려받아 6,600㎡(2,000평)의 땅을 소유한 나무다.

이 나무가 석송령이라는 이름을 얻고 땅을 소유하기까지의 사연은 어느 노인의 꿈에서 시작된다. 재산을 물려받고 대를 이어줄 자식이 없어 수심이 가득하던 '이수목'이라는 할아버지에게 어느 날 '걱정하지 말라'고 위로하는 소리가 이 소나무에서 흘러나왔다. 꿈을 꾼 것이다.

그 후 이수목 노인은 그 소나무에게 땅을 물려주기로 결심하였다. 1927년에 나무에게 '석평동의 영험 있는 소나무'란 뜻으로 '석'을 성으로 하고 '송령'이라는 이름을 지어주고 나서 소유한 땅을 석송령에게 등기해 주었다.

그 후로 땅의 주인이 된 '석송령'을 동네에서는 부자나무라고 부른다. 그런 연유로 석송령은 '3750-00248 석송령'이라는 이름으로 토지대장에 등재되어 해마다 종합토지세를 납부하고 있다. 이 나무가 땅을 물려받기까지는 유서 깊은 사연을 간직하고 있다.

옛날 어느 여름날에 홍수가 난 풍기골에서 마을 앞 개천(석간천)으로 어린 소나무가 떠내려 오고 있었다. 그때 길 가던 나그네가 그 나무를 건져 개천가에 심었다. 그 나무가 점점 자라면서 우람한 자태를 자랑하는 고목이 되어 동네 사람들의 사랑을 받고 있었다. 마침내 그 나무가 마을 사람들이 복을 비는 동신목이 되어 사람들의 애환을 달래주고 있었다. 그러던 참에 이수목이라는 노인과 인연을 맺게 되었다.

수령이 6백년이 넘었다는 석송령은 줄기의 높이가 10미터를 넘고, 둘레는 4미터가 넘어 장정 세 명이 팔을 뻗어야 껴안을 수 있는 아름드리나무다. 가지가 옆으로 뻗어나간 길이가 남북으로 22미터, 동서로는 32미터나 될 정도로 넓게 퍼져있다.

재산을 물려받은 석송령은 정식으로 토지대장에 이름을 올려 우리나라에서 최초로 땅을 소유한 나무이다. 이수목 노인은 석송령을 친자식처럼 아끼고 사랑하다 세상을 떠났다. 그 후 마을주민들이 유산을 물려받은 석송령을 대신해 이수목 노인의 무덤을 정성으로 돌보고 있다고 한다.

석송령이 물려받은 땅은 공동화장실과 노인회관, 특산품 홍보관 등 마을 공공시설에 임대되었다. 매달 여기서 나오는 임대소득이 통장에 들어오는 알짜배기 부자인 것이다. 하지만 석송령이 유명해진 것은 재산 때문만은 아니다.

석송령은 석평마을을 지켜주면서 아이들에게 매년 장학금을 지급하고 있다. 자신의 재산을 아낌없이 나누고 베풀며 석송령은 석평마을을 조용히 이끌어가고 있다.

묵묵히 사람들을 돌보는 마을의 수호자이기 때문이다.

① 석송령에 얽힌 이야기들

마을 주민들이 석송령을 동신목(洞神木)으로 더욱 의지하고 신격화하게 된 데는 또 다른 사연이 있다. 석송령을 해치면 큰 벌을 받는다는 이야기가 옛날부터 전해 내려오고 있었다. 어느 날 그 말을 증명하는 일이 보란 듯이 벌어졌다.

일제 강점기에 이 나무를 베어내 민족의 정기를 말살하고 일본 군함의 재료로 활용하기 위해 일본순사가 인부를 동원하였다. 그들이 이 나무를 베려고 톱과 장비를 자전거에 싣고 석송령 부근의 개울을 건너오는 순간이었다. 그때 갑자기 자전거 손잡이가 뚝 부러지면서 앞장서 오던 그 순사가 목이 부러져 죽게 되었다. 이런 영험스런 일이 발생하자 인부들은 겁에 질려 벌목을 포기하고 되돌아갔다고 한다.

한국전쟁이 일어났을 때도 석송령은 이 마을을 지켜주는 수호신이었다. 인민군이 석송령 나무 밑을 야전병원 막사로 사용했는데, 당시 삼천초등학교를 비롯한 인근 모든 지역은 비행기 폭격으로 수많은 피해를 보았으나 이 마을만은 어떤 공습도 받지 않았다고 한다.

그 이후 마을 주민들은 석송령을 보호하기 위해 특별한 대책에 열성을 다하였다. 피뢰침을 세워 낙뢰에서 보호하고 디딤돌과 받침목을 설치해 넓게 뻗은 가지를 지탱할 수 있게 했다. 한 번도 가지가 부러지거나 상하는 수난을 겪은 적이 없을 정도로 마을 주민들의 보살핌은 지극했다. 그리고 매년 당산제를 지내며 석송령과 마을의 안녕을 기원하고 있다.

석평마을을 700여 년 동안 지켜온 석송령은 마을 주민들의 단합에 구심점 역할을 해 왔다. 석송령 공동 돌보기를 비롯해 몇백 년 간 이어져 온 석송령계, 석송령 장학사업 등을 통하여, 마을 주민들은 작은 일에도 이웃과 더불어 살아가는 옛 촌락의 정겨운 모습을 한 그루의 나무를 돌보면서 그대로 이어오고 있다.

석송령계의 회원이 되기 위해서는 가입비 조로 성금을 내는데 정해진 금액은 없고 저마다 살림 형편대로 내면 된다. 석송령 계가 언제부터 시작되었는지는 알 수 없지만, 현재 남아 있는 기록 중 가장 오래된 계문서는 1923년 장부라고 한다.

매년 정월 대보름날에 미리 선정된 제관 두 명이 목욕재계를 한 후 제사를 올린다. 제관은 그 해 상이나 불행을 당한 일이 없는 사람 중에서 가려 뽑게 되는데, 이날은 온 동네가 장사진을 이룬다. 석송령 동신제는 단연 마을 최고의 행사이자, 예천의 대표적인 행사로 자리매김하고 있다.

마을 주민들이 석송령을 철저히 보호하고 정성껏 동제를 올리는 것은 비단 오랜 전통을 계승하기 위해서만은 아니라고 한다. 녹록치 않은 역사의 고비를 넘어올 때마다 이 나무가 언제나 마을의 안위를 지켜주었기 때문이라고 주민들은 말한다.

② 우리 민족과 소나무

정이품송이나 석송령이 우리의 사랑을 받는 것은 우연한 현상이 아니다. 소나무는 우리 민족의 기상과 얼을 상징하는 대표적인 나무이기 때문이다. 우리 민족은 소나무와 정신적으로 소통하고 감정을 나누며 애환을 함께 하였다.

소나무는 우리 민족과 닮은꼴이다. 척박한 땅을 탓하지 않고 묵묵히 자리를 지키는 소나무는 한민족의 근성처럼 끈질긴 생명력을 자랑한다. 소나무는 우리의 조상을 도와주고 보호해 주는 신성한 나무였다. 그래서 가장 귀하고 정성을 들여야 하는 곳에는 늘 소나무가 그 역할을 담당하였다.

정신적인 면 뿐만 아니라 생물학적으로도 소나무는 우리와 인연이 깊은 나무이다. 소나무는 전 세계적으로 한반도를 중심으로 자라는 나무이다. 러시아, 중국, 일본에도 드물게 소나무가 자라기는 하지만 우리나라가 분포의 중심인 자연유산이다.

소나무는 줄기가 굵고 높이 자라는 나무로서 우리나라에서는 은행나무 다음으로 몸집이 큰 나무이다. 소나무는 우리나라의 역사에서 가장 친근한 나무였다. 그래서 지역의 이름과 민요의 노래 가락에서도 소나무가 가장 많이 등장한다. 소나무는 장수, 기개, 성실, 지조, 생명, 순결을 상징하는 나무다. 바닷바람과 소금기로 척박해진 땅에서도 살 수 있는 나무는 소나무밖에 없다. 소나무는 비좁은 바위틈에서 자리를 잡고 있어도 그런 환경을 탓하지 않고 꿋꿋이 살아간다.

우리 조상들은 신목(神木)인 소나무에 벽사력(辟邪力)이 있다고 믿었다. 소나무는 제의(祭儀)나 의례 때 부정을 물리치는 신물(神物)로서 제의공간을 청정하게 해준다. 동제를 지내기 여러 날 전에 신당은 물론 제수를 준비하는 도가(都家)집, 공동우물, 마을 어귀 등에 금줄을 친다. 그때 왼 새끼를 꼬아 만든 금줄에 백지 조각이나 소나무 가지를 꿰어 두는데 이는 밖에서 들어오는 잡귀의 침입과 부정을 막아서 제의 공간을 정화하기 위해 서다.

마을을 수호하는 동신목(洞神木) 중에 소나무가 큰 비중을 차지하고 있고, 산에 있는 산신당의 신목도 대부분 소나무이다. 소나무는 깨끗하고 오래 사는 신성한 나무여서 하늘에서 신들이 하강할 때 높이 솟은 소나무 줄기를 택한다고 믿었다. 소나무는 선(仙)의 분위기에 어울리기 때문에 땅과 하늘을 이어주는 교통수단이 된 것이다.

동지 때는 팥죽을 쑤어 삼신(三神)과 성주(星土)에게 빌고, 병을 막기 위해 솔잎으로 팥죽을 묻혀 사방에 뿌린다. 이때의 솔잎과 팥죽도 같은 의미를 지니고 있다. 아기를 낳은 집에서는 산모와 신생아의 안전을 위해서 외부인의 집안 출입을 금하기 위해 금줄을 치는데 그 줄에는 꼭 솔가지를 꽂았다. 아기가 아프면 삼신할머니에게 빌기 전에 바가지에 맑은 냉수를 떠서 솔잎에 적셔 방안 네 귀퉁이에 뿌린다. 이는 부정을 씻어내어 제의 공간을 정화하기 위해서다.

성황당과 같이 신성한 곳에 치는 금줄에도 잡귀를 물리치기 위해 꼭 솔귀(솔가지)를 끼웠다. 또 장을 담근 장단지에는 솔가지로 금줄을 쳤다.

혼례식의 초례상에 소나무와 대나무를 꽂는 것은 신랑신부가 소나무나 대나무처럼 굳은 절개를 지키라는 뜻이다. 또 소나무의 상록은 영원을 의미하고 파란 없는 가정생활의 안정을 보증하며, 잎이 모두 짝으로 되어 있어서 행복한 결혼생활을 상징하기도 한다.

우리 조상들은 태교를 할 때도 소나무를 찾았다. 임산부가 소나무 아래 앉아서 솔잎을 가르는 바람을 온 몸으로 맞으면서 마음 속에 남아 있을지도 모르는 시기와 증오, 미움과 원한 등을 털어버리고 마음을 비운 상태에서 솔바람 소리를 태아에게 들려주었다. 탈속의 분위기가 태아에게 효과가 있다고 믿었기 때문이다.

꿈에 소나무를 보면 벼슬할 징조이고, 솔이 무성함을 보면 집안이 번창하며, 비온 후에 솔이 나면 정승 벼슬에 오르고, 송죽의 그림을 그리면 만사가 형통한다고 해몽한다. 반면에 소나무 순이 많이 죽으면 그 해에 사람이 많이 죽고, 소나무가 마르면 사람에게 병이 생긴다고 한다. 우리나라의 지명 중 소나무 송(松)자 들어간 지명이 681곳이나 된다고 한다. 이것만 보아도 우리나라 사람이 소나무를 얼마나 영험한 나무로 여기는지 알 수 있다.

이처럼 우리의 일상생활 어느 부분에서나 소나무가 등장한다. 일찍이 율곡 이이는 소나무를 아끼는 것이 "나라를 사랑하는 일"이라고 말했다. 산림청 국립산림과학원이 2022년 8월 10일에 발표한 조사에서도 한국인이 가장 좋아하는 나무는 △소나무(37.9%)가 1위를 차지했다. 그 뒤를 잇는 나무로는 △단풍나무(16.8%) △벚나무(16.2%)였다. 유럽에 자작나무 문화, 일본에 조엽수림(照葉樹林) 문화가 있다면 우리에게는 소나무 문화가 있다고 할 수 있다.

③ 소나무의 특징

소나무가 우리민족의 사랑을 받아온 것은 다른 나무에서 찾아볼 수 없는 여러 가지 특징이 있기 때문이다. 그러한 점이 우리 민족의 특성과 일맥상통한다고 볼 수 있다.

소나무는 가을에 낙엽을 만들지 않고 겨울에도 푸르름을 유지하는 나무이다. 또한 솔은 한 번 줄기를 베어버리면 다시 움이 돋아나지 않는다. 구차하게 살려고 몸부림치지 않겠다는 것이다. 이런 점에서 소나무는 굳은 절개와 의지를 나타내는 상징이 되어왔다.

고려 시대의 보우국사는 소나무는 초목의 군자이고, 소나무를 사랑하는 이는 사람 가운데 군자라고 했다. 예기(禮記)에 의하면 소나무는 사시사철을 통해 잎사귀를 갈지 않을 뿐 아니라 그 기백이 겨울에 드러난다고 하여 백 가지 나무의 으뜸이라고 해서 백목지장(百木之長)이라고 불렀다. 또 《사기(史記)》에서 "송백은 백목지장(百木之長)이라 문려(門閭-마을 어귀에 세우는 문)를 지킨다."라고 하였다. 이에서 더 나아가 김동리는 송찬(松讚)에서 '솔은 진실로 좋은 나무로 백목지장이고 만수지왕(萬樹之王)이라 하리니, 이 위에 다시 무슨 말을 하겠는고'라고 하였다.

소나무의 원 줄기는 한 해에 한 마디씩 자란다. 줄기의 마디 수를 센 후 4~5년을 더하면 나무의 나이를 알 수 있다. 씨를 뿌린 후 첫 3~4년은 천천히 자란다. 특히 첫해에는 겨우 4~5cm만 자랄 뿐이다. 그 후에는 한 해에 30~50cm씩 자란다.

소나무는 수꽃과 암꽃이 한 몸에서 피는 자웅동주로 꽃은 4~5월에 핀다. 극양수라서 햇볕이 절대적으로 필요하다.

나무의 줄기 생장은 토양조건과 기후조건에 많은 영향을 받는데 소나무는 환경이 좋지 않으면 특히 줄기가 구불구불하게 자란다. 오염이 심한 곳의 소나무는 솔방울을 다닥다닥 매달고 있다. 이를 환경오염의 지표로 삼고 있을 정도이다. 생존의 위협을 느껴 빨리 종족을 많이 퍼트리려는 전략이다. 소나무는 잎이 3년쯤 달려 있다가 낙엽이 되어 떨어지는데 낙엽은 건강 상태가 좋지 않은 경우 빨리 시작된다. 오염이 심한 곳의 소나무는 2~3년 된 가지에 잎이 달려 있지 않다. 소나무 건강측정의 지표이다.

④ 소나무의 용도

예전에 우리의 일상생활에서 소나무는 용도가 다양하였다. 집을 지을 때면 대들보는 물론이고 기둥과 서까래로 쓰였다. 또 가구로 방안에도 있었고, 농기구로 광에도 있었으며 땔감으로 부엌에도 있었다. 건축재, 가구재, 농기구 등등은 물론이고, 조선용 재목, 나막신, 관, 목불을 소나무로 만들었고, 소나무 숯으로 불을 지펴 다리미질을 하였다. 우리나라 사람의 일생은 소나무로 지은 집에서 태어나 소나무 속에서 살다가 죽을 때는 소나무로 만든 관에 들어가서 삶을 마감하였다.

소나무는 뿌리, 줄기, 잎, 꽃가루, 솔씨, 송진 등 하나도 버릴 것이 없는 나무다.

목재, 차와 술, 때로는 구황식물로, 병을 고치는 약물로도 쓰였다. 심지어는 소나무를 태운 그을음조차도 송연이라 하여 먹을 만드는 재료로 사용하였다.

소나무의 속껍질인 백피(白皮)는 송기(松肌)라고도 하는데 수액이 유동할 때는 그대로 생식(生食)할 수 있고, 벗겨서 말린 뒤 보관해 두었다가 물에 담가 떫은맛을 없앤 뒤 바로 먹기도 하고, 죽을 쑤어 먹기도 하였으며, 찧어서 가루처럼 만들어 송기떡을 만들어 먹었다. 소나무 껍질은 이처럼 구황식품으로 중요시 되었다.

소나무는 우리의 생명을 구해주는 의약품이었다. 솔잎과 꽃가루, 송진이 모두 약재였다. 솔잎은 '신선의 식사'의 재료로 장수와 탈세속을 상징하였다. 실제로 진안 마이산 탑사의 수많은 탑을 조성한 이갑룡(1860~1957)은 솔잎으로 환을 만들어 생식을 하면서 100세에 가까운 장수를 누렸다.

이처럼 다양한 용도를 가진 소나무는 오늘날에도 우리나라의 정원수로 빠지는 일이 없다. 품위가 있고 가치가 있는 소중한 나무라고 생각하기 때문이다.

황목근(黃木根)

인류가 지구상에 등장하면서부터 인간은 줄곧 나무에 의지하면서 살아왔다. 나무는 인간을 위한 수호신의 역할을 수행하였기 때문이다. 지금도 그런 역할을 말 없이 수행하는 나무가 여기저기에 있다. 황목근(黃木根)이라는 팽나무도 바로 그런 나무 중 하나이다.

황목근은 나이가 약 500년 된 나무로 마을의 단합과 안녕을 기원해 주는 동신목이다. 그래서 마을 주민들은 해마다 황목근 아래에 설치된 제단에 음식을 차려놓고 정월대보름과 칠월 백중에 제사를 지낸다.

황목근이 자리한 곳은 경상북도 예천군 용궁면 금남리 금원마을이다. 황목근은 천연기념물(제400호)로 우리나라 나무 중에서 종합토지세를 가장 많이 내는 나무이다. 나무가 소유한 땅은 3700평에 달한다. 그 땅의 임대소득으로 받은 쌀 5가마니는 제사 및 관리를 위한 경비로 사용된다고 한다.

황목근은 보호수로 지정된 나무이다. 나무가 보호수로 지정되기 위해서는 일단 수령이 많아야 된다. 시나 도에서 지정된 보호수는 수령이 500년 이상이어야 하고, 중소도시와 군 나무는 수령 300년 이상, 읍면의 나무는 200년 이상이 되어야 한다. 그 중에 희소가치가 있고 고사나 전설이 있으며 무언가를 상징하여 보호의 필요가 있다고 인정되는 나무여야 한다.

황목근은 보호수 중 보목에 속하는 대표적인 나무다. 우리나라 보호수는 명목(名木), 보목(寶木), 당산목(堂山木), 정자목(亭子木), 호안목(護岸木), 기형목(奇形木), 풍치목(風致木)으로 나누어진다.

명목은 어떤 역사적인 고사나 전설 등의 유래가 있어 이름난 나무이거나 성현, 왕족, 위인들이 심은 것으로 알려진 훌륭한 나무이며, 보목은 역사적인 고사나 전설이 있는 보배로운 나무를 말한다. 당산목은 산기슭, 마을 입구 등에 있는 나무로 성황목이라고도 불리며 제를 지내는 산신당, 성황당 등에 있는 나무를 말한다.

정자목은 향교, 서당, 서원, 별장, 정자 등에 심은 나무이고, 호안목은 해안 또는 강이나 하천을 보호할 목적으로 심은 나무이다. 기형목은 나무의 모양이 특이해서 기괴한 형태로 관상 가치가 있는 나무이다. 풍치목은 풍치, 방풍, 방호의 효과 및 명승고적의 정취 또는 경관 유지에 필요한 나무이다.

천연기념물로 지정된 나무는 역사적·학술적·경관적 가치가 큰 것을 문화유산위원회 심의를 거쳐 지정된 것으로 문화재보호법에 의해 문화재청에서 관리되고 있는 노거수(老巨樹)를 말한다.

황목근이 토지를 소유하게 된 것은 일제강점기(1924년)로 100년이 넘었다. 동네 사람들이 공동으로 산 땅을 동신목의 명의로 등기를 내기로 결정하면서 나무에게 이름이 필요하게 되었다. 그래서 얻은 이름이 황목근이다.

팽나무는 꽃과 열매가 노란색이다. 그래서 '황'이라는 성을 얻게 되었고, '목근'이라는 이름은 건강한 뿌리를 깊게 내려 오래오래 살라는 뜻에서 붙인 거라고 한다. 황목근 근처에는 황만수라는 이름을 가진 팽나무가 후계목으로 자라고 있다.

황목근 옆에는 제단이 있고 비석이 서 있는데, 제단 상석에는 이사지신단(里社之神壇-이 마을의 토지신을 모시는 신단)이라는 글씨가 새겨져 있고, 제단 옆 비석에는 신령우림광제초목(神靈于臨廣濟草木-신령이 이곳에 내려와 초목을 널리 구했다)이라고 음각되어 있어 이 나무가 서낭당 나무라는 것을 알려주고 있다. 정월 대보름 자정에 동네 사람들이 황목근이 있는 제단에 모여 당제를 지내면서 축문을 읽는다.

김목신(金木神)

황목근처럼 마을을 지켜주고 주민들에게 복을 나눠주는 사연이 깃든 팽나무가 또 있다. 경상남도 고성군 마암면 삼락리에 있는 팽나무이다. 1970년에 마을의 이대명(동수)이라는 분이 자신이 가지고 있던 논

403평을 이 나무의 소유로 등기하면서 '김목신'이라는 이름을 갖게 되었다.

본래 마을 사람들은 이 나무를 삼신(산신, 수신, 목신) 당산목으로 삼고 이 마을을 지켜주는 수호신으로 믿으면서 주민들의 성금으로 매년 정월 대보름이면 마을의 안녕을 기원하는 동제를 지내고 있었다. 마을 사람들은 무슨 일이든지 시작하기 전에 이 나무에 제사를 먼저 지내면서 무사하기를 기원한다. 그렇게 하지 않으면 재앙이 생긴다고 마을 사람들은 믿고 있기 때문이다.

이 나무는 전승목(戰勝木)이라고도 부른다. 이순신 장군이 당항포 해전을 치르면서 이 나무에 배를 매어두고, 바다에서 패하여 육지로 도망치는 왜적들을 뒤쫓아 가서 모두 물리친 것을 기념하여 전승목이라 불리는 역사를 가진 나무다.

① 팽나무 이야기

세월호의 아픔을 현장에서 지켜본 것도 팽나무였다. 지금은 다 베어냈지만 전라남도 진도의 팽목항은 팽나무가 많아서 붙여진 지명이다. 팽목리의 팽나무는 풍어를 빌어주고 강한 바닷바람을 막아주는 고마운 나무였다. 또 파시(波市)로 이름난 흑산도 진리항에도 두 그루의 팽나무가 서낭당을 지키고 있다. 섬 사람들은 이 나무가 자신들의 소원을 들어주고, 마귀를 쫓고, 복을 불러들이고, 풍성한 고기 떼를 몰아오는 신령스러운 힘이 있다는 것을 믿고 있다.

남자 무당을 박수무당이라고 하는데, 바로 팽나무의 다른 이름인 박수(朴樹)에서 유래된말이다. 무당 가운데는 팽나무와 대화를 하는 사람이 있고 그 나무 아래서 신 내림을 한다. 팽나무에는 신령이 깃들어 있어 훼손하면 재난을 당한다고 얼씬도 못하게 하였다.

우리 선조들은 느티나무와 함께 당산목이나 정자목으로 팽나무를 많이 심었다. 특히 남부지방과 도서지방에 팽나무가 많은 것은 뿌리가 굳건해 태풍이나 강풍에 잘 버틸 수 있기 때문이다. 그래서 해안가 마을에서는 거센 바닷바람을 막는 방풍림으로 많이 조성되어 있다.

② 팽나무의 특징

팽나무는 우리나라 남쪽 지방을 대표하는 낙엽 활엽수종이다. 특히 제주도에는 팽나무 숲이 많다. 팽나무는 수형이 우람하다. 팽나무는 느릅나무과에 속하는 갈잎 큰키나무로 높이는 20m에 달하며 어린 가지에는 털이 나 있다. 잎은 달걀꼴이나 길둥근꼴(길고 둥근 타원으로 된 평면 도형)이고 꽃은 5월에 담황색으로 핀다. 열매는 둥글고 10월에 등황색이나 붉은 빛으로 익는다. 팽나무는 콩알만 한 열매를 맺는데 익기 전의 푸른 열매는 대나무로 만든 딱총의 총알로 사용한다. 그 총을 쏘면 팽하고 소리가 나서 팽나무라는 이름이 붙여졌다고 한다. 팽나무 열매는 익으면 먹을 수 있다.

수피는 회흑색이며 굵은 나무는 줄기의 아래에 큰 혹을 잘 만든다. 뿌리목(식물의 땅속 부분과 땅 위의 부분 사이에 경계가 되는 부분) 부근의 곁뿌리가 굵게 발달해서 기괴한 모습을 만드는 일이 흔하다. 굵은 가지가 옆으로 자라서 무성한 잎으로 시원한 그늘을 넓은 공간에 만들어 주는 나무이다.

PART 2

나무에 대하여

나무의 생장

　나무는 자가영양생물(autotroph)이어서 생명을 유지하는데 필요한 영양소를 스스로 합성할 수 있다. 그 과정을 설명하면, 나무는 엽록소를 통해 햇빛을 받아들이고 유기물인 탄수화물을 합성한다. 생물 가운데 식물만이 무기물을 유기물로 합성해낼 수 있는데 이러한 능력은 엽록소의 역할 때문에 가능하다.

　이처럼 무기물을 유기물로 만들어 내는 과정을 광합성이라고 한다. 이때 부산물로 발생한 산소는 대기 중에 발산되어 동물의 호흡에 중요하게 쓰이는데 나무가 광합성을 하면서 버린 쓰레기이다. 그것을 화학식으로 표시하면 다음과 같다. $6CO_2 + 6H_2O + 빛 = C_6H_{12}O_6 + 6O_2$

　나무 잎은 포도당을 단백질과 복합 탄수화물로 바꾼다. 나무가 생존하기 위해서는 이러한 영양소만 필요한 것이 아니다. 미네랄도 필요하다. 하지만 필수 미네랄은 모조리 외부에서 얻어야 한다. 질소, 인, 칼륨, 칼슘, 마그네슘과 미량의 원소인 철, 아연, 붕소, 구리, 니켈, 몰리브데넘, 망간은 식물에게 중요한 영양소다.

예를 들어 마그네슘과 망간이 넉넉히 있어야 광합성이 일어날 수 있다. 식물의 녹색 엽록소 중심에는 마그네슘이 있다. 마그네슘은 식물의 엽록소 생성을 촉진하여 잎의 녹색을 유지하고 광합성 효율을 높인다. 망간은 광합성 작용에서 중요한 역할을 하는데, 특히 물을 광분해할 때 산소를 방출하는 과정에 반응한다. 이는 식물이 생존하는데 필요한 산소를 제공하는 중요한 요소이다.

나무는 광합성으로 만들어 낸 당분을 에너지로 이용하며 살아간다. 당분은 나뭇잎에 있는 엽록소가 뿌리로 빨아올린 물과 대기 중에 있는 이산화탄소를 흡수하여 광합성으로 만들어 낸 나무의 에너지원이다. 나뭇잎과 뿌리는 자연이 만들어 낸 놀라운 천연화학공장인 셈이다.

나무의 호흡은 저장된 탄수화물을 산화시켜 여러 대사에 필요한 에너지를 공급해주는 과정이다. 생장이 왕성한 숲에서는 전체 광합성 량의 1/3 가량을 호흡작용에 이용하고, 성숙한 숲에서는 절반 가량을 이용하며, 노화 단계의 숲에서는 광합성량의 90%까지도 호흡작용으로 소모한다. 마침내 호흡량이 광합성량을 초월하게 되면 나무들은 병들고 죽음을 맞이하게 된다.

나무가 광합성을 하기 위해 기공을 열고 이산화탄소를 빨아들일 때 수분이 공기 중으로 나오게 된다. 이런 증산 작용은 피할 수 없는 작용이며, 증산작용을 함으로써 햇볕을 받아 뜨거워진 잎의 온도를 낮출 수 있고 뿌리로부터 무기염의 흡수를 원활히 할 수 있다.

나무가 정상적인 생장활동을 하기 위한 최적 온도는 섭씨 12도에서 25도 사이이다. 이보다 온도가 더 낮은 추운 지역에서 살고 있는 침엽수의 경우는 이미 그 환경에서 적응했기 때문에 영하 7도에서 영상 30도 사이에서도 멈추지 않고 계속 성장할 수 있다. 하지만 온도가 48도 이상이 되면 침엽수나 활엽수도 예외 없이 고사하게 된다.

광합성 못지않게 중요한 것은 증산력이다. 자작나무는 대략 20만 장의 잎을 만들어 내는데 하루 평균 60~70리터의 물을 증산시킬 수 있다. 나무는 아주 무더운 날 한나절에 400리터의 물을 증산할 수 있다. 그만큼 환경에 적응하기 위하여 잎의 기공이나 표피의 발달이 특별하게 이루어진다.

나무의 수분관리는 생사를 결정짓는 매우 중요한 요소이다. 광합성, 물의 소비, 생장 등은 대부분 나무의 생장기 때 일어나는 현상이다. 나무에게 필요한 무기 영양소는 질소, 황, 인, 칼륨, 칼슘, 마그네슘과 탄소, 산소, 수소가 있다. 이 중 탄소, 수소, 산소는 광합성을 통해 얻어지며 그 밖의 것은 토양의 물과 함께 공급되어야만 하는 물질이다.

나무 중에는 햇빛을 좋아하는 양수(陽樹)와 싫어하는 음수(陰樹)가 있다. 음수는 음지에서도 잘 자라는 극음수와 양지에서도 자라지만 어릴 때는 높은 내음성을 지니는 조건적 음수로 구분된다. 극음수로는 주목, 나한백, 사철나무, 호랑가시나무, 회양목 등이 있다. 어느 정도 응달에서도 잘 자라는 나무로는 솔송, 너도밤나무, 가문비나무류, 단풍나무류, 서어나무류 등을 들 수 있다. 음수는 대체로 잎 색깔이 짙고, 두께가 얇고, 줄기는 길게 뻗으며, 눈에 잘 띄지 않는 꽃을 피우는 경우가 많다.

극음수가 아닌 음수는 일반적으로 커갈수록 어두운 것을 싫어하게 된다. 나무가 오래 될수록 어둠을 견디는 내음성이 약해지기 때문이다. 그러므로 음수라고 해도 자연적으로 큰 나무가 사라지거나 인위적으로 간벌하여 햇빛이 잘 들어오는 환경이 조성되면 더 잘 자라게 된다. 보편적으로 음수의 잎은 양수보다 더 짙은 녹색이다. 전형적인 양수의 잎은 너비가 좁고 미세한 털이 있으며 거의 양엽으로 음엽은 잘발달되지 않는다. 많은 빛을 반사시켜야 하고 체내의 수분 증발을 억제시켜야 하기 때문에 미세한 털을 만들곤 한다.

수고생장(樹高生長 높이생장)에서 생장주기에 따른 구분으로는 고정생장(fixed growth, 固定生長)과 자유생장(free growth, 自由生長)이 있다. 대부분의 나무는 봄에 새싹을 틔우고 나면 여름을 지나 가을까지 가지가 자란다. 이런 자유생장을 하는 나무에는 은행나무, 낙엽송, 향나무, 측백, 편백 등의 침엽수와 포플러, 자작나무, 플라타너스, 버드나무, 아까시나무 등의 활엽수와 사철나무, 회양목, 쥐똥나무 같은 관목이 있다.

반면 고정생장을 하는 나무는 이른 봄부터 여름이 오기 전까지 딱 한 마디만 자란 뒤 생장을 멈춘다. 그래서 고정생장하는 나무는 마디만 세어보면 나이를 알 수 있다. 1년에 딱 한 마디씩만 생장하는 소나무는 천천히 자란 덕에 속을 꽉 채우므로 천년의 풍상을 이겨낼 수 있다. 고정생장을 하는 나무는 소나무, 잣나무, 가문비나무, 참나무 류 등이 있다.

정아(頂芽)의 역할에 따른 구분으로는 유한생장과 무한생장이 있다. 겨울눈 중에서 가지의 끝부분에 발달한 눈을 정아라 하고, 그 옆에 붙어 있는 눈을 측아(側芽)라 한다. 정아가 뚜렷하며 한 가지 당 1년에 1회 또는 2-3회 형성되면서 생장하는 것을 유한생장이라고 말한다. 소나무류, 가문비나무류, 참나무류 등이 여기에 속한다. 반면 정아가 한 번 생장을 한 다음 죽고, 측아가 자라는 것을 무한생장이라 한다. 대부분의 활엽수들이 이에 속한다.

나무의 수고생장은 어느 시점에서 멈춰 더 이상 자라지 않지만, 수목의 직경생장은 주로 수간, 줄기, 뿌리 부분의 목부와 사부 사이에 위치한 형성층의 활동에 의한 비대생장으로 이루어진다. 직경생장(直經生長)은 나무가 죽음에 이르는 마지막 순간까지 멈추지 않는다. 직경생장이 멈춘다는 것은 곧 나무가 죽었다는 것을 의미한다.

어떻게 뿌리는 땅을 향해 자라고, 줄기는 하늘을 향해서 자랄까. 식물에는 중력을 감지하는 능력이 있어서 뿌리는 중력 방향으로 자라는 속성이 있고, 줄기는 중력의 반대편으로 자라려는 속성이 있다. 이것을 조정하는 것이 인돌초산(indole acetic acid)라는 오옥신이다. 이것은 세포 내에 있는 전분립이 조절해준다. 전분립(澱粉粒, starch granule)은 뿌리와 줄기세포 끝 부분에 있다. 뿌리 세포에 있는 전분립은 뿌리의 아랫부분에 압력을 가해서 중력 방향으로 자라라고 명령을 내리고. 줄기세포에 있는 것은 세포의 아래 부분에 압력을 가해서 그 반대 방향으로 자라라고 명령을 내린다.

나뭇잎의 일생

나뭇잎의 기능

나무의 핵심 기능을 줄기가 담당하고 있는 것으로 생각하기 쉽다. 그러나 그렇지 않다. 지엽(枝葉)이다. 나무의 생사 여부를 파악할 수 있는 것은 잎의 상태이다. 죽은 나무의 확실한 징후는 잎이 하나도 남아 있지 않은 것으로 알 수 있다.

나무는 수명이 길다. 동물보다 나무가 오래 살 수 있는 것은 치명적 기관을 따로 가지고 있지 않기 때문이다. 나무의 치명적 기능은 어느 특정 부위에 따로 모여 있 는 게 아니라 모든 지엽에 분산되어 있다. 각각의 잎에서 벌어지는 광합성작용으로 만든 영양분이 줄기를 키우고 생장 호르몬을 생성하여 줄기의 생장 활동을 조절한다 나무줄기란 그저 지엽의 생장을 위한 버팀목 역할과 통로 역할을 위해 존재하 는 것이다.

녹색식물은 잎의 세포 속에 타원형의 구조물인 엽록체가 많이 있다. 그 엽록체라는 상자에 는 햇빛을 흡수하는 엽록소가 들어 있다. 엽록소의 빛깔이 녹색이기 때문에 엽록체가 녹색으로 보이고, 잎도 녹색으로 보인다. 엽록체는 하나하나 막으로 둘러싸여 있으며, 저마다 자신의 유전물질이 있다. 암록색 엽록체는 1억 5천만 년 전에 조류 세포 안에 둥지를 튼 세 균의 후손이다.

엽록소가 들어 있는 나뭇잎은 굴뚝이 없는 영양소 합성공장이다. 광합성을 해서 탄수화물을 생산한다. 나뭇잎에서 생산된 탄수화물은 일차적으로 식물체 내에서 이동이 가능한 설탕 형태이어야 한다. 만들어지는 대로 임시 저장고인 잎에 보관되었다가 뿌리와 줄기, 열매 등에 저장할 때는 오랜 기간 저장이 가능한 전분의 형태로 바뀌었다가 필요한 조직을 만드는 데 이용된다.

광합성 공장이 가동될 수 있는 것은 연약한 가지 끝의 1년생 잎들과 수명이 3개월을 버티지 못하는 뿌리털에 있다. 이들의 노력에 의해 온 지구의 동물들이 먹고 살아 갈 수 있는 에너지가 마련되는 것이다.

가지마다 무성하게 매달려 있는 잎들은 나무의 생산성을 나타내주기도 하지만 숲에 사는 다른 생물들에게도 커다란 축복의 선물이다. 나무가 열 장의 잎을 생산한다면 그 중에는 여분의 잎이 있다. 그 가운데 두 장은 자신의 성장에 쓰인다. 또 다른 두 장은 각각 꽃과 씨앗을 만드는 데 쓰인다. 다른 두 장은 자신을 지키기 위한 물질을 만드는데 쓰인다. 또 다른 두 장은 스스로를 위하여 저장되는 몫이며 나머지 두 장은 숲의 다른 생물들을 위한 것이다. 숲속의 많은 생명들이 나무의 은혜를 입으며 산다. 두 장의 잎을 먹는 애벌레, 애벌레를 잡아먹는 새, 새를 먹는 짐승…이처럼 숲은 모든 생명을 키운다.

잎도 옷을 입고 산다. 줄기의 옷이 코르크층으로 만들어진 수피라고 한다면 잎의 옷은 얇은 큐티클로 만들어진 방수성 각피 옷이다.

지엽 중에서도 나뭇잎은 계절에 따라 변신술이 뛰어나다. 봄에는 신록을 내어 싱그러움을 자랑하고 무더운 여름이 되면 무성한 잎으로 정열과 약동의 힘을 과시한다. 서늘한 가을에는 아름다운 단풍으로 변하여 우리의 감성을 자극한다.

나뭇잎 속에는 여러 가지 색소가 포함되어 있다. 초록색을 나타내는 엽록소 외에도 카로티노이드라고 하는 색소가 들어있다. 카로티노이드는 식물의 잎을 비롯하여 뿌리, 줄기, 꽃, 열매의 색소에 존재하며 노란색, 오랜지색, 적색 등을 나타나게 한다. 카로티노이는 잎에서 광합성시 빛의 흡수율을 높여 주고 강한 햇볕으로부터 엽록소가 손상되는 것을 막아준다.

단풍

예쁘게 물든 단풍은 꽃보다 아름답다는 말이 있다. 그래서 우리는 가을이면 때에 맞춰 단풍 구경을 나선다. 단풍은 임무를 마쳐가는 나뭇잎의 노화현상이다. 인간으로 치면 정년퇴직을 앞둔 직장인과 비슷하다.

생물학적으로 보면 단풍이 든다는 것은 초록색 엽록소가 사라졌다는 것을 의미한다. 대부분의 경우 엽록소 대신에 카로틴이라는 색소와 안토시안이라는 색소가 나타나서 단풍이 들게 된다.

가을이 되어 기온이 영하 부근으로 떨어지면 나무는 엽록소의 생산을 중지하고 잎 안에 안토시아닌을 형성하여 붉은색, 갈색, 노란색 등으로 변한다. 그리고 안토시아닌 색소를 만들지 못하는 나무들은 비교적 안정성이 있는 노란색과 등색의 카로틴 및 크산토필 색소를 나타내게 되어 투명한 노랑의 잎으로 변한다. 또한 붉은색의 안토시아닌과 노란색의 카로틴이 혼합되면 화려한 주홍색이 되는데 이것은 단풍나무 종류에서 관찰할 수 있다.

특히 비가 오지 않아 가뭄이 계속되거나 기온이 갑자기 낮아지는 경우에는 엽록소가 급격히 파괴되기 때문에 나뭇잎은 더욱 선명하고 아름다운 단풍색을 띄게 된다. 그러므로 숲 가장자리, 들판, 계곡 등은 일교차가 커서 엽록소가 급격히 파괴되기 때문에 더욱 선명한 단풍색이 나타난다.

안토시아닌은 맑고 서늘한 날씨가 계속될 때 잎에서 합성되어 액포(液胞)에 축적되는데 가을날 아름다운 단풍이 만들어지기 위해서는 일정 기간 맑고 서늘한 날씨가 계속되고 온도가 점진적으로 낮아져야 한다. 가을이 되어 기온이 낮아지면 엽록소는 파괴되기 시작하지만 카르티노이드는 비교적 안정적이어서 그대로 잎 속에 남게 되고 또한 안토시아닌이 합성되어 나뭇잎은 아름다운 단풍으로 변하게 된다. 단풍의 색은 색소를 고르는 식물의 취향에 의해 결정된다. 안토시아닌이 많이 합성되면 선명한 붉은색을 띠게 되며, 카로티노이드를 선호하는 나무는 노란색을 띤다. 참나무는 카르티노이드 계통의 물질을 많이 포함하고 있어 단풍은 단조로운 갈색을 띤다.

어떤 수종에 있어서는 엽록소와 카로티노이드가 동시에 파괴되고 새로운 카로티노이드가 합성되기도 한다. 그래서 녹색의 색소가 없어지고 노랑의 색소가 나타난다. 참나무류와 너도밤나무에 있어서는 탄닌 때문에 황갈색을 나타낸다.

식물의 생육 상태가 양호하면 엽록소의 양이 상대적으로 많아서 잎이 초록색을 띄지만, 생육 환경이 불량해지면 엽록소는 빠르게 파괴되고 카로티노이드는 비교적 안정적으로 남아 있어 아름다운 단풍 색을 만드는 것이다.

카로티노이드는 빛이 없는 상태에서도 합성이 되는데 어두운 곳이나 빛이 약한 환경에서 자라는 식물의 잎은 노란색에 가까운 초록색을 띄게 된다. 카로티노이드는 식물의 광합성 때 보조색소 역할을 하며 엽록소가 햇빛에 의해 산화되어 파괴되는 것을 방지해 주기도 한다. 카로틴이라는 색소는 노란색을 낸다. 노란 단풍의 백미는 계수나무이다.

낙엽

광합성 능력이 저하된 나뭇잎은 탄수화물 생산 능력이 한계에 달하면 모든 영양분을 나무에게 넘겨주고 단풍이 들었다가 낙엽이 되어 나무와 결별한다. 그래서 광합성 능력을 상실한 낙엽 속에는 탄소 이외의 영양소는 거의 없다.

낙엽이 지는 것은 겨울을 나기 위한 나무의 군살 빼기 작업이다. 광합성 능력이 상실되어 영양 공급원이 끊긴 나무는 생존에 필요한 영양분을 최대한 아껴야 한다. 그 방법 중 하나가 낙엽을 지게 하는 것이다.

나무는 겨울을 견뎌 내기 위하여 수액을 추위를 이겨낼 수 있는 물질로 만들어 놓는다. 그리고 나무는 잎에 있는 영양물질을 뿌리와 줄기에 모두 저장하고 나서 광합성 임무를 마친 나뭇잎들을 모두 떨궈내고 맨몸으로 겨울을 날 채비를 한다.

나무는 낙엽이 지기 전 잎 속에 남아있는 질소를 회수한다. 생명체에게 질소는 소중한 원소이다. 질소는 모든 단백질을 이루는 필수 요소이며 또한 효소의 주요 구성 물질이다. 그러나 질소는 필요량에 비하여 절대적으로 부족하다.

나무는 낙엽이 지기 전에 인산도 역시 회수한다. 인산은 열매를 살찌우고 빛과 모양을 빚어내는데 중요한 역할을 한다. 또한 인산은 유전자를 만들고 복제하고 풀어 내는데 중요한 기여를 한다. 토양 속에 제법 많은 인산이 들어 있지만 공기 중의 질소와 마찬가지로 나무가 직접 이용할 수 없는 형태로 존재하기 때문에 곰팡이와 공생관계를 맺어 인산을 흡수할 수 있다.

나무는 낙엽이 지기 전에 칼륨도 회수한다. 칼륨은 질소나 인산에 비하여 그 양이 풍부한 편이나 물에 씻겨 내려가기가 쉽다. 칼륨은 물질의 흡수를 담당하고 세포막의 이온 수치를 맞추어 주는 중요한 역할을 한다. 낮이면 기공을 열고 밤이 되면 기공을 닫는 일에서부터 세포 내 물질 이동 등에 중요한 역할을 한다. 다행히 질소, 인산, 칼륨은 잎 속에서 이동이 자유롭기 때문에 나무는 가을에 이들 원소를 회수할 수 있다.

나무를 꿀벌 집단에 비유하면, 나뭇잎은 일벌과 같은 역할이다. 일벌처럼 잎은 쉴 새 없이 일을 하다가 자기 임무가 끝나면 아무런 보상도 바라지 않고 미련 없이 낙엽이 되어 나무와 작별을 고한다. 그렇다고 역할이 아주 끝나는 것은 아니다. 낙엽은 땅에 쌓여 생물의 먹이가 되어 주고 숲에서 열기를 가두는 보온재로 작용하여 수많은 생명들이 겨울을 지낼 수 있게 한다.

그러면서 낙엽은 서서히 분해되어 간다. 낙엽의 분해 속도는 낙엽의 질에 의해 결정된다. 맛있는 낙엽이 빨리 분해된다. 그 맛의 기준은 질소의 비율이다. 물체의 질은 조직 내의 탄소와 질소의 비(C/N)로 결정된다. 즉 질소 하나를 얻기 위해 처리해야 할 탄소의 양인데 많은 양의 탄소를 처리하는데 많은 노동을 필요로 하는 것이다.

활엽수의 낙엽이 떨어진 바닥은 낙엽들 사이의 공간이 넓고 수분이 잘 스며들어 미생물들이 살기에 적당한 환경으로 침엽수 낙엽들보다 빨리 썩는다. 일반적으로 침엽수는 활엽수에 비해 엽질(葉質)이 떨어진다. 그래서 소나무 낙엽은 참나무 낙엽보다 훨씬 느리게 분해된다. 또 싸리나무나 오리나무 잎은 참나무에 비해 훨씬 맛이 좋아 곤충이 선호하고 낙엽이 되어서도 미생물에게 좋은 먹이가 된다. 줄기나 뿌리 같은 목질부는 리그닌이나 셀룰로오스 같은 견고한 물질로 이루어져 이를 쪼개기 위해서는 특수한 물질이 필요하여 특수한 분해자(진균류)가 요구되며 상대적으로 긴 시간이 걸린다.

낙엽이 땅에 떨어져 축축하게 젖게 되면 지렁이나 응애, 쥐며느리와 같은 작은 벌레들이 갉아먹는다. 이들은 나뭇잎의 양분을 흡수하여 일부는 자신이 이용하고 나머지 대부분은 밖으로 배출한다. 한편 곰팡이의 일종인 진균류는 나뭇잎에 붙어서 리그닌이나 셀룰로오스를 분해하기 시작한다.

소나무는 다른 식물이 자라지 못하도록 페놀이나 탄닌 성분이 많이 함유된 낙엽을 두껍게 쌓거나 송진을 내뿜어 싹을 죽이기도 한다. 그런가 하면 은행나무 낙엽은 불이 잘 붙지도 않고 타지도 않는다. 그래서 화재로부터 어미 나무를 보호한다.

소나무의 낙엽은 물리적으로 견고하고 엄청난 탄소 원자들의 고리로 이루어진 화합물이 들어 있어 동물들에게 소화 장애를 일으켜 지렁이도 곰팡이도 관심을 두지 않는다. 자연히 소나무 낙엽은 분해가 더뎌지고 쌓이는 양이 늘어 간다. 소나무 낙엽이 분해되는 데는 100년 이상이 걸린다. 참나무와 같은 낙엽활엽수의 분해 기간보다 3배 이상 길다.

낙엽의 쪼개진 정도에 따라 유기층은 낙엽층, 발효층, 부식층으로 나뉜다. 아주 미세하게 쪼개진 부식층은 비로소 흙 입자와 섞이면서 가장 기름진 표토를 만든다. 유기물층의 분해 정도만으로도 숲의 분해 특성을 짐작할 수 있다.

숲에 들어가 낙엽층을 들여다보면 지렁이, 쥐며느리, 지네 등이 있다. 이들이 1차 분해자들이다. 그 밑에는 발효층이 있다. 낙엽이 부서져 있고 실 같이 하얀 균사들이 많이 보인다. 마지막으로 부식층은 식물의 잎 조각을 다 걷어내고 나면 흙 같기는 한데 부드러운 질감이 있는 부식질이 있는 층이다.

생태계의 모든 생물들은 분해되어서 궁극적으로 이온 상태의 광물질로 돌아간다. 분해작용은 토양권에서 이루어지는데 생물의 사체를 일차적으로 토양동물들이 자르고, 곧 이어 특수 분해효소를 분비하는 미생물들이 더욱 미세한 가루로 분해한다. 이러한 분해 과정을 통해서 식물이 지속적으로 양분을 공급받게 된다. 이처럼 토양 동물들은 토양 유기물을 잘게 부수어 분해자들이 이용할 수 있게 하고 토양의 물리성 및 화학성을 개선하여 토양 비옥도를 높인다.

낙엽 아래의 흙 반 움큼에는 10억 마리의 미생물이 살고 있지만 이 중 실험실에서 연구한 것은 1%에 불과하다. 나머지 99%는 상호 의존 관계가 너무 깊고 이 관계를 모방하거나 복제할 방법이 없기 때문에, 배양하고 연구하려고 분리하면 죽는다.

나무 뿌리의 역할

'불휘 기픈 남군 ㅂ ㄹ매 아니 뮐씨'에서 알 수 있는 것처럼 나무의 뿌리는 나무를 지탱해주는데 절대적인 역할을 한다. 그러나 뿌리의 역할은 그것이 전부가 아니다. 생존에 필요한 다양한 기능을 담당하고 있다. 식물의 뿌리는 전체 식물의 무게 중 10~45 %, 그리고 연간 새로 만들어지는 조직 무게의 50% 이상을 차지한다.

토양권에서 식물의 뿌리는 크게 토양의 구조를 발달시키고 토양 안에 유기물을 제공한다. 나무의 뿌리는 특히 광물질 토양에 깊숙이 침투하여 토양 발달과 토양 구조를 개선시키고 더불어 공기와 수분의 유통 통로를 열어준다.

나무의 뿌리는 지탱 기능 말고도 3 가지 중요한 기능이 있다. 호흡기능과 흡수기능을 하여 수분과 무기염 공급을 담당한다. 더불어 계절에 따라 양분을 저장하는 창고의 역할을 하기도 한다. 눈도 귀도 코도 없지만 땅 속의 뿌리는 환경의 변화를 민감하게 알아차린다.

토양이 광물질을 너무 적게 함유하고 있을 경우, 뿌리는 땅의 상태를 좋게 만든다. 뿌리는 흙 속에 결합되어 있는 광물질들을 분리시키는 유기산을 분비하고 당이나 비타민도 제공한다. 이렇게 해서 이들은 균과 박테리아를 유인하고 균과 박테리아들은 그들의 신진대사 활동을 통해 토양으로부터 광물질들을 내어놓는다.

뿌리의 사체는 토양에 유기물을 제공하는 효과를 갖는다. 살아있는 동안 뿌리는 자신의 주변 토양에 당류나 지질, 단백질 등의 영양분을 분비함으로써 미생물의 활동을 자극한다. 뿌리 주변은 뿌리의 성장과 호흡, 영양분 교환에 의해 그곳의 미생물과 화학 성분이 영향을 받는데 그곳을 근권(根圈, root zone, rhizosphere)이라고 한다. 많은 미생물들이 뿌리의 분비물을 영양 배지로 삼아 발아하거나 번식하며, 이 미생물들은 식물과 공생하여 영양분을 주고받는 관계를 맺는 경우가 대부분이다. 흙 속에 사는 생명체는 대부분 좁은 근권에서 북적거리며 모여 있다. 그러므로 근권은 미생물 밀도가 여느 흙보다 100배나 높다.

균류와 뿌리는 화학신호를 주고받는데, 분위기가 우호적이면 균류가 균사를 뻗어 뿌리를 움켜잡는다. 식물은 어떤 경우는 균류가 눌러 앉도록 작은 잔 뿌리를 내어주기도 하고 또 어떤 경우는 균류가 뿌리의 세포벽을 뚫고 세포 안으로 들어오도록 허락하기도 한다. 뿌리 세포 속으로 들어온 균사는 마치 뿌리의 축소판처럼 여러 갈래로 갈라진다. 식물 세포에 침투하는 균사는 뿌리에 해를 입히지 않으며 오히려 이로운 역할을 한다. 식물은 균류에게 당과 복합 분자를 공급하고, 균류는 그 보답으로 인을 비롯한 무기질을 보내준다. 식물은 공기와 햇빛으로부터 당을 합성하고 균류는 흙의 작은 틈에서 무기질을 캐낸다.

균류는 숲 생태계에서 영양소와 에너지를 순환시키는 부식(腐蝕)*의 엔진이다. 거의 모든 식물의 뿌리가 균근균류에 덮이거나 감싸여 있다. 식물은 대체로 균류가 없으면 살지 못한다. 살기는 살아도 균류와 뿌리를 섞지 못하면 생장이 느려지고 허약해지기 쉽다. 대부분의 식물에게 균류는 흙에서 양분을 흡수하는 주된 표면이다. 뿌리는 자신과 균류를 연결하는 장치에 불과하다. 따라서 식물은 협력의 본보기이다. 광합성이 가능한 것은 잎에 들어 있는 고세균 덕이고, 호흡이 가능한 것은 내부의 조력자 덕분이다. 뿌리는 이로운 균류의 땅 속 그물망을 연결한다.

나무뿌리는 정상적인 환경에서는 굵은 뿌리로부터 가는 뿌리가 방사상으로 뻗어나간다. 하지만 뻗어나가는 방향에 장애물이 있는 경우 방향을 수정하여 거꾸로 가로질러 자라기도 한다. 그런 뿌리가 다른 뿌리나 줄기를 가로지르거나 조일 수도 있고 시간이 지나면 피해를 받은 나무의 줄기는 식물 체내에서 물질 이동이 불량해져 수세가 쇠약해지다가 심해지면 고사한다. 이런 현상을 뿌리조임(girdling)이라 한다. 장애물이나 흙다짐 현상도 뿌리가 뻗어나 가는 데 방해가 되는 요소이다. 이를 예방하기 위해서는 식재 이전에 심하게 뿌리가 꼬이거나 말린 수목은 심지 말아야 하며, 장애물을 제거하고 심어야 한다.

땅 속은 분해작용과 생물의 호흡작용으로 인해 산소보다 이산화탄소의 비율이 높다. 따라서 토양 내 미생물이나 동물들의 호흡에 필요한 산소는 흙의 공기구멍을 통해 지상의 공기와 서로 섞이면서 적정한

---

* 腐蝕 : 흙 속에서 식물이 썩으면서 여러 가지 분해 단계에 있는 유기물의 혼합물을 만드는 일.

산소 농도를 유지하게 된다. 나뭇잎이나 나무 부스러기와 같은 유기물의 함량이 많고, 특히 지렁이와 같은 토양동물의 활동이 활발할수록 토양 내 공극의 크기가 커지면서 비가 내릴 때 물을 흡수하는 양도 늘어나고 다양한 양분을 저장하는 힘도 커진다.

식물은 뿌리를 통해 분비물의 형태로 탄소를 배출한다. 이 분비물은 수많은 미생물들의 먹이가 되며, 그 미생물들은 엄청나게 복잡한 생물학적·화학적 교환을 통해 뿌리 시스템에 관여한다. 작동하는 생태계에서, 뿌리로부터 배출된 탄소는 상부의 유연하고 "불안정한" 토양층으로 전달되어 더 깊고 움직이지 않는 토양층으로 운반된다. 그것은 마침내 토양 깊숙이 유기 미네랄 복합체의 형태로 퇴적된다. 탄소는 그곳에 수천 년 동안 저장될 수 있다.

나무는 생명체의 집단

우리는 나무가 오직 뿌리, 줄기. 가지와 잎사귀로 구성된 단일 생명체라고 생각 하기 쉽다. 그러나 그것이 나무의 전부가 아니다. 한 그루의 나무는 수많은 식솔을 거느리는 생명체의 군단이다.

나무는 함께 나누는 삶을 지향한다. 나무는 혼자만 살려고 인색하게 굴지 않고 베풀며 산다. 그래서 다른 생명체들이 모여든다. 나무는 우리 인간에게 이 세상에 홀로 살아갈 수 있는 것은 아무 것도 없다고 말없이 가르쳐준다. 나무의 뿌리 근처에는 개미와 지렁이, 굼벵이, 땅강아지와 두더지가 살고 있다. 나무줄기의 습기가 있는 부분에는 이끼와 버섯이 자라고 있다. 움푹 파인 줄기의 구멍 속은 작은 동물들이 몸을 숨기는 피난처이다. 작은 못으로 뚫어놓은 듯한 구멍 속에는 하늘소나 딱정벌레 애벌레가 살고 있다. 좀 더 큰 구멍도 있다. 딱따구리 같은 새가 곤충의 애벌레를 잡아먹으려고 파 놓은 구멍들이다.

소나무를 예로 들어보자. 소나무의 껍질을 갉아먹고 사는 소나무좀, 소나무좀 몸에 올라타서 사는 진드기, 이 진드기 등에 올라타는 청태 진균류의 포자이다. 이 포자가 나무 속에서 발아해 자라는데 곧 새로운 포자를 만들어 내는데 이 포자는 진드기의 먹이가 된다.

　나무줄기의 깊은 곳에도 생명체가 터를 잡고 있다. 소나무의 심재에서만 자라는 진균류가 있다. 이 진균류는 심재에 있는 양분을 먹고 살면서 심재를 부드럽게 해준다. 그래서 이들은 '붉은 심장'이라는 별명을 가지고 있다. 이들은 죽은 세포만을 공격하여 소나무에 이로운 작용을 한다. 나무를 목재로 보는 인간의 입장에서는 나무조직을 무르게 하는 해충이지만 소나무의 죽은 세포만을 공격하기 때문에 소나무의 입장에서는 고마운 존재이다. 처음 발아한 붉은 심장은 몇 년이라는 시간 동안 천천히 나무줄기의 심재에 깊이 파고든다.

　심재에 자리잡은 붉은 심장은 부드러운 스펀지 같은 물질을 만들어 내는데 특히 이 부분은 붉은 딱따구리가 좋아하여 나무를 뚫고 붉은 심장이 살고 있는 이곳에 둥지를 튼다. 딱따구리가 둥지를 만드는데 걸리는 기간은 1년에서 6년까지 걸린다고 한다. 이 딱따구리들은 소나무 껍질 딱정벌레를 비롯한 모든 종류의 딱정벌레를 먹고 산다. 또 바퀴벌레도 먹고 산다. 숲은 약자와 강자가 함께 공존하는 사회이다.

　노목의 가지에는 이끼가 끼어 있고 나무 몸통 구석구석에는 거미, 구더기, 진딧물, 뱀, 진균류, 새와 다람쥐 등 수많은 생물들이 나무에 의지해 살고 있다. 노목에는 젊고 건강한 나무보다 훨씬 많은 생물들이 살고 있다. 숲에는 도롱뇽과 도마뱀 그리고 소나무좀을 유용한 양식으로 삼는 새들이 어우러져 살아가고 있다. 나무에 톱질을 가하는 것은 수많은 생명체들의 보금자리와 생명을 빼앗는 행위이다. 나무 한 그루를 베어내는 것은 단순하게 나무 한 그루만의 죽음으로 끝나지 않는다.

나무는 죽으면서 삶을 잉태한다

나무는 죽으면서 가지고 있던 유산을 통째로 그 자리에 남긴다. 나무의 유산은 줄기, 뿌리, 가지이다. 그 재산을 직계 후손에게 물려주는 게 아니라 자연 즉 숲의 동반자들에게 아낌없이 나눠준다.

생명 존중의 눈으로 숲속을 자세히 들여다보면 죽음은 삶을 잉태하는 과정이다. 활력을 잃은 나무 속에 온갖 곤충의 애벌레가 들어차고 먹이와 둥지를 찾는 새들이 모여든다. 나무에 버섯균이 정착해서 향긋한 버섯을 피워내면 버섯을 먹는 짐승이 모여든다. 결국 오색딱따구리나 크낙새의 멸종 위기는 이들의 먹이가 되는 장수풍뎅이나 장수하늘소의 애벌레가 부족하기 때문이다. 딱따구리가 생태계의 우산종(먹이사슬의 최상층에 있는 생물종)이라 불리는 근거이기도 하다.

수명을 다하여 쓰러진 고목도 살아 있는 생명을 위한 터전이 된다. 고목 속에는 수많은 곤충, 애벌레와 개미 등이 살고 있다. 고사한 고목들은 딱따구리와 같은 새들에게 주요한 서식처와 먹이를 제공한다. 특히 오래 된 굵은 나무는 몸집이 제법 큰 새들이 깃들 수 있는 공간을 제공해 주고, 고목 속에 서식하는 다양한 곤충과 애벌레들은 이 새들에게 영양분이 풍부한 먹잇감이 된다. 높이 서 있는 고목도 그러한 역할을 하지만 숲 바닥에 쓰러져 누워있는 고목 역시 새와 곤충들의 보금자리가 된다. 크낙새, 장수하늘소 같은 희귀 생물종들의 명멸은 숲의 오래된 고목으로 대변되는 서식처의 존망과 맥을 같이 한다.

전체 숲 생물의 약 30% 내외가 고사목을 통한 생태적 네트워크를 형성하게 된다. 이 중에는 특히 고사목이 존재할 때만 살아갈 수 있는 생물종도 포함된다. 장수하늘소가 바로 그 주인공이다. 이렇게 온갖 생물들이 들어차면서, 단지 5% 정도 살아 있는 세포로 생존을 이어 가던 나무가 오히려 죽어서는 40% 이상의 살아 있는 세포로 채워진다. 이처럼 나무는 죽어서도 죽지 않은 더 많은 생명체를 거느리며 활기차게 살아있는 생명체라고 할 수 있다.

생물의 생사란 에너지의 이동 과정이다. 삶이란 에너지를 취하는 과정이고 죽음이란 에너지를 되돌려주는 과정이다. 나무의 죽음이란 살아 있던 동안에 자연으로부터 빌려 썼던 빚을 되갚는 순환과정이다. 태어남, 젊음과 늙음 그리고 죽음이 함께하는 숲이 바로 건강한 숲이다.

나무의 생존전략

나무들은 서로 양보하고 협동한다

나무를 비롯한 식물은 감히 동물이 비교하려고 나서지 못할 만큼 지구상에 오랫동안 생존해 왔다. 식물들이 동물보다 훨씬 뛰어난 생존 수단을 가지고 있기 때문에 가능한 일이다.

나무는 생존하기 위한 수단으로 자신만을 위한 이익을 앞세우지 않는다. 자신을 희생하여 주위의 생명체를 배려하고 그들과 협동을 추구한다. 양보와 협동, 그것이 바로 지구의 역사 속에서 장구한 세월 동안 나무가 살아남을 수 있었던 비결이고 생존전략이다.

나무는 경쟁보다 서로 양보하는 질서가 먼저이다. 나무는 가까이에 다른 나무가 서 있으면 옆으로 가지를 뻗지 않고 위로 자란다. 나무 사회에서는 햇빛을 차지하기 위한 경쟁이 먼저가 아니고 옆 나무에 성장의 공간을 양보하는 것이 먼저이다. 옆에 서 있는 나무에 대한 배려이다. 그렇게 자란 두 그루의 나무가 멀리서 보면 한 그루의 나무처럼 보인다. 그런 나무를 혼인목이라고 부른다. 이런 혼인목 중 한 그루의 나무가 먼저 죽으면 살아 남은 나무는 갑작스러운 환경 변화에 견딜 수 없어 오랜 세월 동안 곁에서 함께 살아온 나무의 뒤를 따라 서서히 죽어 간다.

숲에서 꽃이 피는 순서를 보아도 서로 간에 양보와 배려가 우선이다. 예를 들면, 봄이 되어 숲에서 가장 먼저 나오는 것은 이룬초와 얼레지이다. 얼레지는 풀보다 먼저 싹을 틔워 꽃을 피우고 열매를 맺어 씨를 떨어뜨린다. 그러고는 9년 동안 기다렸다가 다시 나온다. 그런 키 작은 풀이 움트고 자라는 동안에는 위쪽을 차지하고 있는 나무들은 잎을 피우지 않고 자기 차례를 기다린다.

아래쪽의 식물들이 한 해의 삶을 마치면 낮은 나무들이, 그런 다음에 아교목이 잎을 피우고, 숲 전체가 초록색이 된 것을 보고 난 뒤에야 고목이 마지막으로 잎을 내기 시작한다. 고목 중에서도 수령이 오래된 고목은 어린 고목이 잎을 낸 뒤에야 마지막으로 잎을 내기 시작한다.

느릅나무가 홀로 있을 때는 옆으로 가지를 뻗는다. 하지만 다른 나무가 가까이 있으면 하늘을 향해 비스듬히 가지를 뻗는다. 한 쪽에 나무가 있으면 반대쪽으로만 가지를 낸다. 결국 생명이란 것은 결코 다른 생명을 희생시키고 자기만 살려고 하지 않는다.

날이 가물어 갈증에 시달릴 때도 자연의 세계는 혼자만 살기 위해 물을 독차지하려 다투지 않는다. 아마존의 연간 강우량의 10%는 여기 저기 흩어져 있는 특정 관목의 얕은 뿌리에 흡수된 다음, 주근을 통해 토양 깊숙한 곳까지 내려가는 것으로 밝혀졌다. 건기가 되면 주근은 물을 얕은 뿌리까지 끌어올려 숲 전체에 나눠준다.

전 세계 많은 식물 종이 유압식 펌프 작업을 수행해 숲의 나무 아래에 살고 있는 많은 식물들에게 물을 나누어 준다. 환경 스트레스를 많이 받을수록 식물들은 상호 생존을 위해 더욱 더 협력한다고 한다.

미송과 자작나무는 서로를 먹여 살린다. 오리나무가 근균 연결망을 통해 소나무와 연결되고 소나무에 질소를 전달해 줄 수 있다. 자작나무는 침엽수에 부족한 질소를 다량 공급하고 수목의 성장 속도를 늦추거나 심지어 수목을 완전히 죽일 수 있는 아말라리아 뿌리썩음병으로부터 전나무를 보호한다. 나무만 그런 게 아니다. 우리는 한 줌의 종을 제외한 모든 식물이 균근과 이런 동일한 관계를 갖는다는 것을 이제 알고 있다. 이러한 사실에 대하여 생태학자 로버트 맥팔레인은 다음과 같이 설명한다.

예를 들어, 죽어 가는 나무는 자신의 자원을 공동체에 이익이 되도록 내놓기도 하고, 짙은 그늘이 진 하층 식생대의 어린 묘목은 더 강한 이웃들로부터 여분의 자원을 받을 수도 있다.

더욱 놀라운 것은, 이 네트워크를 통해 식물들이 서로에 경고를 보내주기도 한다는 점이다.

진딧물 공격을 받은 식물은 가까이 있는 식물에게 진딧물이 오기 전에 방어 대응을 해야 한다고 알려 준다. 한 때는 식물들이 공기를 떠다니는 호르몬을 통해 비슷한 방식으로 지상에서 소통한다고 생각하였다. 하지만 그런 경고들이 균류 네트워크에 의해 보내질 때, 주고받는 것이 더 정확하다는 것이다.

식물도 저희들끼리 대화를 주고받는다. 해충이 나뭇잎을 씹으면 공격을 받은 나무는 친구들에게 경고신호를 보낸다. 신호의 속도는 1분에 약 24m로 측정되고 있다. 신호를 받은 친구들은 즉시 해충이 싫어하는 성분을 만든다. 탄닌과 같이 떫고 소화가 안 되는 성분이 그중 하나다. 해충은 1분 안에 24m보다 멀리 날아가지 않으면 좋은 먹이를 구하지 못한다.

미국의 다트머스 대학교의 이언 볼드윈과 잭 슐츠는 잎에 벌레가 득실거리는 버드나무가 있었지만 그 옆에 있는 버드나무에는 벌레가 번지지 않았는데, 벌레에게 공격받은 나무가 건강한 나무에게 기체 신호를 보내 방어물질을 생산하게 만들었다는 연구 결과를 발표했다. 나뭇잎이 벌레나 세균의 공격을 받으면 다른 잎들에게 다가올 공격에 대비하라는 경고의 뜻으로 냄새를 발산한다는 것이다.

난관을 헤쳐나가는 지혜

나무는 생태계의 안정을 위해 노력하는 숨은 일꾼이다. 그런 역할을 수행하기 위해서는 그만한 능력을 갖추어야 한다. 우선 타고난 생존 능력이 뛰어나야 한다.

어느 생명체나 생존을 위해 최선의 노력을 다한다. 나무 역시 생존을 위해 타고난 능력을 발휘한다. 때로는 잎의 모양과 크기를 조절하거나 가지에서 나오는 잎의 각도나 위치 등을 조절하기도 한다. 진달래나 철쭉은 이른 봄 아무도 깨어나지 않은 시기에, 서둘러 꽃과 잎을 피워내 경쟁을 피하는 자신만의 생존전략을 구사하고 있다.

땅에 뿌리를 박고 사는 나무를 비롯한 식물은 먹이를 찾아 돌아다닐 수 없다. 그래서 생존하기 위해서는 광합성을 통해 스스로 영양분을 만들어야 한다. 적의 공격에도 대비해야 한다. 나무는 몸을 움직여야 가능한 물리적 공격이나 대피 수단으로는 자기 몸을 지킬 수 없다. 그러면서도 나무의 수명이 천년을 훌쩍 넘길 수 있는 것은 다양한 방법을 생존 수단으로 동원할 수 있어서다.

나무가 몸을 움직일 수 있는 동물보다 오래 살 수 있는 것은 동물에서 찾아 볼 수 없는 여러 가지 특징이 있기 때문이다. 동물은 손상을 받으면 생명을 잃는 뇌나 심장 등의 치명적인 기관이 존재하지만 나무를 비롯한 식물은 전체 생명을 위협하는 기관이 따로 존재하지 않는다. 몸의 어디에도 치명적인 조직을 만들지 않는 것이야말로 나무가 장수할 수 있는 비결이다.

나무는 자가 영양 생물이어서 먹이를 구하기 위해 애쓰지 않아도 된다. 그 뿐 아니라 뛰어난 복원력이 있다. 그래서 일부의 부위만 살아남아도 새로운 개체로 다시 태어날 수 있다. 꺾꽂이로 나무가 살아남을 수 있는 것도 복원력 덕분이다.

기본적으로 식물의 세포들은 전형성능(全形性能)을 가지고 있다. 즉 세포 하나를 배양하여 생장물질을 처리함으로써 완전한 조직으로, 개체로 성장시킬 수 있다. 줄기의 생장 조직에서 분리된 세포는 곧 분열하여 일부 세포는 각각 뿌리와 줄기로 분화한다. 줄기는 자라 잎을 만들고 완전한 식물체가 되면서 꽃도 피우고 열매도 만든다.

그러한 점 말고도 나무를 비롯한 식물은 자신을 지키기 위한 방어 수단으로 수많은 방법을 갖추고 있다. 물리적, 화학적, 생물학적인 방법을 자신의 목적에 맞게 동원한다. 특히 나무는 더 수많은 난관을 헤쳐 나가야 살아남을 수 있다. 나무는 풀에 비해 더 많은 생물종의 표적이 된다. 예를 들면, 토끼풀처럼 작은 식물을 먹는 초식 곤 충은 100~

200 종에 불과하지만 나무를 비롯한 대형 식물종은 1000종이 넘는 곤충과 싸워야 한다.

물리적인 방법으로는 가시나 털, 날카로운 잎, 단단한 껍질이 그 역할을 담당한다. 나무의 가시는 식물의 기본 기관인 잎이나 줄기 등이 변해서 된 것들이다. 이런 가시는 표피세포가 변형되어 만들어진 털과는 성질이 다른 것이다. 또한 가시는 일반적으로 털에 비해 크기가 크며 딱딱하다. 조각자 나무, 주엽나무, 장미 등은 물리적 수단으로 날카로운 가시를 돋아나게 하여 자기 몸을 방어하는 대표적인 식물이다.

화학적인 수단으로는 독성 물질을 만들어 적의 공격을 막아낸다. 피톤치드(phytoncide)가 바로 그러한 물질이다. 피톤치드는 자외선을 막고, 곤충과 박테리아의 성장을 억제한다. 그 종류에는 테르펜(terpene)류, 페놀화합물, 알칼로이드 물질 등 수 많은 종류가 있다. 알칼로이드 물질은 주로 초본류에서 생산하는 물질로 동물의 중추 신경을 교란시켜 환각작용을 일으키는 물질이다. 그런 물질에는 바로 몰핀, 카페인, 퀴닌, 니코틴 등이 있다. 이러한 물질을 포함하여 살아남기 위해서 나무가 만들어 내는 방어 물질은 무려 3000가지가 넘는다.

곤충에 대한 식물의 방어시스템은 자신의 잎새와 줄기에만 작용하는 게 아니라 곁에 있는 이웃 식물들과도 그 정보를 주고 받는다. 식물은 화학물질을 빠른 속도로 분비해 동료들에게 경계경보를 내린다. 이 화학물질의 이름은 자스몬산(jasmonic acid)이다. 이 호르몬이 이웃 식물에게 경고 신호를 보내는 것이다.

곤충이 잎을 갉아 먹으면 식물은 생리적 반응을 보이는데 이는 추가 피해를 막을 뿐 아니라 이웃 식물들에게 경고하는 효과가 있다. 손상된 잎은 특정 유전자를 활성화하여 화학물질을 쏟아내며 이 방어용 화학물질 일부는 증산하여 공기 중에 퍼진다. 이 분자들은 이웃 식물의 축축한 잎 내부에 스며들어 세포 속으로 들어간다. 그러고는 원래 식물에게서 이 화학 물질을 발생시킨 바로 그 유전자를 활성화한다. 그러면 아직 해를 입지 않은 식물도 곤충이 입맛을 잃게 할 수 있다.

일부 식물은 생장하면서 뿌리, 나무껍질, 꽃가루, 잎을 통해 생화학 물질을 발산 한다. 이 물질은 다른 식물의 생장에 영향을 주는데, 이것을 타감작용(他感作用, allelopathy)이라 한다. 타감물질은 뿌리에서 분비되기도 하고 잎에서 만들어지기도 하는데 그 잎이 낙엽이 되어 썩으면서 토양 속으로 스며들어 다른 식물의 생장을 저해한다.

예를 들면, 침엽에는 페놀 성분이 많아서 다른 생물들이 먹어도 분해가 잘 되지않는다. 소나무는 다른 식물들이 자라지 못하게 하는 페놀이나 탄닌 성분이 많이 함유된 낙엽을 두껍게 쌓거나 송진을 내뿜어 싹을 죽이기도 한다.

이처럼 다양한 방법을 동원해도 종족 생존에 한계를 절감한 모든 식물들은 생물학적 방법을 동원한다. 다산 정책이다. 인해전술로 다른 동식물에 맞서서 후손을 남기자는 전략이다. 수많은 씨앗을 만들어 그중에 하나라도 살아남게 만들어 보자는 처절한 방법이다.

동물들이 살아 나갈 수 있는 것은 나무와 식물들의 물량 공세 덕분이다. 식물은 자기 자신을 희생하는 생존전략으로 온몸을 바쳐가면서 동물을 먹여 살리고 자신도 살아남는 무주상보시를 앞장서서 실천하는 고마운 존재들이다.

참나무를 예로 들어보자. 참나무가 평생 생산하는 도토리가 모두 나무로 자란다면 지구를 다 덮을 수 있다. 그러나 그중 단 한 알만이 어미나무처럼 자라날 뿐이다. 우선 도토리가 땅에 떨어지면 야생동물의 식량이 된다. 다람쥐나 멧돼지도 먹지만, 산까치(어치) 같은 새들도 먹는다. 몇 개는 곰팡이의 에너지원으로 활용된다. 싹이 큰 후에도 어린 줄기는 들쥐들이 갉아먹는다. 천신만고 끝에 살아남아 좀 더 자라도 사슴이나 노루가 뜯어 먹는다. 구사일생으로 살아남아도 다른 나무가 자리를 내주지 않는다. 햇볕을 봐야 잘 자라는 참나무는 그늘에서 햇빛 볼 날을 하염없이 기다리고 있어야 한다.

그러던 중에 큰 나무가 폭풍으로 넘어지거나 벼락을 맞아 말라 죽어야 미래를 꿈 꿀 수 있게 된다. 그렇다고 미래가 쉽게 보장되는 것은 아니다. 다른 나무들도 마찬가지 입장이기 때문이다. 이번에는 그런 나무들과 누가 먼저 하늘을 차지할 것인가 경쟁을 벌여야 한다. 셀 수 없을 정도로 많이 열렸던 도토리가 이런저런 우여곡절 끝에 겨우 한 그루 정도만이 어미나무처럼 살아남아 다시 도토리를 생산하고 씨를 뿌리기 시작한다.

이처럼 나무는 생존을 위하여 온갖 수단과 방법을 동원한다. 그러한 식물의 생존 의지를 가벼이 여기지 말고 초목의 생명을 소중하게 대하는 것이 우리 인간이 해야 할 생태적 역할이다.

인간의 삶이 아무리 고달파도 나무의 삶에 비하면 호사스러운 엄살에 지나지 않는다. 식물은 인간에게 삶의 의미를 소리 없이 알려주는 스승이다. 인간은 이성을 가진 존재라고 높은 자존감을 가지고 살지만 삶의 내막을 들여다보면 생존에 대한 내성은 나무보다 허약하기 짝이 없는 존재이다.

동물을 부려먹는 나무들 ― 나무의 번식 전략

스스로 몸을 움직일 수 없는 나무는 생존과 번식을 위해서 다양한 전략을 동원하여 동물을 끌어들인다. 화려한 색깔이나 달콤한 맛, 구수한 냄새 등은 식물 스스로에게는 아무런 필요가 없는 것들이다. 이런 것들은 모두 동물을 끌어들여 후손을 번식시키기 위한 전략일 뿐이다.

식물은 생태계를 이끌어가는 주류세력이다. 주류세력의 역할을 다하면서 후손이 살아남기 위해서는 인색하게 굴지 않아야 된다. 꽃을 피우는 것도 그런 전략의 하나이다. 꽃은 아름다운 모양과 화려한 색깔도 모자라 맛있는 밥상(꿀)까지 차려 놓고 벌 나비를 불러들여 수정을 부탁한다. 바람이나 물의 힘을 이용하는 식물은 그런 짓이 부질없다고 꽃단장을 하지 않는다. 그냥 자연의 힘에 모든 것을 맡겨 버린다.

이제 열매를 맺었으면 그 열매를 멀리 퍼뜨려야 한다. 그 일도 자연의 힘을 빌리지 않는 식물은 동물에게 부탁을 한다. 자연의 세계에서 그냥 부려먹는 것은 없다.

수고비를 넉넉히 주어야 한다. 그중 하나의 방법이 물량 공세이다. 1000개의 열매 중에서 하나만 싹을 틔울 수 있어도 다행으로 생각하는 것이 식물의 세계이다. 그러면서 동물에게 후손이 살아남게 해주길 부탁한다. 인간사회에서와 마찬가지로 생태계에서도 공짜는 없다.

열매가 익기 전에 과육에서 쓴맛이나 신맛이 나는 것은 동물이 먹지 못하게 하기 위해서다. 후손의 번식을 위한 준비가 아직 덜 되었기 때문이다. 열매가 성숙해지면 단맛이 나는 과육을 만들어 동물을 불러들인다. 그 씨를 널리 퍼뜨리기 위한 수단이다.

참나무는 다람쥐의 건망증 덕에 후손을 퍼뜨린다. 다람쥐는 도토리를 비상식량으로 땅속에 저장해 두었다 꺼내먹는데 가끔씩 묻은 곳을 기억하지 못해서 살아남은 도토리가 번식할 기회를 얻게 된다. 그런 방법으로 수백만 그루의 나무는 다람쥐에 의해서 싹을 틔운다. 아주 재치와 애교가 넘치는 나무의 생존 전략이다. 다람쥐의 건망증이 도토리에게는 칭찬받을 정신작용이다.

나무는 새들의 취향을 읽어낸다. 나무는 새들이 붉은색에 아주 민감하다는 것을 다 파악하고 있다. 그래서 많은 나무의 열매들이 붉은색으로 익어가는 것이다.

가을에 피어나는 야생화들은 곤충의 활동이 제한적이기 때문에 곤충들의 눈에 잘 띄는 보라색 계통의 색을 선호한다. 또한 안전한 꽃가루받이를 위해 긴 통으로 된 꽃을 피우거나 하나의 꽃대에 무수히 많은 꽃들을 일시에 피워낸다.

나무는 번식 전략으로 자연의 힘(바람, 물)을 빌리기도 한다. 나무나 식물들이 바람을 타고 씨앗을 멀리 보내는 것은 자신과 생존을 위한 경쟁을 피하기 위해서다. 부모가 되는 큰 나무 밑에 씨앗이 떨어지면 햇볕을 받을 수 없고 영양분을 얻기 힘들어 살아남기 어렵기 때문이다. 자연이라는 생태열차에 무임승차는 없다.

나무의 인지기능

기억력과 판단력

식물도 동물 못지않게 판단하고 움직인다. 식물도 이로운 쪽으로 움직여 가고 불리한 쪽은 피해 간다. 다만 너무 느려서 그렇지 않은 것처럼 보일 뿐이다.

영국 삼림지대의 검은 딸기를 관찰한 결과에 의하면, 뿌리에서 나온 새 줄기는 흙 밖으로 눈(芽)을 내밀면서 즉시 주변을 탐색한다. 사방을 둘러보고 타고 올라갈 기둥을 찾는다. 식물의 잎, 줄기, 뿌리는 주변 환경을 느끼고 이해한 후 생장, 양분을 찾는 능력, 광합성 속도, 물을 아끼기 위한 기공 폐쇄율 등 생리를 조절한다.

수잔 시마드는 식물이 동물과는 다른 방식으로 어떻게 충격에 감정적 대응을 갖는지도 설명한다. 칼질을 당한 후, 진딧물의 공격을 받을 때 식물의 세로토닌 수치가 변화하며 그래서 다른 이웃들에게 비상 신호를 뿜어내기 시작한다.(식물은 동물의 신경 시스템에 공통적인 다수의 신경 화학물질과 더불어 세로토닌을 갖고 있다.)

최근 연구는 균근 네트워크가, 인간의 신경 연결이 그렇듯이, 전달·소통·협동을 촉진할 뿐 아니라 문제 해결·학습·기억·의사결정까지도 촉진함을 보여 준다. 또한 숲의 그늘 아래에서 자라는 식물들은 빛이 부족한 환경에 적응하기 위해 잎이 넓고 얇으며 옅은 녹색을 띤다. 때로 씨앗은 이런 조건에서는 싹을 내지 않고 잠을 자기도 한다. 뿌리는 중력을 따라 땅속으로 뻗어가지만 가물면 물이 있는 땅 표면으로 중력을 거슬러 뻗어 올라간다.

이처럼 실제로 식물들은 새로운 도전과 주변의 변화에 대한 메시지를 받아 적극적으로 행동을 바꾼다. 식물들은 보고 듣고 느끼고 냄새를 맡으며 이에 따라 반응한다. 덩굴식물이 자라는 모습을 담은 저속 촬영 사진을 보면 덩굴은 자동기계가 아니다. 그것은 감각하고, 움직이고, 균형을 잡으며, 문제를 해결하여 새로운 영역을 어떻게 탐험해 나가야 하는지 알아가려고 노력한다.

클리브 백스터의 실험 결과에 의하면 나무나 식물이 손상을 입었을 때 아무런 고통을 느끼지 못하는 것이 아니다. 느끼는 감각기관과 그에 대한 대응 방법이 인간과 다를 뿐이다. 단지 식물과 다른 감각 체계를 가진 인간의 감수 능력 한계로 식물들이 느끼는 고통을 함께 나누지 못할 뿐이다.

인간은 나무에 도끼질을 하면서 나무가 느낄 고통을 염두에 두지 않는다. 식물은 감각기능이 없다고 생각하기 때문이다. 그러나 그것은 바른 생각이 아니라고 전문가들은 주장한다.

전문가들의 연구에 의하면 나무도 느끼고, 듣고, 보고 맛을 느끼며 냄새도 맡을 수 있다고 한다. 단지 그에 대한 표현방법이 인간과 달라 우리가 그것을 쉽게 알아차리지 못할 뿐이다.

브리티시컬럼비아 대학의 산림보전학과 교수 수잰 시마드 박사는 식물들 사이의 균근 네트워크가 인간이나 다른 동물들의 신경연결 네트워크처럼 작동한다고 주장했다. 균근 네트워크는 신경연결 네트워크와 놀랄 만큼 유사한 방식으로, 나무의 마디 사이에 정보를 흐르게 한다. 그리고 신경연결 네트워크가 동물에게 인지와 지능을 가능하게 하듯이, 균근 네트워크는 식물에 유사한 능력을 부여한다. 최근 연구는 균근 네트워크가, 인간의 신경연결이 그렇듯이, 전달·소통·협동을 촉진할 뿐 아니라 문제 해결·학습·기억·의사결정까지도 촉진함을 보여 준다. 생태학자 모니카 갈리아노는 식물의 지능에 관한 파격적인 연구를 출간했는데, 식물이 일어난 일을 기억하며 이에 따라 행동을 바꾼다는 것을 보여주었다. 말하자면 식물이 학습을 한다는 것이다.

식물의 감각세계에 대하여 연구한 대니얼 샤모비츠는 '식물은 자기 주변 세상을 정확히 인식한다.'고 말한다. 그들은 자기의 시각적 환경을 인식하고 적색광, 청색광, 초적광, 자외선을 구분하고 그에 따라 반응한다고 한다. 식물은 자신을 둘러싼 향을 인식하고, 공기 중에 떠도는 극미한 양의 휘발성 성분에도 반응을 보인다. 무언가가 자신을 만지면 그것을 알고 다른 촉각들과 구분한다. 식물은 중력을 인식하고 자신의 과거를 인식한다고 말한다. 각각의 감각 기능에 대하여 좀 더 알아보도록 하자.

감각기능

① 시각 기능

복잡한 연구 결과가 아니고도 나무가 시각 기능을 가지고 있다는 것은 주엽나무를 관찰해 보면 알 수 있다. 주엽나무의 줄기에는 굵고 험상궂은 가시가 다닥다닥 돋아나 있다. 몸통을 빙 둘러가며 날카로운 가시들이 사방으로 뻗어 있는데 이는 끊임없이 닥쳐오는 외부의 공격으로부터 스스로를 지키기 위한 일종의 방어 수단이다.

흥미로운 사실은 환경에 따라 가시의 밀도가 천차만별이라는 점이다. 인적이 드문 곳의 주엽나무 줄기에는 가시가 거의 없다. 외부로부터의 위협이 없다 보니 가시를 만들어야 할 이유가 없는 것이다. 하지만 근처에 오가는 사람이 많아지면 한두 해 사이에 몰라볼 만큼 굵고 날카로운 가시가 돋아난다. 주변의 변화에 어찌나 민감한지 누가 자신의 몸에 직접 손을 대지 않고 서성대기만 해도 어느새 날카로운 가시로 무장을 한다. 그러다가 사람의 발길이 멀어지면 무성했던 가시는 언제 그랬냐는 듯이 수그러든다.

클리브 백스터(Cleve Backster)는 다음과 같은 실험을 통하여 나무가 사람을 구별할 수 있는 시각 기능을 가지고 있음을 증명하였다.

"식물이 있는 방에 사람을 들여보내 나뭇잎을 따도록 했다. 그러자 격렬한 반응이 거짓말 탐지기에 나타났다. 그 사람을 방에서 나오게 한 후 다른 사람을 들여보냈다. 식물은 처음 본 사람에게는 특별한 반응을 보이지 않았다. 반면에 자신에게 물을 주고 보살펴준 사람은 알아차린 듯 기쁨의 표시라고 할 강한 반응을 보였다. 그런 다음에 잎을 따며 괴롭혔던 사람을 다시 방에 들여보내자 그 순간에 식물은 아주 강력한 반응을 보이다가 마침내 아무 반응도 보이지 않았다. 식물이 기절을 한 것이다.” 이에 백스터는 식물은 인간을 알아볼 수 있으며 기억력도 가지고 있다는 결론을 얻었다.

식물은 마지막으로 본 빛의 색깔을 기억한다. 1960년대 초에 워런 L. 버틀러와 동료들은 식물의 한 광수용체가 빨간빛과 근적외선의 효과 모두와 관련이 깊다는 사실을 밝혀냈다. 그들은 이 광수용체를 ‘식물의 색’이라는 뜻으로 ‘피토크롬’이라고 불렀다. 식물에도 여러 종류의 광수용체가 있다. 파란 빛을 보고 그 방향으로 휘어지게 하는 광수용체는 포토트로핀(phototropin)이라 부른다. 그리고 꽃을 피울지 말지 결정하는 빨간 빛과 근적외선을 감지하는 광수용체는 피토크롬(phytochrome)이라 한다.

식물의 모든 조직에는 개별적인 빛 탐지 센서가 있다. 빛의 탐지와 관련된 수용체는 세포 내에 존재하는 아주 다양한 식물 색소들이다. 이들은 빛의 성질을 파악하여 여러 가지 생화학적 과정들을 조절함으로써 빛에 대한 일련의 사고 작용을 하게 된다. 현재까지 알려진 빛 탐지 색소로는 적색광과 근적색광을 흡수하는 피토크롬, 보라색광과 청색광을 흡수하는 크립토크롬(cryptochrome)이 있다.

피토크롬은 그 막중한 임무를 잘 수행하기 위해 빛 양의 100분의 1에 해당하는 가시광선에도 반응할 정도로 민감하다. 피토크롬은 흡수된 빛의 성질에 따라 불활성과 활성으로 바뀌는데 봄이 되면서 낮 길이가 밤 길이보다 길어지면 활성물질의 농도가 높아지고 이에 힘입어 식물들은 활동을 개시한다. 식물이 공간과 계절, 밤낮을 탐지하고, 심지어 경쟁자를 탐지하는 것도 빛의 성질을 통해서다. 식물은 낮이 되어 어느 정도 빛의 밝기가 보장되어야 활동을 시작한다.

식물이 봄이 왔는지 아는 것은 낮이 길어지고 있다는 것을 알아차리는 피토크롬의 역할 덕분이다. 식물은 또한 눈이 내리기 전인 가을에 꽃을 피우고 열매를 맺는다. 가을이 오고 있다는 것을 알 수 있는 것은 피토크롬이 밤이 길어지고 있다는 사실을 알려주기 때문이다.

크립토크롬은 주로 빛을 이용해서 생체시계를 다시 맞추는 일을 담당하는 파란빛 수용체다. 파란빛을 흡수한 크립토크롬이 세포들에게 지금이 낮이라고 신호를 보낸다.

해가 저물 무렵 모든 식물이 자연적으로 가장 마지막에 보는 빛이 바로 근적외선이다. 근적외선이 식물에게 '스위치를 내려라'라고 지시하는 것이다. 아침이 오면 식물은 빨간 빛을 보고 깨어난다.

이런 식으로 식물은 빨간 빛을 마지막으로 본지 몇 시간이나 되었는지를 계산하고, 그에 따라 생장을 조절한다. 다윈 부자의 굴광성 실험에 의하면 눈은 줄기의 위쪽 끝에 있는 반면에 빛을 향해 휘어지는 반응은 중간 부분에서 일어난다.

② 촉각 기능

식물도 감촉을 느낀다. 누가 만진다는 사실을 알 뿐만 아니라 날씨가 더운지도 구분하고 가지가 바람에 흔들리고 있다는 것도 알아차린다. 식물은 촉각적 자극을 인지하고 때로는 인간보다 더 잘 느낀다. 가시박 같은 식물은 촉각적 자극이 인간 보다 최대 열 배 더 민감하다.

다른 연구자들도 식물이 감각 기능을 가지고 있다고 연구 결과를 통하여 다음과 같이 주장하고 있다.

"식물은 촉감을 느낄 뿐 아니라, 뜨거운 것과 차가운 것을 구분하고, 바람에 자신의 가지가 흔들리는 것도 알 수 있다. 식물은 직접적인 접촉을 느낀다. 덩굴과 같은 일부 식물들은 자신의 몸이 타고 올라갈 울타리 같은 물체와 접촉하면 빠르게 성장하기 시작한다. 파리지옥풀은 곤충이 앉으면 고의적으로 그 함정을 닫는다. 단순한 접촉이나 조금 흔드는 것만으로도 식물이 성장을 멈추는 것을 보면 식물은 너무 잦은 접촉을 좋아하지 않는 듯하다."

파리지옥풀은 모든 녹색식물과 마찬가지로 광합성을 하고, 또한 동물성 단백질을 섭취하는 식충식물이다. 파리지옥풀 잎의 안쪽은 분홍색이나 보라색을 띄고 동물이 좋아하는 꿀을 분비한다. 파리지옥풀은 사냥감을 느끼고, 함정 속을 기어다니는 생물체가 먹기에 적당한 크기인지 아닌지를 감지한다. 각 잎 안쪽의 분홍색 표면에는 몇 가닥의 검정색 긴 털이 있고, 이 털들은 함정이 튕겨 닫히게 만드는 방아쇠 역할을 한다. 하지만 한 가닥만으로는 함정이 튕겨 닫히기에는 부족하다. 연구자들은 적어도 20초 내에 두 가닥 이상을 건드려야 이 함정이 닫힌다는 사실을 발견했다.

땅에 뿌리를 박고 사는 식물은 위험한 상황에서 몸을 대피할 수 없지만 새롭게 맞닥뜨린 환경에 적응하기 위해 자신의 대사 작용을 바꿀 수 있는 능력이 있다. 유기체 수준에서 봤을 때 촉각과 그 밖의 물리적 자극에 대한 동식물의 반응은 상이하지만, 세포 수준에서 보면 야기된 신호들은 놀랍도록 유사하다. 식물세포의 기계적 자극은 신경의 기계적 자극처럼 전기신호를 야기하는 이온성 상태의 세포 변화를 촉발한다.

식물은 바람과 손장난을 구별할 줄 안다. 식물체에서도 인체와 같이 10~50mV의 약한 전류가 흐른다. 식물의 잎을 손가락이나 유리 막대로 건드리면 조용히 흐르던 전류가 갑자기 심한 변화를 보인다. 그 반응은 자극을 그칠 때까지 계속된다.

③ 중력 감지기능

인간의 감각기관은 중력을 전혀 인식하지 못한다. 그러나 식물은 중력에 대한 인지능력이 있다. 그 능력은 굴성으로 나타난다. 식물은 굴성(屈性,tropism) 능력을 통하여 중력을 인지할 수 있다는 것을 알 수 있다.

굴성이란 뿌리는 중력 방향을 향해 땅속 깊이 뿌리를 뻗고, 줄기는 중력의 반대 방향인 하늘을 향해서 자라는 것이다. 이처럼 식물은 동물에게는 없는 중력을 인식하는 탁월한 감각 능력을 가지고 있다. 나무가 하늘 높이 자랄 수 있는 것도 중력을 감지하기 때문에 가능한 일이다.

④ 기타 감각기능

식물은 특정 후각기관이 없지만 냄새를 맡을 수 있다. 식물은 자기 자신과 이웃 식물의 냄새도 감지한다. 열매가 익었을 때, 정원사의 가위에 이웃 식물이 잘려 나갔을 때, 벌레가 이웃 식물을 뜯어먹을 때 냄새를 맡고 알아차린다.

식물은 여러 가지 수용성 화학물질을 구별할 줄 안다. 식물의 혀는 뿌리다. 식물의 뿌리는 토양을 살피면서 식물이 영양, 생장, 발달에 필수적인 물과 미네랄을 흡수한다. 뿌리는 또한 이웃 식물의 뿌리나 미생물이 내보내면 흙을 통해 전달되는 화학신호도 감지한다.

식물은 꽃 냄새(향기)를 풍기는 데 그치지 않고 공기 중의 기체 화합물을 감지하고, 비록 신경계는 없지만 이 신호를 생리적으로 반응한다. 예를 들면 라마콩은 딱정벌레에 공격을 당하면 잎은 공기 중으로 혼합기체를 내뿜고 꽃은 딱정벌레의 천적인 절지동물을 유혹할 꿀을 만들어 낸다. 인간의 미뢰(味蕾)는 맛을 감지하는 특정 세포로 이루어진 반면 식물은 모든 세포가 여러 가지 맛을 두루 감지한다.

음악을 듣고 자란 농작물이 성장과 결실이 더 좋다는 이야기를 우리는 흔히 들을 수 있다.

이러한 식물의 청각 기능을 인정할 수 있는 연구 결과가 있다. 영남대학교의 배한홍 교수 연구진은 애기장대의 경우 음파가 유전자 발현에 변화를 일으키는 결과를 얻었다. 그리고 또 다른 연구 결과로는 해안 달맞이꽃의 경우 수분 매개 동물의 소리를 들은 꽃이 그 소리를 듣지 않은 꽃은 꽃보다 꿀에 당분이 더 많았다고 한다.

나무의 인위적 피해

제설작업

추위로 나무가 입는 피해는 섭씨 영도 이하에서 발생하는 동해(凍害)와 영도 이상에서 일어나는 냉해(冷害)가 있다. 나무 중에 차나무류, 귤나무류, 아카시류 중 일부는 섭씨 영하 10도 내외가 내동 한계 온도이며, 상당수의 남부 수종은 이 정도의 기온이 되면 피해를 입는다. 특히 어린 나무는 추위에 더욱 민감하다. 인간과 마찬가지로 나무도 체감 온도에 민감하기 때문에 기온은 동해를 받을 만큼 낮지 않더라도 바람이 강하면 피해를 받을 수 있다. 예를 들어 실제 기온이 영하 5도라고 하여도 바람이 초속 7미터의 속도로 불면 체감 온도는 영하 13도가 되는 식이다.

눈을 녹이기 위하여 뿌린 염화칼슘에 도로변의 나무가 인위적인 이유로 피해를 입을 수 있다. 겨울철이 되어 눈이 내리는 날이면 사람과 차량의 안전한 통행을 위하여 도로에 염화칼슘을 뿌려 눈을 녹인다. 염화칼슘이 들어 있는 물은 섭씨 영하 52도가 되어야 얼기 시작한다. 그래서 염화칼슘의 살포는 웬만한 추위에 가장 손쉬운 제설 방법이다.

염화칼슘은 물이 얼어붙은 뒤보다는 얼기 전에 뿌려 두는 것이 10배 더 효과적이기 때문에 눈이 오기 전에 뿌려두는 것이 좋다.

이러한 장점을 얻기 위해서는 단점도 각오해야 한다. 직접적인 피해로는 제설작업 중 또는 제설작업 후에 염화칼슘이 녹아 있는 물이 바람에 날려 잎이나 가지에 묻으면 잎이 마르고 누런색으로 변하여 괴사하거나 낙엽이 져 나무의 광합성 기능을 저하시킬 수 있다.

간접적인 피해는 염류가 토양에 집적되어 나타나는데, 토양의 삼투압이 커져 뿌리가 수분을 흡수할 수 없게 된다. 정상적인 토양은 pH 5.5~6.5로 음전하를 띠는 토양 입자 표면에 수소 이온이 부착되어 있으나 염화칼슘이 유입된 토양은 토양 입자 표면에 양전하를 띠는 칼슘이 부착되면서 알칼리화 된다. 알칼리성 토양(PH7.2이상)은, 망간, 붕소, 아연 등의 필수 양분이 부착해야 할 표면에 양전하를 띠는 칼슘 이온이 부착해 영양 결핍 현상이 나타난다. 따라서 나무에 수분 부족과 영양결핍 현상이 나타난다.

나무의 압사

땅 위에 꼿꼿하게 서 있는 나무가 압사(壓死)를 당한다는 말이 생소하게 들린다. 그런데 나무가 압사를 당하는 경우가 있다. 압력의 증가를 견디지 못한 뿌리가 호흡과 흡수 기능을 제대로 수행할 수 없는 경우에 처하면 서서히 압사가 일어난다. 나무의 압사는 대부분 인위적인 요인에 의해 발생한다. 성토(盛土)와 답압(踏壓) 때문이다.

성토는 조경 목적으로 주택을 짓거나 길을 내면서 주변과 수평을 맞추거나 경관을 아름답게 꾸미기 위해서 기존에 서 있던 나무에 흙을 쌓아 올리면서 일어난다. 나무의 뿌리는 지표면에서 30cm 이내의 깊이에 세근의 90% 이상이 생존하기 때문에 성토가 지나치면 세근의 호흡과 흡수 기능이 저하되어 나무가 쇠약해질 수 있다.

답압이란 압력이 가해져서 토양이 단단하게 다져지는 것을 말한다. 답압의 피해는 복토나 피복에 의한 피해와 비슷하다. 답압이 심해지면 토양 중 대공극의 감소로 인해 산소와 수분의 이동이 곤란해진다. 일반적으로 산소는 토양 중에 3% 이상이 필요하지만 답압이 되면 산소의 양이 줄어들어 뿌리의 생장이 감소하거나 고사하게 된다.

또한 토양 중 수분 이동도 곤란해져 수분 스트레스로 인해 가지 고사 등의 피해가 나타난다. 더불어 답압이 되면 여름철에 지온 상승을 일으켜 나무의 호흡이 더욱 어려워진다. 온도가 25℃에서 10℃ 더 올라가면 나무의 호흡량은 2배 이상 증가하는 것으로 알려져 있다. 호흡을 많이 하면 그만큼 더 많은 산소를 공급받아야 하는데 답압된 토양에서는 그러지 못하므로 나무가 쇠약해지는 요인이 되는 것이다. 도시 숲에 나타나는 답압은 대부분 많은 사람의 왕래나 차량 같은 장비의 빈번한 통과에 의해 발생한다.

토양의 3요소는 고상 50%, 액상 20~30%, 기상 20~30%일 때가 가장 적절한 비율이다. 고상은 양분을, 액상은 수분을, 기상은 산소를 공급한다. 일반적으로 지상의 공기는 질소 79%, 산소 20~21%, 이산화탄소 0.03%로 구성되어 있는데 지하부 토양의 공기는 질소 75~80%, 산소 20~21%, 이산화탄소 0.1~10%로 구성되어 있다. 답압이나 성토가 가해지면 이런 비율이 균형을 잃어 나무의 뿌리가 제대로 기능을 할 수 없어 벌어지는 압사이다.

PART 3

나무와
인간

나무는 인간의 의지처

　인류의 조상은 계절이 순환하고 동식물이 생장하는 과정을 관찰하면서 그들의 삶을 보장해 주는 어떤 자연법칙이 있다고 생각하였다. 그들은 나무가 장구한 세월에 걸쳐 생존하는 것을 보면서 영원불변의 속성이 있다고 믿었다.

　나무는 땅과 하늘을 연결시켜 주는 신성한 존재였다. 하늘에 사는 성스러운 신이 인간 세상으로 내려오는 통로였다. 나무는 땅속으로 파고드는 뿌리로 지하세계와 교감하고, 솟아오르는 생장력으로 하늘 높이 뻗어 올라 천상세계와 소통할 수 있는 인간의 의지처였다. 인간이 생각하기에 천계, 지상, 지하세계를 연결하는 우주 축으로서 나무 만한 것이 없었다. 그러면서 나무가 신의 힘을 전달하는 전령사 역할을 한다고 생각했다.

　고대 문명을 살펴보면 대부분의 지역에서 인간은 나무가 영혼과 의식을 가졌으며 느끼고 감지할 수 있는 능력을 지닌 존재로 보았다. 이러한 믿음으로 옛적부터 인류는 나무를 통해서 정신적인 위로를 받았고 마음의 평안을 얻을 수 있었다. 대부분의 인류 역사에서 숲은 우리를 편안하게 보호해 주고 피난처를 제공해 주는 어머니의 품과 같은 역할을 수행하였다.

전문가들의 연구 결과에서도 나무를 비롯한 식물은 인간의 마음을 평온하게 만들어 준다는 것이 밝혀졌다. 숲이 우거진 마을에 사는 주민은 그렇지 않은 사람들보다 덜 호전적이고, 서로 잘 어울려 지내며, 강한 소속감을 가지며, 정신적으로 더 건강하고, 마약 복용이나 어린이 학대가 적었고, 낮은 범죄율을 보였다. 숲이 우거진 학교에 다니는 학생은 집중력과 정서적 균형감이 더 좋아져 인성 발달에 도움을 주는 한편, 환경인식과 학교에 대한 소속감과 애교심이 더 높은 것으로 나타났다. 또 작업장에 식물을 심어두면 불쾌감이 줄어들고 노동 생산성이 증가하고 매장에서는 소비자의 구매력도 증가한다는 보고가 있다.

일본의 한 연구팀의 연구 결과에서도 마찬가지였다. 그들은 연구에 참가한 사람 중 절반에게 숲속을 15분 간 걷게 하고, 나머지 절반은 도시 거리를 걷게 한 다음 감정 상태를 평가해 보았다. 숲길을 걸은 사람은 도시 길을 걸은 사람에 비해 확실한 감정 향상을 경험했으며, 이에 더하여 긴장·불안·적대감·우울·피로가 하락했다. 효과는 직접적이고 확실했다.

나무는 우리의 행동 양상에도 긍정적인 영향을 준다. 연구자들은 나무 주변에서 시간을 보내는 사람들이 더 협동적이고 친절하고 관대하게 만든다는 것을 발견했다. 나무는 세계에 대한 경외감과 호기심을 키우고, 그로 인해 우리가 다른 이들과 상호작용하는 방식을 바꾼다. 나무는 사람의 공격성과 무례함을 줄여준다. 시카고·볼티모어·밴쿠버에서 진행된 연구들은 사회경제적 지위나 다른 교란 요인들을 통제했을 때에도, 키 큰 나무들이 많이 있는 마을일수록 폭행·강도·마약 같은 범죄 모두 상당히 감소한다는 것을 발견했다.

'미국 시의 아버지'라고 불리는 윌리엄 브라이언트는 "숲은 신(神)의 첫 성당"이라고 했다. 그는 뉴욕 이브닝포스트 편집장이던 1844년 맨해튼에 센트럴파크를 만들자는 캠페인을 하면서 다음과 같이 주장했다. "지금 이만한 넓이의 공원을 만들지 않으면 100년 뒤 뉴욕은 같은 넓이의 정신병원이 필요할 것이다."

센트럴파크의 조성은 브라이언트의 승리였고 숲의 승리였다. 초록 숲이 우거지고 푸른 잔디가 자라는 공원과 잿빛 콘크리트 정글, 이 둘 중에서 우리 대도시가 어느 쪽으로 더 가까이 가야할지는 두말할 필요가 없다.

신화 속의 나무

우리가 잘 알고 있듯이 우리나라의 건국 신화는 나무와 함께 시작한다. 단군신화에서 환웅(桓雄)이 하늘나라에서 무리 3천 명을 이끌고 태백산의 신단수(神壇樹) 아래로 내려와 신시(神市)를 조성하여 인간을 다스렸다고 한다. 신단수는 태백산 꼭대기에서 하늘을 향해 솟아 있는 나무이다. 여기서 태백산은 세계의 중심이며 신단수는 산의 정상에서 하늘과 맞닿은 채로 서 있다.

신단수 아래서 기도하여 사람으로 환생한 웅녀는 환웅과 혼인하여 단군을 낳았다. 신단수는 인간의 소원을 들어주는 신성한 존재이다. 신단수는 하늘과 땅을 연결하는 매개체일 뿐만 아니라 하늘과 인간을 소통시키는 우주목이다. 결국 단군신화에 나오는 신단수는 세계의 중심과 생명의 원천을 동시에 상징한다고 볼 수 있다.

신단수는 첫째로 산 위에 솟아 있는 나무이다. 둘째로는 하늘 신이 그 아래로 내려온 나무이다. 셋째로는 그것을 중심으로 신시(神市)가 세워졌다. 단군신화에 나타나 있는 신단수에서 신의 뜻이 인간에게 내려지고 인간의 뜻이 신에게 전해지는 우주수의 연원을 찾을 수 있다.

신단수는 세계성, 종교성, 공동체성으로 설명될 수 있다. 세계성이란 신단수가 세계수 또는 우주 나무임을 의미한다. 한 가운데 솟아 세계의 중심이면서 동시에 하늘과 땅을 이어 주는 기둥 구실을 하는 나무가 세계수이다. 종교성은 그것을 타고 하늘의 신이 하늘과 땅 사이를 왕래하는 나무이다. 곧 신내림 나무라 할 수 있다. 나아가서는 신령 나무라는 관념도 생각할 수 있다.

건국 신화 말고도 나무를 소재로 한 신화는 많이 있다. 다른 신화를 살펴보자.

나무도령과 부상이라는 뽕나무 이야기다.

옛날에 선녀가 땅에 내려와 나무 밑에서 쉬다가 나무신과 혼인하여 아들을 낳았다. 선녀는 하늘로 올라가고 그 아이는 이 세상에 남아 나무도령이라고 불리게 되었다.

하루는 아버지 나무가 아들을 부르더니, 이렇게 당부했다. '아이야, 앞으로 큰 비가 내려 내가 쓰러질 것이다. 그때 내 등을 올라타야 한다.' 그 후 어느 날 갑자기 큰 비가 내리기 시작하더니 도무지 그치지 않아 곧 온 세상이 물바다를 이루었다.

넘어진 나무를 타고 떠내려가던 나무도령은 살려달라고 애걸하는 개미를 만나 아버지 나무의 허락을 받고 그 개미를 구해주었다. 이어서 모기떼들도 구해주었다.

마지막에 물에 떠내려가던 한 소년이 살려달라고 애원하여 구해주려고 하였으나 아버지 나무가 반대하였다. 그러나 나무도령이 우겨서 그 소년을 구해 주었다. 비가 멎고 나무와 그 일행은 높은 산에 닿았다. 나무도령과 소년은 나무에서 내려와 헤매다가 딸과 시비(侍婢)를 데리고 사는 한 노파의 집에 머물게 되었다.

나무도령이 구해 준 그 소년은 노파의 딸을 차지하려고 노파에게 나무도령을 모함하여 어려운 곤경에 처하게 하였다. 그럴 때마다 구해 주었던 동물들이 나서서 도와주어, 결국 나무도령은 그 딸과 혼인하게 되었고, 구해 준 소년은 밉게 생긴 시비와 혼인하였다. 대홍수로 속세에 살던 인류가 다 없어졌기 때문에 그 두 쌍이 인류의 새로운 시조가 되었다.

우리의 고전소설에 등장하는 또 하나의 신목이 있다. 삼국유사와 심청전에 나오는 부상(扶桑)이라는 나무이다. 공양미 삼백 석에 팔려 갈 심청이의 독백 장면에 '내일 아침에 돋는 해를 부상에 매었으면, 하늘 같은 우리 부친 더 한 번 더 보련마는...'이라는 애달픈 사연이 담긴 나무이다.

부상은 중국의 전설에 나오는 신성한 나무이다. 동쪽 바다 끝에 있는 외딴 섬에 부상(扶桑)이라는 커다란 뽕나무 한 그루가 서 있다. 부상(扶桑)은 높이가 300리에 달하고 둘레가 2천 여 아름에 달하며 가지에 열 개의 태양을 걸어 놓을 수 있는 나무다. 매일 아침이면 태양이 하나씩 바다 위로 올라와 하늘을 달리고 저녁에는 서쪽 끝의 연못인 함지(咸池) 속으로 빠진다.

단군신화의 신단수를 비롯한 세계수는 우리나라의 당산나무로 이어진다. 결국 당산나무도 천계와 지상을 연결시켜 주는 신목의 상징이고 우리를 보호해 주는 생명수라 할 수 있다.

나무에 대한 신화는 전 세계의 고대문화에서 나타난다. 나무를 신과 소통하는 통로로 여겼던 것은 특히 북방문화권의 커다란 특징으로 알려져 있다. 그런데 북방의 시베리아, 몽골을 중심으로 꽃피웠던 북방문화가 동으로는 북아메리카로, 서로는 티베트, 인도 북부, 메소포타미아를 거쳐서 유럽으로 건너가게 되었다. 거기서 유럽대륙과 영국, 아일랜드를 무대로 켈트문명을 이룩하고 게르만족과 합류했다. 그리고 그 과정에서 곳곳에 신목(神木)의 흔적을 남겼다. 신목은 사람과 신을 연결하는 매개체로 생명의 나무, 세계수, 우주나무라는 이름으로 불렸다.

서양 고전에서도 하늘과 땅을 연결해 주는 우주목과 세계수 신화가 풍부하다. 노르웨이 스칸디나비아 북방의 전설 속에 나오는 이그드라실(igdrasil)은 뿌리가 땅속 깊은 곳에서 솟아나 천국 높은 쪽으로 가지가 뻗어 우주 전체에 도달한다는 물푸레나무로 신화 속의 나무이다. 참나무와 물푸레나무는 유럽 고대 신화 속에 등장하는 우주목이다.

그리스 신화에서는 제우스를 상징하는 참나무와 포세이돈을 상징하는 물푸레나무가 유명하다.

인도유럽어족 전통사회에서는 인간이 나무에서 태어난 신화가 보편적으로 수용되고 있다. 중국에서는 뽕나무, 시베리아에서는 자작나무가 우주목의 역할을 수행한다. 뉴우기니아 서부의 '이리안자야' 지방의 아스맛족의 신화에서는 최초의 인간은 나무를 깎아서 만들었다고 한다. 그리고 독일 신화에서는 남자는 서양 물푸레 나무에서 여성은 느릅나무에서 만들어졌다고 한다.

나무에 얽힌 전설

　요즘 사람들은 나무를 목재 아니면 종이의 재료나 땔감으로서의 가치만을 생각한다. 그러나 우리의 조상들에게 나무는 인간의 삶을 의지하는 대상이었다. 또한 나무는 인간에게 상상의 나래를 펼칠 수 있게 하고 교감을 나눌 수 있는 존재였다.

　우리 선조들은 풍부한 상상력으로 나무를 통해 인간의 도리와 사회상을 풍자하는 뛰어난 감각과 재치가 있었다. 생물학을 뛰어넘어 인간의 도리를 실천하는 나무에 대한 이야기가 도처에 널려 있다. 주로 삽목전설이다.

• 천자암의 곱향나무

    순천의 조계산 송광사 경내에 천자암이라는 암자가 있다. 천자암은 고려의 9세 국사이며 금나라 왕자였던 담당 국사가 창건한 암자이다. 그 암자에는 돈독한 사제 간의 존경과 사랑을 상징하고 있는 두 그루의 곱향나무가 서 있다. 그 두 그루의 나무는 줄기가 서로 감고 자라서 꼬인 엿가락처럼 보인다. 그 곱향나무는 송광사 개산조인 보조국사와 그의 제자 담당국사가 금나라에서 귀국할 때 짚고 온 향나무 지팡이를 꽂아둔 것이 각각 뿌리를 내리고 잎이 돋아나 거대한 나무로 자라났다고 한다.

    보조국사가 금나라에 유학 중이었다. 그 때 불치병으로 고생하던 장종 왕비를 보조국사가 고쳐준 것이 인연이 되어 금나라 왕자였던 담당(湛堂)이 출가하여 보조의 제자가 되어 같이 귀국하였다. 그때 스승과 제자가 짚고 온 향나무 지팡이 2개를 이곳에 나란히 꽂아 놓았는데 그 후 한 나무가 다른 나무에 절을 하고 있는 형상으로 보여 스승과 제자 사이의 존경과 사랑을 상징하는 삽목 전설의 백미로 꼽히는 나무이다.

    이 나무는 한 사람이 밀거나 여러 사람이 밀어도 한결같이 움직이며, 나무에 손을 대어 흔들면 극락(極樂)에 갈 수 있다는 신비한 전설이 있어 이곳을 찾는 사람이 끊임없이 이어진다고 한다.

    향나무는 불에 태우면 향기로운 냄새를 발산한다. 그래서 향나무를 제사 때 향불로 사용하면 저승에 있는 영혼을 위로해 줄 수 있다고 생각하였다. 그런 이유로 향나무는 예로부터 조상숭배의 신성한 나무로 대접받고 있다.

• 임실의 개나무(오수, 獒樹)

개가 죽어 나무로 환생했다는 가슴 뭉클한 역사의 기록이 남아 있다. 고려 고종 때 최자의 보한집(補閑集)에 실려 있는 이야기다.

신라시대에 거령현(임실군 오수면과 지사면 영천리)에 김개인(金盖仁)이라는 사람이 살고 있었다. 그는 개를 아주 좋아하여 외출할 때마다 데리고 다녔다. 그러던 어느 날 그가 잔칫집에서 마신 술에 만취하여 집에 돌아오던 중 몸을 가누지 못하고 풀밭에 쓰러져 잠에 곯아떨어졌다. 그때 그 근처에 불이 나 불길이 주인 쪽으로 번져왔다. 다급해진 개는 주인을 깨우려고 온갖 방법을 다 하였으나 아무 소용이 없었다. 그러자 근처에 있는 개울물 속으로 뛰어 들어가 온몸에 물을 적셔 들불에 뒹굴기를 수백 번 반복하여 불길을 겨우 막았다. 그리고 개는 지쳐서 쓰러져 죽고 말았다.

잠에서 깨어난 주인은 모든 상황을 직감하고 개의 충성심에 감탄한 나머지 개를 묻어주고 무덤 위에 지팡이를 꽂아 놓았다. 그런데 몇 년이 지나자 그 지팡이에서 싹이 돋아나서 큰 느티나무로 자라났다. 사람들은 개가 환생하여 나무로 태어났다고 하여 그 나무를 개나무 즉 오수(獒樹)라고 불렀다고 한다.

거령현 백성들은 이를 두고 개가 사람보다 낫다면서 이를 칭송하여 추모비를 세웠다(園東山에 있음). 개의 주인 김개인은 살신보은한 개를 위하여 다음과 같은 견분곡(犬墳曲)을 지어 영혼을 위로하여 주었다.

사람은 짐승이라 불리는 것을 부끄러워하지만
공공연히 큰 은혜를 저버린다네
주인이 위태로울 때 주인을 위해 죽지 않는다면
어찌 족히 개와 한가지로 논할 수 있겠는가

• 봉화 청량사의 삼각우송

죽은 소가 소나무로 환생한 전설도 있다. 원효대사가 청량사를 지을 때였다. 스님이 사하촌을 지나갈 때 농부가 쟁기로 논을 갈고 있었다. 뿔이 세 개 달린 소였는데 그 날따라 소가 농부의 말을 듣지 않고 제멋대로 날뛰었다. 날뛰는 소를 본 스님은 농부에게 "그 소를 절에 시주해 달라"고 권했다. 농부는 기꺼이 그 소를 스님에게 시주하였다.

스님을 따라온 소는 신기하게도 고부고분해지더니 언제 그랬느냐는 듯 말을 잘 들었다. 소는 가파른 길을 기꺼이 오르내리며 청량사 불사에 필요한 목재와 물건을 모두 실어 날랐다. 소는 일을 모두 마치고 나서 낙성식을 하루 앞두고는 그만 생을 마쳤다. 스님은 소를 절 안에 땅을 파고 묻어주었다. 얼마 지나자 신기하게도 소 무덤에서 가지가 셋인 소나무가 자랐다. 그 나무를 사람들이 삼각우송(三角牛松)이라고 부르는데, 그 소나무가 바로 청량사 유리보전 앞에서 석탑을 바라보고 있는 소나무이다.

• 경주 등나무와 팽나무

신라시대의 이야기이다. 경주 현곡면 오류리라는 마을에 아리따운 두 처녀가 사이좋게 살고 있었다. 마침 같은 마을에 잘 생긴 총각이 있었는데 그 총각을 둘이 서로 사랑하게 되었다. 그러던 중 나라에 전쟁이 일어나서 총각이 전쟁터로 나갔는데 어느 날 죽었다는 비보가 날아왔다. 그 소식을 들은 두 처녀는 슬픔을 이기지 못하고 연못에 몸을 던졌다. 이듬해가 되자 그 연못가에 두 그루의 등나무가 서로 의지하고 자라고 있었다.

전쟁이 끝나고 며칠이 지난 후였다. 전쟁 중에 죽은 줄 알았던 그 총각이 살아서 돌아와 두 처녀의 소식을 들었다. 그 사연을 들은 총각은 자기 때문에 그들이 죽었다는 죄책감으로 그 연못에 몸을 던졌는데 총각이 죽은 자리에서 팽나무가 자라났다. 그뒤 두 그루의 등나무는 팽나무를 꼭 껴안고 올라가면서 세 그루의 나무가 사이좋게 지금도 잘 자라고 있다고 한다.

• 눈꺼풀이 환생한 차나무

차나무에는 달마대사의 참선 수행과 관련된 재미있는 전설이 담겨있다. 달마는 참선을 할 때마다 졸음이 쏟아졌다. 어느 날 다시는 졸지 않겠다는 각오로 눈꺼풀을 칼로 베어서 땅바닥에 내던졌다. 그 후 그곳에서 나무가 자라나더니 눈꺼풀과 비슷한 잎사귀가 돋아나 차나무가 되었다고 한다.

고로쇠나무가 그런 이름을 갖게 된 데에도 재미있는 일화가 있다. 도선국사가 수도 중에 무릎이 펴지지 않아 나뭇가지를 잡고 일어서려다 그만 가지가 부러지고 말았다. 그때 부러진 나뭇가지에서 흘러나온 물을 마시고 나서 다리가 펴지면서 벌떡 일어섰다는 전설을 가지고 있다. 그 일이 있고 나서, 뼈에 이로운 나무라고 하여 골리수(骨利水) 나무라는 말이 고로쇠로 변하였다고 한다.

• 성을 전환한 은행나무

성전환 전설을 간직한 나무도 있다. 강화도 전등사와 서울 명륜동 성균관 문묘 경내에는 은행이 전혀 열리지 않는 은행나무가 마당을 지키고 서 있다. 그 사연을 들어보자. 불교가 탄압받던 조선 말기 전등사에서 벌어졌던 일이다. 탐관오리의 수탈이 심한 시기였다. 관에서 해마다 은행을 모두 거두어 갔다. 어느 해에는 실제 수확량보다 무려 2배나 많은 공출을 요구했다. 그 물량을 감당할 수 없던 스님들은 은행을 아예 맺지 않게 해달라고 기도를 간절히 올렸다. 그 기도에 감응한 은행나무는 그 다음 해가 되자 숫나무로 변해서 단 하나의 열매도 열리지 않게 되었다고 한다.

성균관의 문묘 앞에도 은행이 열리지 않는 2그루의 은행나무가 자리 잡고 있다. 그런데 이 은행나무들도 본래는 은행이 많이 열리는 암나무였다고 한다. 가을이 되면 은행 열매가 고약한 냄새를 풍길 뿐 아니라 은행을 주우러 온 사람들로 야단법석이어서 유생들이 공부를 할 수 없을 지경이었다고 한다. 이를 막을 수 있는 방법은 은행이 열리지 않게 하는 것 뿐이었다. 이에 성균관 선비들이 고유제(告由祭)를 올려 은행이 열리지 않게 해달라고 간절히 빌었다고 한다. 그리고 나서부터는 숫나무로 변하여 은행이 열리지 않게 되었다고 한다.

• 소름이 끼치는 나무

공포감을 조성하는 전설적인 나무가 있다. 사람을 잡아먹는다는 나무도 있다. 물론 외국의 이야기이다. 그 이야기를 들으면 숲속에 들어가기에 겁이 난다.

마다가스카르에 전설적으로 내려오는 '악마의 나무'가 있다. 그 나무는 냄새로 최면을 걸어 인간을 끌어들이고 덩굴로 몸을 칭칭 감고 나서 피를 빨아먹어 사람을 죽였다고 한다. 이러한 일이 사실처럼 1881년 미국 신문에 그 고장의 부족 의식에서 산제물이 된 여성이 비명을 지르며 악마의 나무에 잡아 먹혔다는 목격 사례가 보도되었다고 한다.

나카라과의 원주민 사회에는 '악마의 덫'이라는 흡혈 식물이 있다고 한다. 어떤 사람이 고통스럽게 질러대는 반려견의 울음소리를 듣고 숲속으로 달려갔더니 새까만 나무에서 뻗어 나온 나무 덩굴이 개를 휘감고 있어 구하려 하였지만 그 개 는 이미 피범벅이 되어 있었다고 한다.

나무의 전설을 통해서 알 수 있는 것처럼 우리 선조들은 나무를 통해서 정신적인 위로를 받고 힘을 얻어 마음의 평화를 찾았다. 그러나 요즘은 나무가 인간의 편의를 위한 자원일 뿐이다. 그러나 아니다.

나무는 생태계의 수호신이다. 인간이 나무를 괴롭히고 학대한 과보로 생태계가 휘청거리고 있다. 많은 생물종이 그 터전을 잃어버렸다. 생명의 숲이 파괴되어 생물의 멸종이 급속도로 진행되고 숲의 정화기능을 상실하면서 인간의 생존 위협까지도 눈앞에 다가오고 있다.

나무는 바라는 것 없이 온 생명을 품어주고 지구의 생태계를 지키기 위해서 이세상에 태어난 신성한 존재라는 것을 인식할 때 급속도로 진행되는 지구의 생태위기를 해결할 수 있을 것이다. 과학 기술이 개입되기 전에 나무는 인간과 정신적인 교감이 이루어지는 존재였다. 인간의 마음이 그대로 나무에 투영되어 인간은 나무와 애환을 함께 하였다.

인간의 상상력이 투영된 나무들
— 나무의 상징

인간들은 나무의 변화를 통하여 일상생활에 닥쳐올 미래의 길흉을 예측하였다. 또한 나무의 모양과 색깔 및 습성을 보고 인간의 생활과 연결시켜 나무의 상징성을 부각시켰다.

예를 들면 자귀나무는 낮에 양쪽으로 활짝 펴져 있던 잎사귀가 밤이 되면 서로 합해져서 하나로 딱 붙는다. 그래서 신혼부부의 창가에 심어 놓고 부부의 금슬이 좋기를 기원하였다고 한다. 그러한 연유로 자귀나무는 합혼수(合婚樹), 야합수(夜合樹), 유정수(有情樹)라는 별명이 있다.

백일홍 나무는 겉과 속의 색깔이 동일하다. 그것을 조상과 후손 간 표리일체의 상징으로 삼아 묘지 주변에 백일홍(배롱)나무를 많이 심는다. 위패를 만드는 신주목으로는 밤나무를 사용한다. 밤은 종자의 껍데기가 묘목의 뿌리에 오랫동안 붙어 있으므로 조상과 후손의 끈끈한 관계를 나타내 주는 것을 상징한다.

도리(桃李, 복숭아와 자두)는 사랑하는 사람을 의미한다. 춘향전에는 이몽룡과 성춘향의 사랑과 결혼을 복사꽃과 자두꽃으로 천생연분을 상징하고 있다. 조선 후기 판소리 문화를 부흥시킨 신재효는 자신이 사랑했던 제자 진채선을 위해서 단가 도리화가를 창작했다. 이러한 작품에 등장하는 복사꽃과 자두꽃은 천생연분이나 사랑하는 사람을 상징한다.

소나무 잎은 부부애의 상징이다. 소나무잎은 두 개가 한 엽초(잎자루) 안에 나서 아랫부분이 서로 접촉하여 그 사이에 '사이눈'이라는 작은 생명체를 지니고 있고 또 그 잎이 늙어서 낙엽이 질 때에도 서로 떨어지지 않고 하나가 되어서 최후를 마감한다. 마치 부부의 완전무결한 백년해로의 모습을 보여주는 것 같다. 그런 이유로 소나무를 음양수라고 부르고 '부부는 솔잎처럼 살아야 한다' 말이 생겨나게 되었다.

우리 조상들은 복숭아나무가 축귀(逐鬼)의 효능을 가지고 있어 정신병 환자에게 굿을 하면서 그 가지로 때리면 악귀를 쫓아낼 수 있다고 믿었다. 이러한 속신 때문에 제사 때에는 복숭아를 쓰지 않는다. 복숭아나무는 귀신을 쫓아내기 때문에 집안에 심지 않았고, '담장에 찔레꽃을 올리면 호상(虎傷)이 염려되고, 석류나무를 심으면 자손이 번창한다'는 이야기가 있다.

맞닿은 두 나무 가지가 서로 붙어서 하나로 이어지는 것을 연리지(連理枝)라고 한다. 연리는 '두 몸이 한 몸이 된다' 하여 흔히 남녀 간의 사랑에 비유되며, 나아가 부모와 자식, 가족 사이, 친구 사이의 사랑에 이르기까지 이 세상의 모든 사랑은 하나로 이어진 두 나무로 형상화된다.

연리지는 중국인들의 수많은 사랑 이야기에서 단골손님으로 등장한다. 연리지는 우리의 역사에서도 남녀의 사랑에 한정시키지 않고 상서로운 조짐으로 여겼다. 선비들의 우정을 나타내기도 하였고 이 나무에 빌면 부부 사이가 좋아진다고 믿었다. 또 연리지에 올라가 기도를 하면 상대방에게 그 마음이 전달돼 그날 밤 밤잠을 못 이루게 만든다고 한다. 바로 그 여인에게 상사병이 옮겨가기 때문이다.

버드나무는 양기가 세어서 귀신이 싫어한다는 속설이 있다. 그래서 무당들이 귀신을 내쫓을 때 버드나무 가지로 사람을 때리기도 하였다. 반면 서양에서는 우울을 상징하기도 한다. 반대로 중국과 일본에서는 버드나무는 음기가 강해서 물가에서 잘 자라고 줄기가 머리를 풀어헤친 여자의 머리카락 같거나 여성의 요염한 허리와 같다 해서 귀신을 부르는 나무로 받아들이고 있다. 한중일 동양 삼국에서는 비오는 날 버드나무가 흔들리는 모습을 똑같이 무섭다고 표현한다.

일본에서는 옛날 옛적에 바람이 강한 날에 한 여자가 버드나무 가지에 목이 감겨 죽고 말았다고 한다. 그때부터 일본에서는 버드나무 아래에 귀신이 나타난다는 전설이 내려오고 있다. 썩은 버드나무의 원줄기는 캄캄할 때 빛이 나서 시골 사람들은 그 빛을 도깨비 불이라고 부르기도 한다.

애절한 사연이 깃든 나무

• 동백나무

동백나무는 한겨울에도 꽃을 피울 정도로 추위를 두려워하지 않는 나무다. 동백꽃이 필 무렵은 너무 추워 곤충들이 세상 밖으로 나올 수 없다. 그래서 동백은 수정을 곤충에게 부탁할 수 없어 새에게 의지한다. 동백은 동박새의 도움을 받아 수정을 하는 조매화이다. 새들은 냄새에 둔하다. 그러나 붉은 색은 쉽게 알아본다. 동백은 동박새의 취향을 잘 알아서 피처럼 붉은 꽃을 토해내 동박새를 불러들인다.

동백꽃은 봄을 부르는 전령이다. 동백은 우리나라 난대림의 대표적 수종으로 난대지역이나 열대지역으로 갈수록 꽃의 색이나 모양이 현란하게 핀다. 동백이 피를 토해 놓은 것 같은 붉은 꽃을 피우는 데는 애절한 사연이 깃들어 있다.

옛날 어느 나라에 욕심 많고 포악한 왕이 살고 있었다. 왕위를 이어받을 후손이 없던 왕은 동생의 아들에게 왕위를 물려주기 싫어서 두 조카를 죽일 궁리를 하였다. 그 낌새를 알아차린 동생은 두 아들을 멀리 피신을 보내고는 아들을 닮은 두 소년을 데려다 놓았다. 그러한 사실을 눈치챈 왕은 동생의 아들을 잡아와 동생에게 직접 죽이라고 명령을 내렸다. 임금에게 칼을 건네받은 동생은 그 칼 로 자기 가슴을 찔렀다. 동생은 가슴에서 붉은 피가 솟아오르며 숨을 거두었다. 그후 왕에게 살해당한 두 아들은 새로 변하여 하늘로 날아갔다. 그때 하늘에서 천둥 번개가 내려치면서 임금은 벼락을 맞아 죽었다. 왕의 동생이 죽은 자리에서 나무 한 그루가 자라났다. 동백나무였다. 새로 변한 두 아들이 그 나무로 날아와 둥지를 틀고 살기 시작하였다. 그 새가 바로 동박새이다.

동박새는 녹색, 황색, 흰색의 깃털이 있는 작은 새로 눈의 둘레가 하얗다. 그래서 백안작(白眼雀)이라고도 불리는 새다. 동백나무는 오직 동박새에 의한 수정으로만 열매를 맺는다. 슬픈 사연으로 붉은 피를 토하는 동백나무다.

이런 사연에 착안하여 우리 조상들은 동백나무로 만든 망치를 마루에 걸어놓으면 귀신이 집으로 들어오는 것을 막을 수 있다고 생각하였다. 우리 조상들은 터의 기운이 약하다고 생각되는 곳에 동백나무를 심었다. 전염병을 옮기는 귀신이 동백나무 숲에 숨어 살다가 꽃송이가 후두둑 떨어질 때 놀라 죽는다는 이야기가 있다.

동박새는 곤충을 먹이로 삼아 살지만 추운 겨울이나 이른 봄에는 먹이가 부족하여 동백꽃의 꿀을 먹어야 살 수 있다. 동박새의 부리와 꽃샘과의 거리가 안성맞춤으로 잘 맞아 꿀을 마음껏 빨아 먹을 수 있다. 동박새는 주린 배를 꿀로 채우고 그 덕에 동백꽃은 완전한 꽃가루받이가 이루어지게 된다. 수분(受粉) 후에 붉은 동백꽃은 꽃잎과 꽃받침과 수술이 통째로 떨어지고 수정이 된 씨방만 나무에 남는다.

동백나무는 조금 긴 꽃 통의 맨 아래에다 꿀 창고를 배치하고 동박새를 불러들인다. 꿀을 따갈 때 깃털과 부리에 꽃밥을 잔뜩 묻혀 여기저기 옮겨 달라는 주문이다. 동박새는 작은 곤충을 잡아먹고 살지만, 열량 높은 동백꿀은 겨울 나기에 반드시 필요한 고단위 영양식이다. 동백꽃이 진하고 붉은 것은 새가 붉은 색에 특히 강한 자극을 받으므로 꽃을 쉽게 찾아올 수 있도록 유도하기 위한 것이다.

또한 동백기름은 독특한 향과 영양성분으로 유명하다. 그래서 식용유,

머릿기름, 화장품으로 사용된다. 그중에서도 피부와 모발 관리에 탁월한 효과가 있다. 동백기름은 모발에 깊숙이 침투하여 영양을 공급하고 보습을 유지한다. 그래서 머리의 윤기를 더해주고 강도를 높여 주어 탈모를 예방해 준다. 동백기름에는 불포화지방산이 많아서 콜레스테롤을 낮춰주는 효과도 좋다고 한다.

• 능소화

능소화는 다른 나무나 담장에 착 달라붙어 10미터 정도까지 자라나는 덩굴나무다. 6월부터 꽃이 피기 시작해서 가을이 될 때까지 한여름 내내 꽃이 피고 지는 나무이다. 나팔 모양의 화려한 주황색 꽃이 모여서 피어 더욱 아름답게 느껴진다. 능소화가 앞다투어 피는 계절이 되면 마치 미녀 경선장의 모습처럼 아름답다.

능소화는 꽃이 질 때 통꽃으로 그대로 떨어져 굳은 기개를 상징하는 꽃으로 조선시대에는 어사화로 쓰였다고 한다. 그런 이유로 양반 꽃이라고 불리기도 하였다. 서민들은 심을 수 없는 꽃이어서 이를 어기면 곤장을 얻어맞았다는 이야기까지 전해지는 꽃이다. 능소화는 사찰이나 양반집 또는 궁궐에서나 볼 수 있는 선비를 상징하는 꽃이었다.

그 아름다움이 시기 질투를 받아서 그런지 몰라도 능소화는 한 때 꽃가루가 눈으로 들어가면 눈이 멀 수 있다는 오해를 받았던 꽃이다. 그러나 능소화는 그런 모략에 대하여 전혀 아랑곳하지 않았다. 연구 결과에서 그런 염려 사항은 아무런 근거가 없는 것으로 밝혀졌다.

능소화를 구중궁궐의 꽃이라고도 부른다. 왕과 관련된 애절한 전설이 얽혀있는 꽃이기 때문이다. 그 사연을 들어보자.

옛날 옛날 아주 옛날에 복숭아 빛 같은 발그레한 얼굴에 자태가 고운 궁녀가 있었다. 이름은 '소화'였다. 그녀는 어느 날 임금님의 눈에 띄어 하룻밤의 인연으로 빈의 자리를 얻게 되었다. 그 후 궁궐 어느 곳에 빈의 처소가 마련되었다. 그러나 어찌 된 일인지 임금은 그 후로 한 번도 찾아오지를 않았다.

다른 빈들의 시샘과 음모로 궁궐의 구석진 곳으로 밀려나 기거하게 된 소화는 하염없이 임금님이 다시 찾아오기만을 기다렸다. 그러나 임금님은 영영 나타나지 않았다. 그리움에 사무친 소화는 임금님이 자기를 찾아오는지 담장 너머를 쳐다보며 날마다 안타까운 세월을 보내고 있었다.

어느 여름날 기다림에 지친 불행한 여인 소화는 상사병에 걸려서 앓아 눕게 되었다. 그녀는 시녀들에게 "나를 저 담장 가에 묻어주오. 언젠가는 찾아오실 임금님을 기다리고 있겠오."라고 말하며 숨을 거두었다. 소화가 묻힌 그 자리에 얼마 후 나무가 자라서 담장을 타고 올라갔다. 그 나무는 임금님이 오시길 시도 때도 없이 애타게 기다리다가 여름이 되면 꽃잎을 넓게 벌린 꽃을 피우기 시작했다고 한다.

• 백일홍나무(배롱나무)

먼 옛날 어느 바닷가의 어촌에서 멀리 떨어져 있는 섬에 머리 3개가 달린 이무기가 살고 있었다. 그런데 그 이무기는 매년 처녀를 제물로 바치지 아니하면 마을 주민들에게 큰 화를 입혔다. 어느 해 제물로 바치게 될 처녀가 선정되었는데 그 처녀를 사모하던 청년이 그녀를 구하기 위하여 처녀 차림의 옷을 입고 제단 앞에 앉아 이무기가 나타나기를 기다렸다.

이무기가 나타나자 그 청년은 잽싸게 칼을 뽑아 이무기의 머리 두 개를 잘랐으나 나머지 한 개는 자르지 못하였다. 그 이무기는 피를 흘리며 섬으로 도망치고 말았다. 이를 지켜보고 있던 처녀가 기뻐하며, '저는 제물로 바쳐져 죽을 목숨이었는데 이렇게 살려 주셨으니 이제 낭군님의 여인이 되겠습니다.' 라고 말하였다.

그 청년은 말하였다. '아직은 할 일이 더 남아 있어요. 이무기의 남은 머리를 베어 오겠습니다. 만약 내가 이무기의 남은 머리를 자르는데 성공하면 배에 흰 깃발을 달고 돌아오겠습니다.'라고 약속하고 그 청년은 배를 타고 이무기가 살고 있는 섬으로 향했다.

처녀는 청년이 무사히 살아 돌아오기를 간절히 기도하였다. 그러던 중 100일이 되는 날 저 멀리서 청년의 배가 오는 모습이 보였다. 그런데 그 배의 깃발이 흰색이 아니고 붉은색이었다..

처녀는 붉은 깃발을 보자, 청년이 죽은 것으로 지레 짐작하고, 그 배가 육지에 닿기도 전에 사랑하는 님의 곁으로 간다면서 바다에 몸을 던져 죽고 말았다. 그러나 그 배의 흰 깃발은 이무기와 100일 동안 싸우느라고 피투성이가 되어 붉은색 깃발이 되었던 것이다.

그 후 그 처녀의 무덤가에 나무 한 그루가 자라나 붉은 꽃을 피우더니 100일 동안 지지 않았다. 그 나무를 죽은 처녀가 환생한 나무라 하였고, 이름을 백일홍이라 불렀다.

인간의 생활사와 나무

신성한 나무 – 생활 속의 나무

우리 조상들은 나무는 혼이 존재하고 감정을 가진 영물이어서 신성한 존재라고 생각하였다. 그리하여 나무를 함부로 자르거나 가지를 꺾으면 신이 내리는 벌(神罰)을 받기 때문에 벌목(伐木)을 하려는 경우에는 공양을 올리는 등 일정한 의례를 시행하였다.

우리가 알고 있듯이 나무는 하늘의 공기를 맑게 하고 땅을 비옥하게 만들고 온 생명체들이 살아갈 터전을 마련해 준다. 날아다니는 새, 육상의 동물, 땅속의 생물들 모두 나무가 없다면 살아남을 수 없을 것이다. 이러한 사실만으로도 나무는 융숭한 대접을 받을 충분한 자격이 있다.

나무는 인간이 당하는 불행을 함께 슬퍼한다. 그래서 나라가 어려울 때마다 나무가 울었다는 이야기가 흔히 전해진다. 예를 들면 일본에 나라를 빼앗겼던 한일합방 때나 6·25 동란 등 나라에 불행한 사건이 벌어질 때면 그것을 가슴 아파하여 나무가 울었다는 전설을 간직한 나무가 여기저기에 있다. 이와 같이 '우는 나무'라고 하는 데서 나무를 감정이 있는 생명체로 여기는 것은 잘 드러난다.

또 '나무를 베니 피가 솟았다거나, 나무를 베는 자들을 잡아가는 도깨비가 나무에 살고있다.'라는 말이 있다. 인간의 마음을 읽고 속이 상해 말라 죽었다는 고사가 전해지는 나무도 있다. 이처럼 인간은 나무와 정서적 교감을 나누었다. 삼국유사에 나오는 이야기이다.

신라 34대 효성왕(737~742)은 임금이 되기 전에 궁 안의 잣나무 아래서 공을 세운 신충(信忠)과 바둑을 두며 그 은혜를 결코 잊지 않으리라고 맹세를 하였다. 효성왕이 즉위하여 공신들에게 상을 주면서 신충을 깜빡 잊어버리고 그 대상자 명단에 넣지 않았다. 이에 신충이 원망하는 시를 지어 잣나무에 붙여 놓았더니 그 나무가 누렇게 시들어 버렸다. 그 원인을 왕이 뒤늦게 알고 신충을 불러 벼슬을 주니 그 나무가 다시 살아났다고 한다.

우리 조상들은 서낭나무에 접근하면 동티를 타게 될 부정으로 알았으며 나무를 훼손하는 것을 신체의 훼손과 마찬가지로 생각했다. 서낭나무 즉 신목성수는 우리의 민간신앙에도 많은 영향을 미쳤으며 그 종류도 다양하다.

우리나라의 신목(神木)의 총수는 940그루이며 그 가운데 느티나무가 가장 많고 그 다음이 팽나무, 음나무, 은행나무, 회화나무, 소나무 등의 순이다. 이 가운데 느티나무, 은행나무, 팽나무를 3대 귀목(鬼木)이라 한다.

이때 신목들은 우주축 또는 세계축으로서 하늘과 땅을 연결하는 매개물 즉 신성(神性)이 통하는 길이 된다. 본래 우리 선조들은 조상에게 제사를 지내는 대신 신성이 통하는 신목을 통해서 치성을 드리는 행위가 일반화되어 있었다.

마을 사람들이 서낭당 나무에 치성을 드리면 사람의 마음이 신목에 전해지고 신목은 다시 달과 연결되어 하나의 우주축이 형성된다고 생각하였다. 보름날 밤이 바로 인간의 마음을 하늘에 전하는 좋은 시기라고 믿었다. 설령 기도가 이루어지지 않는다 하더라도 치성이 부족한 자신을 탓했지 결코 신목을 원망하지는 않았다.

그러나 조선왕조가 들어서면서 이러한 개인과 마을의 서낭제례를 억압하고 유교의 제례에 따라 자연신을 섬기는 자연주의 신앙을 배격하고 그 대신 조상신을 섬기는 인간중심주의의 신앙체계로 바꿔놓았다. 유교 신봉자들의 민족 신앙 말살 정책이었다.

일찍이 우리 조상들은 나무의 가치와 소중함을 알았다. 나무가 우리를 지켜준다는 사실을 알았다. 그래서 아이를 낳으면 출산을 기념하여 반드시 나무를 심었다. 딸을 낳으면 오동나무를 밭두렁에 심고, 아들을 낳으면 선산이나 뒷산에 소나무를 심었다. 그때 심은 나무를 아기의 운명과 동일시하였다. 나무의 인격화 작업이었다. 그래서 아이가 아프면 그 나무를 찾아가 금줄을 둘러놓고 치유를 빌었고 과거에 급제하면 그 나무에 찾아가 어사화를 꽂고 큰절을 했다.

인간의 길흉사와 나무

우리가 살아 있는 것은 숨을 쉴 수 있기 때문이다. 숨은 공기를 들이마시고 내쉬는 작업이다. 공기는 식물이 만들어 놓은 절묘한 성분의 기체 배합물이다. 그 공기를 마시는 것은 우주를 들이마시는 것이다.

인간이 자연의 일부임을 항상 의식하고 사는 것은 자연에 대한 고마움과 직결된다. 나무가 만들어 내는 산소를 마시는 것은 바로 나무와 교감하는 것이다.

인류의 역사는 숲 속 생활을 출발점으로 한다. 농경사회에서 나무는 일상생활의 지표가 되었다. 그러면서 나무는 인간의 생활사(生活事)에 지대한 영향을 미쳤다.

나무는 한 해 농사의 풍년과 흉년을 예고해 주는 통보관 역할을 하였다. 우리의 조상들은 나무의 잎이나 꽃이 피는 양상을 보며 그 해의 농사를 점쳤다. 이팝나무 꽃이 일시에 만개하여 수관을 덮으면 풍년을 예고한다고 여겼다. 대추가 많이 열리면 풍년이 들고, 밤꽃이 잘 피는 것도 풍년을 예고하는 것이라고 생각했고, 고목 잎이 무성해도 풍년이 든다고 했다.

또 참나무에 새순이 나면 장마가 지고 들깨꽃이 피면 큰 바람이 없다고 했다.

세종지리지 전라도 무진조(茂珍條)에서는 궁수(弓樹)라는 나무가 다른 나무보다 먼저 잎을 피우면 흉년이 들고, 나중에 피우면 풍년이 든다고 하였다. 인천 서구 신현동에 있는 500년 된 회화나무는 꽃이 수관의 위에서 먼저 피어 아래로 내려오면 풍년이 든다고 하며, 전남 장흥군 어산리에 있는 400년 된 푸조나무가 잎이 한꺼번에 고루 피어나면 그해에는 풍년이 든다고 한다.

오래 된 나무는 손을 대면 안 되는 신목으로 섬겨지고 있다. 그 나무는 안에 신령스런 뱀(靈蛇)이 살고 있다고 생각하기 때문이다. 그 나무에는 개미나 닭, 개 등이 접근하지 못하고 아이들이 기어 올라가다

나무에서 떨어져도 다치지 않는다고 한다. 나무의 신통력을 믿는 우리 조상들은 음력 정월대보름에 노거수 앞에서 제사를 지내면서 마을의 무사 안녕을 빌었다.

느티나무는 신앙의 대상이었다. 느티나무는 당산목으로서 마을의 수호신 역할을 하는 나무이다. 영혼이 담긴 나무로서, 마을과 주민들을 수호해 주고 아픔을 달래주면서 우리 조상들과 숫한 애환을 함께 하였다. 느티나무의 잎이나 가지를 꺾으면 신의 노여움을 사서 재앙을 입기 때문에 나무에 손을 대지 못하게 하였다.

느티나무는 농경생활과 밀접한 관계를 맺어왔다. 느티나무가 봄에 일제히 싹이트면 풍년이 들고, 그렇지 못하면 흉년을 예고한다고 믿었다. 또한 느티나무는 잎에 먼지가 묻는 경우가 적어 항상 깨끗하기 때문에 흔히 귀인을 상징하는 나무이다.

느티나무는 넓고 커다란 가지가 사방으로 고루 뻗어나가 무성한 잎으로 큰 그늘을 만들어 주며 벌레도 꼬이지 않아 사람이 모이는 광장의 역할과 정자의 역할을 할 수 있는 나무이다.

PART 4

인간과
자연

인간의 생태적 특징

인간은 자연에 순응하기보다는 꾸준히 저항하면서 문명생활을 발전시켜 왔다. 그 결과로 현대문명은 뛰어난 과학기술의 힘을 빌려 온 지구의 생물과 무생물을 가리지 않고 자원으로 삼아 인간 생활을 풍요롭게 만들어 놓았다.

여기서 더 나아가 지구라는 행성을 탈출해 보려고 인공위성을 발사하고 우주선을 보내서 우주를 탐사하고 있다. 그러면서 인간은 무소불위의 힘을 자랑하며 마치 지구의 정복자처럼 행동해 왔다. 그런 능력에 도취되어 인간은 스스로의 우월성을 내세우고 있다. 그 종착지가 어디인지는 알 수 없지만 왠지 불안한 예감이 든다.

인간의 생태적 우월성은 거기에서 그치지 않는다. 인간은 다른 동물들이 감히 흉내낼 수 없을 정도로 먹이 선택의 폭이 넓다. 우선 먹이 선택의 폭이 극히 좁은 동물을 살펴보기로 하자.

오스트레일리아에 살고 있는 코알라는 유난히 특징이 많은 동물이다. 유칼립투스 숲에서만 서식하면서 하루에 18시간을 잠자는 동물이다. 어미는 몸무게가 10kg 정도 되지만 막 태어난 새끼는 1그램밖에 나가지 않는다. 코알라는 유칼립투스 나무의 잎사귀만을 주식으로 삼고 있다.

또 다른 특징으로는 나뭇잎에서 섭취한 수분 이외에는 따로 물을 마시지 않아 코알라라는 이름으로 불리는 동물이다. 그런 코알라가 멸종위기에 처해 있다고 한다. 인간이 파괴하는 유칼리투스 숲과 모피를 탐내는 사냥꾼의 표적이 되기 때문이다. 거기에다 코알라의 까다로운 식습관이 자신들을 이 세상에서 점점 내몰리게 만들고 있다.

대왕판다도 비슷한 이유로 멸종위기에 처해 있다. 대나무 숲에 서식하면서 대나무만을 먹기 때문이다. 대나무는 영양밀도가 낮아 많은 양을 먹어야 하는데 인간의 산림파괴로 서식지가 갈수록 줄어들어 대왕판다가 의지할 곳을 잃어가고 있다.

16세기에 이미 이 세상에서 사라진 도도새는 우리에게 또 다른 교훈을 남겨 주었다. 아프리카 동쪽의 인도양에 있는 섬 모리셔스에서 살았던 도도새는 몸무게가 23kg 정도 나가는 머리는 크고 몸통은 둥글며 다리는 짧은 새인데 천적이 없는 자연환경에서 날아다닐 필요가 없게 되자 아주 작은 날개가 흔적으로만 남아있었다.

16세기 초 평화의 땅 모리셔스에 유럽인들이 들어오기 시작했다. 다른 동물들도 함께 들어 왔다. 그들은 도도새를 무차별적으로 사로잡았고 외래종으로 들여온 쥐, 돼지 등도 도도새의 알과 새끼를 마구잡이로 잡아먹었다.

그 동안 도도새는 천적이 없었기 때문에 공격하거나 방어할 능력이 전혀 갖춰지지 않았었다. 뒤뚱거리며 걸을 수 있을 뿐 날 수 없고 다른 방어수단을 갖추지 못한 도도새는 온갖 동물의 표적이 되어 이 세상과의 인연을 더 이상 이어가지 못하고 사라져버렸다. 도도새는 홀로 사라지지 않았다. 외로운 저승을 향하여 동반자를 데리고 떠났다.

도도새가 사라지고 나서. 무성한 숲을 이루던 카바리아 나무가 점점 줄어들기 시작하였다.

13그루의 고목만 남게 되었다. 어느 곳에서도 어린 나무는 보이지 않았다. 알고 보니 껍데기가 단단한 카바리아 씨앗을 도도새가 먹고 소화 시킨 뒤 배설함으로써 카바리아 나무가 번식할 수 있었던 것이다. 마지막 카바리아 나무가 생을 마치자 더 이상 그 나무도 이 세상에 존재하지 않게 되었다.

인간의 우월성은 선택의 폭이 한없이 넓은 먹이의 영역에서 드러난다. 거기에다 천적까지 없는 동물이다. 그런 우월성에 힘입어 인간은 생태계가 웬만큼 교란되어도 살아남을 수 있을 수 있을 것이다. 그런 면에서 보면 인간의 생존 능력은 잡초를 뛰어넘는다.

우리가 가지고 있는 인간의 우월성이라는 의식도 나에게서 생겨나는 것이 아니라 이 사회가 나에게 주입시킨 집단 최면의식이다. 그리고 그런 무의식은 우리 속에 있는 이기적인 본성으로 모든 인간의 사고방식을 결정하는 바탕이 된다. 우리는 인간의 우월성을 고집하지만 대지에서 나무가 자라는 것처럼 인간도 세상의 끝없는 관계망의 도움을 받으며 자라야 하는 생물의 하나이다.

이 세상의 생태계 조성은 모든 생명체들의 상호작용에 의해서 이루어진 합작품이다. 어느 생명체도 그 작용에 가담하지 않은 것은 없다. 모두가 각각의 역할이 있는 생태구성원의 하나일 뿐 그 중에서 우열을 가리는 것은 인간의 분별심일 뿐이다. 오히려 인간의 역할은 생태계의 안정성과 균형을 어지럽히는데 한 몫을 하는 생물종이다. 인간이 겸손해져야 스스로 살아 남을 수 있다. 그리고 다른 생명체도 살 수 있다.

생태적 측면에서 본 인간의 위치

　말을 하고 글을 쓰며 문명생활을 이어가고 있는 인간은 다른 생물종에 비해 뛰어난 존재인 것은 사실이다. 어떤 생물종도 흉내낼 수 없는 도구를 개발하고 자연자원을 활용하여 과학문명 생활을 하는 것을 보면 과연 인간은 다른 동물 들과는 차별되는 점이 많이 있다.

　그래서 인간은 스스로를 '만물의 영장'이라고 생각한다. 그러한 측면에서 보면 그렇다고 수긍이 간다. 그러므로 인간이 존귀하다고 여긴다.

　그러나 인간만이 존귀한 게 아니다. 생명체 자체는 차별 없이 다 존귀한 존재이다. 어느 시대에서건 모든 생명체들은 그 당시의 존재가 진화의 최종적 산물이다. 이 시대를 살아가는 생명체들도 우주와 모든 생물종의 상호작용에 의해서 태어난 소중한 존재들이다. 따라서 생명체 각각은 모두 다 경이로운 존재이다.

　각 생명체는 처한 곳마다 주인이 되어 생태계에서 각자 맡은 바의 역할을 묵묵히 수행하면서 살아간다. 그들이 이어주는 생명의 고리는 상호 보완의 관계에 있다. 결코 경쟁적이거나 적자생존의 원리에 의해서만 유지되는 것이 아니다.

그와 같이 인류도 일상적으로 무려 4만 종 이상의 미생물, 균류, 식물, 동물과 직 간접적으로 관계를 맺으면서 그들의 도움을 받으며 삶을 이어가고 있다. 인간은 결코 독립적인 존재가 아니다. 인간의 삶도 생태계와 조화를 이루며 사는 과정이다.

그러나 인간은 지구에 살면서 생태계의 조화에 큰 관심을 기울이지 않는다. 인구의 과밀 현상과 에너지 소비가 이를 증명해 주고 있다. 그 자체가 바로 생태 위기의 원인으로 작용하고 있다.

지구상의 전체 인구는 80억 명을 돌파했다. 전체 포유류 무게 중 30%가 인간, 67%가 가축이 차지하고 나머지는 고작 3%에 지나지 않는다. 포유류 총 중량의 97%가 인간과 인간의 영양공급을 위해 사육되는 가축이다. 이런 사실 하나만 보더라도 인간의 생태적 횡포가 어느 정도인지는 깊이 생각하지 않아도 알 수 있다.

인류를 생체량으로 따져 보면 지구 전체 생물의 1만분의 1 정도에 지나지 않는다. 그런데 인류가 총 광합성 에너지의 60%나 소비하고 있다고 한다. 너무 불공정한 소비이다. 자연과 인간이 공정한 관계를 맺어야 한다. 오늘날의 지구는 인간이라는 생물종을 부양하는데 힘들어 하며 시름시름 앓고 있다.

인간은 이 세상에 존재하는 어떤 동물보다도 다양한 종류의 생물체로부터 영양소를 취하고 있다. 먹이 선택의 폭이 넓다는 얘기다. 크기로 말하면 작은 멸치나 다슬기부터 고래에 이르기까지, 서식장소로 말하자면 심해의 어류에서부터 하늘을 나는 새에 이르기까지, 발육 상태로 보면 알과 태아에서부터 늙은 짐승에 이르기까지 모든 종으로부터 동물성 영양소를 취하고 식물도 독성이 있는 특별한 몇 가지를 제외하면 식재료가 아닌 것이 거의 없다. 더구나 인간의 공격을 피해 안전하게 숨을 수 있는 동식물의 도피처는 아무 곳에도 없다.

인간을 제외한 다른 동물들은 먹이 선택의 폭이 인간처럼 넓지 않으며 또한 그 먹이가 고갈될 정도로 먹어 치우지도 않는다. 그러나 인간은 폭 넓은 식성으로 대부분의 동식물이 먹잇감이다. 따라서 인간은 즐겨하던 먹잇감이 멸종되어도 살아남아 있는 다른 생물을 영양소로 얼마든지 대체할 수 있다. 그러한 특성으로 인간은 생물의 멸종에 둔감할 수밖에 없다. 그러한 점이 바로 인간을 생태계 파괴의 주범으로 만든다.

보통 인간을 제외한 다른 동물들은 먹이의 수량에 비례(반응)하여 포식개체의 숫자가 결정된다. 이를 생태학에서는 수 반응(numerical response)이라 한다. 그러나 사람의 경우에는 먹이의 숫자에 따라 피동적으로 개체의 수가 결정되는 것이 아니다. 인간은 국한된 특정 먹이에 생존이 좌우되지도 않을 뿐 아니라 먹이를 스스로 기르거나 재배하여 에너지를 공급받고 있다. 인간의 육체는 온갖 생물종의 사체가 묻혀있는 움직이는 공동묘지라고 부를만하다.

인간과 달리 자연 상태의 동물이나 식물은 자율적 생태조절 기능을 가지고 있다. 인간을 제외한 동물이나 식물은 생존을 위한 본능을 추구할 뿐 그 이상의 욕구를 만족시키기 위하여 자연을 학대하거나 착취하려 들지 않는다. 생태적 측면에서 본 인간은 만물의 영장이 아니라 이성을 잃고 오로지 욕망 충족을 추구하는 이기적 유전자가 기승을 부리는 생물종이다.

짐승이나 나무의 입장에서 인간을 평가한다면 '만물이 영장'이 아니라 '만물의 천적'처럼 보일 것이다. 인간은 '만물의 천적'답게 오로지 인간중심의 잣대를 들이대며 인간에 도움이 되지 않는 생물은 잡초, 잡목, 해충이라고 부르며 그들을 학대하면서 잔인하게 제거하려 한다.

그러나 인간의 판단이 항상 옳은 것은 아니다. 이 세상에 아무 의미 없이 존재하는 생명체는 없다. 욕망의 눈을 통해 인간이 바라본 세상에는 해충과 잡초가 여기저기에 살고 있는 것처럼 보일 뿐이다. 자연을 지배하겠다는 인간의 무소불위의 힘에 생태계가 신음하고 있다. 인간이 만물의 영장이라는 지위를 강등시켜야 생태계에 평화가 찾아들고 인간의 지속가능한 생존도 보장될 것이다.

세상에 거저 얻을 수 있는 것은 없다. 우리가 누리는 편리함과 청결함은 어느 생물종의 희생 아니면 그들에게 불편함과 고통을 주고 얻는 것이다. 그러나 우리는 그러한 사실에는 아무런 관심을 두려 하지 않는다.

음식물을 먹다 남으면 버리고 몇 발짝의 거리도 힘들다고 차를 타고 다니고 편리함에 도취되어 일회용 물품을 즐겨 사용한다. 그런 소비지향적인 행동으로 환경파괴와 지구 온난화가 찾아온 것이다. 그런 행동의 밑바탕에는 무한 만족을 추구하려는 욕망이 항상 꿈틀거리고 있다.

자연을 보는 인간의 시각

자연은 우리를 태어나게 하고 길러 주었다. 자연은 우리를 낳아 준 부모의 부모이다. 자연의 도움 없이 우리는 한순간도 버틸 수 없다. 어머니가 건강해야 태아가 건강하듯, 지구가 건강해야 인간도 건강할 수 있다.

자연은 우리를 위해 당연히 존재해야 하는 인간의 귀속물이 아니다. 오히려 그 반대이다.

자연을 신이 인간에게 준 선물이라고 생각하는 사상이 있다. 인간 중심적으로 보면 그렇게 단정할 수도 있다. 그러나 그러한 믿음이 부작용을 양산하고 있다.

자연을 등지고는 하루도 살아갈 수 없는 연약한 존재가 바로 인간이다. 그렇다면 자연은 우리가 존중하고 소중히 여겨야 할 대상이다. 우리가 자연을 위해서 할 수 있는 일은 그대로 놓아두고 해치지 않는 일이다. 자연은 인간의 도움을 원하지 않는다. 인간이 자연을 위하는 길은 자연에 아무런 힘을 가하지 않고 그대로 자연의 품에 안기는 것이다.

그런데도 자연을 도구적 가치로 생각하는 인간중심적인 사상이 굳건히 뿌리를 내렸다. 아마 인간의 탐욕심과 어리석음 그리고 오만이 만들어 낸 망상일 것이다. 그런 사상을 신봉하는 사람들에게는 자연의 소중한 가치가 자리잡을 마음의 공간이 없다.

오히려 자연을 마음대로 조작하고 이용하는 것을 당연한 인간의 권리라 생각하고 있다. 그 결과가 오늘날의 생태위기로 다가오고 있다. 생태 위기를 절망적으로 보면서 개선의 노력을 아예 포기하고 그냥 되는 대로 살아가자는 사람이 많이 있다. 그것은 비겁한 태도이다.

이제는 자연을 바라보는 시각이 바뀌어야 한다. 인간을 낳아 준 자연을 숭배하는 행위를 미신이라는 용어나 무속이라는 표현을 써가면서 경멸하는 태도를 버려야 한다. 이 세상에 존재하는 모든 것은 우주의 장구한 역사 속에서 상호작용과 상호의존성에 의해서 필연적으로 탄생한 것이다.

자연은 신이 인간에게 준 선물이라는 가정과 착각에서 벗어나야 한다. 자연은 선물이 아니라 나를 잉태하고 낳아 준 초생명체적 존재이다. 더 나아가 우리의 조상과 어머니 아버지를 낳아 주고 길러 준 존재이다. 자연은 나를 존재하게 하는 나의 원초적 부모이다. 일찍이 동학에서는 그러한 사상을 다음과 같이 부르짖었다.

천지(天地)가 부모이고 부모가 천지이다. 천지와 부모는 한 몸이고, 부모의 포태(胞胎)가 천지의 포태이다. 지금 사람은 단지 부모의 포태의 이치만 알지 천지의 포태의 이치와 기운은 알지 못한다. 사람이 어려서 엄마의 젖을 빠는 것은 곧 천지의 젖이요, 자라서 오

곡을 먹는 것 또한 천지의 젖이다. 젖과 곡식은 곧 모두 천지의
녹(祿)이다.

자연 존중 사상을 비웃는 사람은 욕망의 충족을 추구하며 경제 우
선주의 사상으로 무장된 사람이다. 그들은 자신을 만족시키기 위해 자
연을 착취해야 하기 때문이다. 현재의 경제체제는 자연의 모든 것을 자
산으로 규정함으로써, 사람과 기업이 자연을 개발하고 거래할 수 있게
한다. 경제 우선주의에는 자연에 대한 배려가 비집고 들어갈 틈이 없
다. 오히려 자연을 노예처럼 생각하는 현대의 거버넌스 (governance) 시스
템들은 공익에 해로운 인간의 행동을 정당화하고, 그에 대한 장려 정
책에 앞장선다.

그러나 생태계는 상호관계성의 바탕에서 출발하여 모든 생명체가 공
존하는 세계이다. 생태계로 구성된 자연은 현세대가 마음대로 탕진해
도 되는 자원이 아니다. 상호관계성이 손상 받지 않도록 생명체를 소중
히 대해야 한다. 이러한 원리를 염두에 두지 않고 당대의 이해와 편리
만을 염두에 둔 생활태도는 자멸의 길이다.

서구인들이 미개인으로 치부했던 북아메리카의 이로쿼이족은 '어떤
행동이나 결정도 앞으로 7세대에 걸쳐 끼칠 영향을 고려해야 한다.'는
'7세대 원칙'을 적용하였다. 서구인들은 그들을 야만인으로 취급하면
서 자연을 소중히 여기자는 그들의 애절한 호소에 귀를 기울이지 않았
다. 오히려 그들을 섬멸했고 자연을 최대한 착취하였다. 그러면서 '정의
는 항상 승리한다'고 자기들의 행위에 정당성을 부여하였다. 정의가 승
리한다는 말은 정복자들이 자기들의 행위를 합리화시키기 위한 궤변에

불과함을 알 수 있다. 그들이 주장하는 정의의 승리는 인류의 멸망을 제촉하는 욕망 충족의 열차에 기름을 쏟아붓는 행위에 불과할 뿐이다.

인간의 과도한 문명생활이 인간의 운명을 옥죄고 있다. 자연을 오로지 인간을 위한 자산으로 보아 온 인간 중심의 전통 윤리학이 이젠 조종을 울려야 한다. 이제 자연을 바라보는 눈이 달라져야 한다. 생태중심의 윤리만이 생태위기를 벗어날 수 있는 탈출구이다.

인류의 번영과 생태계의 재앙

질소의 고정

현재 세계의 인구는 약 80억으로 추정된다. 폭발적인 인구의 증가이다. 그 많은 인구를 지구가 수용할 수 있게 된 것은 식량문제의 해결에 기인한다. 바로 질소고정법의 발견이다. 질소고정 능력개발은 인류의 번영과 생태계의 재앙이라는 양면성을 가지고 있다. 생태계에서 다다익선(多多益善)은 통하지 않는다. 오히려 과유불급(過猶不及)의 원칙이 적용되는 생태계이어서 그렇다.

우리가 호흡하는 공기의 성분 중 78%는 질소가 차지하고 있다. 따라서 우리 주변에는 늘 엄청난 양의 질소 원소가 존재한다. 질소는 단백질을 구성하는 기초물질이기 때문에 생명체에 반드시 필요하다. 그렇지만 대부분의 살아있는 유기체는 기체 형태의 질소를 직접 이용할 수 없다. 자연에서 생명체가 이용할 수 있는 질소는 분화석(糞化石), 초석(KNO_3), 가축의 배설물에 들어있다.

공기 중의 질소 원자는 질소 분자(N_2)로 단단히 결합되어 있어서 질소가 식물이나 동물에게 조금이라도 유용한 원소로 이용되기 위해서는 단단한 결합을 깨고 나와 질소가 환원되거나 산화된 질소화합물 상태로 있어야 한다. 질소가 대부분의 생물학적 과정에서 활용될 수 있으려면 먼저 수소와 결합해야 한다.

자연에서 질소화합물이 만들어지는 경우는 두 가지가 있다. 번개와 세균에 의해서이다. 번개가 칠 때 공기 중의 질소와 산소가 화학반응을 일으켜 질소산화물을 만든다. 이 질소산화물들이 비에 녹은 상태 또는 기체 상태에서 토양에 스며들면 식물들은 그들을 흡수해 자기들이 필요한 질소원으로 이용할 수 있다.

일부 세균에 의해서도 다른 생명체가 이용할 수 있는 질소화합물 생산이 가능하다. 육지에서 공기 중의 질소는 질소고정박테리아, 뿌리혹박테리아, 일부의 조류에 의해서 질소산화물로 바뀔 수 있다. 물속에서는 시아노박테리아(남조류)만이 질소를 직접 흡수할 수 있는 능력을 지니고 있는 것으로 알려져 있다. 시아노박테리아는 광합성을 하는 미생물로 산소를 생성하고 질소를 고정할 수 있는 특징이 있다. 그리고 동물의 배설물에도 질소화합물이 들어 있어 식물이 그 질소를 이용할 수 있다.

이 중 우리에게 가장 친근한 것은 뿌리혹박테리아이다. 식물 중에 콩, 알파파, 땅콩과 같은 콩류는 대기 중의 질소를 사용 가능한 질산염(nitrate, NO_3)으로 분해할 수 있는 혐기성세균을 가지고 있다.

콩류의 뿌리는 산소를 싫어하는 이 세균들을 산소로부터 보호해 주면서 당 분비물을 세균에게 제공한다. 그 대가로 콩은 세균에게서 중요한 질소를 공급받는다. 이렇게 대기에 있는 질소 원자를 생명체에 유용한 분자에 결합시키는 이런 과정을 '고정' 시킨다고 표현한다.

질소고정(Nitrogen fixation)은 공기 중에 다량으로 존재하는 안정된 상태의 불활성 질소 분자(N_2)를 화학 반응성이 높은 다른 질소 화합물, 예를 들면 암모니아(NH_3), 질산염(nitrate, NO_3), 이산화질소(NO_2, 산화질소, 과산화질소) 등으로 변환하는 과정을 말한다.

인체를 구성하고 있는 여러 원소 중 질소는 특별히 중요하다. 단백질의 구조 단위인 20가지 아미노산 모두에 질소가 들어 있으며, 유전정보의 보고인 DNA와 단백질 합성에 관여하는 RNA에도 질소가 들어있다. 그뿐 아니라 광합성 공장이라 부를 수 있는 엽록소에도 질소가 결합하고 있다.

인공적 질소 고정법의 발견

프리츠 하버가 질소 고정법을 발견하기 이전에, 지구가 부양할 수 있는 인구는 박테리아와 번개에 의해서 고정되는 질소의 양에 의해 결정되었다. 19세기 초 유럽의 과학자들은 자연적으로 발생하는 질소를 더 늘리는 방법을 찾지 않으면 인구의 성장은 곧 중단되고 말 것임을 알았다.

인공적인 질소 고정법이 그 문제를 해결하였다. 낭만적인 시를 쓰고 펜싱을 취미로 하는 유대계 독일의 화학자 프리츠 하버(Fritz Haber, 1868~1934)는 1900년대 초 질소화합물을 인공적으로 합성하기 위해 끊임없이 노력했다. 그리고 드디어 1908년에 그가 해결책을 찾아내었다.

하버는 공기 중의 질소와 수소에 섭씨 수백 도의 열과 대기압 수백배의 압력을 가해 질소화합물인 암모니아를 만들어 내었다. 하버는 이

실험적 성공을 산업화하기 위해 칼 보슈(Karl Bosch, 1874~1940)와 합작하였다. 그리하여 인공적으로 질소화합물을 대량 생산할 수 있는 하버-보슈법이 완성되었고 화학비료 산업시대가 열리게 되었다.

질소고정법으로 탄생한 합성비료가 농작물을 단일 재배할 수 있는 길을 열어놓았다. 인공적으로 질소를 고정시키는 능력을 이용하게 되면서 토양의 생산력은 태양에너지가 아니라 화석연료에 의존하게 되었다. 이로써 인류는 더 이상 동물의 배설물(새똥)에 의존하지 않고서도 식량이 대량 생산될 수 있는 토대를 마련하게 되었다.

질소 고정법의 발견은 제1차 세계대전에 사용된 폭발물 제조 과정에서 비롯되었다. 14세기 초에 초석을 원료로 하는 화약이 발명된 후 유럽 여러 나라는 칠레로부터 초석을 수입해 화약을 제조했다. 1차 세계대전이 발발하기 6년 전 하버는 수소와 질소 혼합가스를 높은 온도와 압력 하에서 적당한 촉매에 접촉시키면 암모니아가 생성되는 것을 발견하였다.

질소 고정법을 활용하여 독일은 공기 중 질소를 이용해 화약과 비료의 원료인 암모니아를 대량으로 값싸게 생산할 수 있게 됐다. 그 덕택으로 독일은 영국의 해상 봉쇄에도 불구하고 장기간의 세계 전쟁을 치를 수 있는 능력을 갖출 수 있었다. 당시 독일이 1차 세계대전을 결심하게 된 것은 이러한 화학기술 보유에 대한 자신감이 크게 작용했다고 한다.

합성 질소 사용의 명암

오늘날처럼 인간이라는 생물종이 번성한 것은 합성 질소의 사용으로 식량 생산이 증가한 덕분이다. 그러나 세상 일이 다 그렇듯이 명암이 교차하는 질소의 고정법이다. 그 부작용 또한 만만치 않다.

합성질소를 생산하려면 엄청난 양의 수소가 필요하다. 또한 많은 에너지가 투입되어야 한다. 그런 이유에서 하버-보슈 공정은 천연가스에 의존한다. 천연가스(CH_4)는 지구의 지각(地殼)서 시추된 수소가 풍부한 가스이다. 가스를 시추하는 수압 파쇄법은 오염된 식수공급, 지진, 그리고 극심한 환경오염과 관련이 있다.

인공비료 사용으로 육상에서 방출되는 많은 질소가 연해로 흘러들어 식물성 플랑크톤의 광합성을 촉진하고, 유기물의 퇴적 증가로 이어져 저층수의 산소 부족을 초래하게 된다. 이런 부영양화가 초래하는 가장 분명한 변화는 식물플랑크톤 생물 총량의 증가이다. 이렇게 되면 햇빛이 부영양화 이전처럼 바닷물 깊숙이 뚫고 들어갈 수 없게 된다. 이는 바다의 바닥까지 도달하는 빛이 더 줄어들어 해저에 사는 식물들이 더 이상 생존할 수 없다는 뜻이 된다.

경작지에 뿌려진 합성 질소는 대략 30%만 농작물에 흡수된다. 나머지는 대기 속 또는 물속으로 흘러 들어간다. 따라서 미국 식수의 2/3는 발암성 질산염 또는 아질산염으로 상당 수준 오염되어 있다. 합성 질소는 상수도를 오염시킨다. 질소가 풍부한 농업 유출수는 생명을 죽이는 산소 결핍 환경을 만든다.

그러나 인공 질소고정법 발견으로 획기적인 생산성 증가를 가져온 녹색혁명 당시에 바다와 대기의 화학적, 생물학적 환경이 바뀔 수 있다는 사실을 안 사람은 없었다. 다시 말하면 합성비료의 부작용을 어느 누구도 예측하지 못했다는 이야기다.

현재 비료를 생산하기 위해 질소를 암모니아로 바꾸는 데는 세계 에너지 사용량의 1.2%가 필요하다. 이 과정은 화석연료 사용으로 이산화탄소를 배출하며, 비료로 뿌려진 질소의 상당 부분은 이산화탄소보다 온난화 지수가 무려 298배나 강한 온실가스 아산화질소(N_2O)가 되고 만다. 또는 지하수와 수로로 침출되어 바닷물의 산소 부족으로 해조류의 질식과 데드존의 과잉 성장을 유발한다.

이러한 부작용을 막으려면 농업은 생물 및 자연과 싸울 것이 아니라 조화를 이뤄야 한다. 흙에 씨앗이 묻히면 복합적인 일련의 토양 유기체들은 씨앗이 성숙하고, 꽃을 피우고. 열매와 씨앗을 맺도록 돕는다. 토양미생물 군집은 농사와 토양의 요구를 조화시킴으로써 농사를 통해 토양으로부터 원하는 것(건강, 맛, 풍부한 음식 등)을 얻을 수 있도록 해준다. 이것은 결국 단순환 사실로 귀결된다. 식물과 토양은 서로를 먹고 산다는 것, 이러한 순환이 합성 물질(비료든 살충제든)에 의해 중단된다면, 식물은 약해지고 토양은 결국 농사를 짓지 못하게 척박해져 생명을 잃는다. 미생물 농업혁명을 이뤄내기에 지금처럼 좋은 시기는 없다. 추정치는 다양하지만 농업은 전체 온실가스 배출량의 약 30%를 차지한다.

과학기술이 환경문제를 해결할 수 있나

이 세상에 발생하는 모든 현상들은 양면성이 있다. 공과의 측면을 동시에 가지고 있다. 어느 시각을 기준으로 하여 대상을 평가하느냐에 따라서 공과가 달라진다. 과학을 평가하는 기준도 역시 그렇다.

장작불로 취사하는 요리는 에너지 효율이 극히 나빠서 과학기술이 발달한 선진국과 비교할 때 약 10배나 많은 에너지를 소비하게 된다. 그 결과로 나무를 벌채하여 1인 당 음식조리에 쓰이는 에너지양은 서구인의 1인당 자동차에 쓰이는 에너지양과 맞먹는다고 한다. 한편 등유를 이용한 등잔불의 밝기는 같은 에너지가 투입된 100W 전구의 1/5밖에 되지 않는다.

또한 20세기에는 화학물질로부터 인공섬유를 만들어 내는 기술을 개발하여 전 세계 인구에게 옷을 입힐 수 있게 되었다.

에너지 효율성을 높이는 과학기술, 독성을 중화시키는 약물의 개발 등등에서 알 수 있는 것처럼 환경문제의 해결에 과학기술이 기여할 수 있는 부분이 많이 있다. 이러한 성과를 놓고 생각해 보면 과학기술이 앞으로 발생할 모든 환경문제를 해결하는데 기여할 수 있다고 장미 빛 미래를 기대해 볼만 하다. 이처럼 적절한 대안적 기술들이 해야 할 역할이 분명히 있다. 그렇지만 그러한 장점이 다가 아니다.

과학기술에는 자연의 자원이 투입되어야 한다. 과학에 대한 무한한 신뢰는 우리가 실제로 지구에서 훨씬 더 많은 자원을 사용하더라도 아무런 문제가 없을 것이라는 믿음을 바탕으로 하고 있다. 또는 최악의 상황에 처하더라도 우리가 어떤 방식으로든 과학기술의 힘을 빌려 빠져나오는 길을 찾아낼 수 있을 것이라는 오해를 심어 줄 수도 있다.

새로운 기술의 발명과 더욱 복잡한 생산 공정 그리고 더 많은 자원을 이용하게 된 것을 진보라고 말할 수도 있다. 과학기술에 힘입어 인류사회가 늘어가는 수요를 충족하기 위해 환경을 변형하고 자원을 활용하는 능력이 향상되었다.

그러나 복잡한 생산기술에는 더 많은 자원과 에너지가 투입되어야 한다. 그와 같이 생태적 시각으로 보면 진보란 인간의 기본욕구를 충족하기 위해 더 복잡하고 환경에 타격을 주는 방법을 이용해 온 과정이었다고 볼 수 있다.

우리가 알고 있는 것처럼 과학기술은 가치중립적이지도 않고 도덕성에 기반하여 이루어지는 것도 아니다. 오늘날 대부분의 과학기술자들은 고용주에 의해 고용된 피고용인이다.

과학자들은 정부나 대기업에 고용되어 그들이 원하는 결과를 도출하기 위해 연구하고 있으며, 권력자나 기업인의 이익 창출을 위해서 충실히 노력하고 있는 직업인들이다. 그들은 더 이상 자기들의 이익과 관계없는 가치중립적 위치에 있지 않다.

프롬(E. Fromm)은 인류의 생존을 위한 과제는 "자연에 대한 지배가 아니라 기술에 대한 지배"라고 말하였다. 기술의 선택적 사용이 중요하다. 인간의 무한 욕망을 충족시키기 위한 기술은 많은 문제를 일으킨다.

인간의 욕망을 지배하지 않고서 환경문제가 해결되기는 어려울 것이다. 현대인들은 많은 물질의 생산과 소비를 발전이라고 생각한다. 그것이 행복을 가져다 줄 것으로 여긴다. 생태문제의 해결은 훼손된 자연을 과학적으로 되살리는 기술의 문제가 아니라 인간이 '어떻게 살아야 하는가' 하는 가치관의 문제이다. 무한한 욕망을 내려놓아야 한다는 인식 전환에 대한 문제이다.

현재와 같은 생태위기의 해법을 과학기술에 의존하는 것은 그 부작용의 염두에 두지 않는 위험한 발상이다. 과학기술이 신뢰받기 위해서는 부작용이 뒤따르지 않고 자원 고갈을 유발하지 않는 순환의 원리에 기초한 새로운 과학적 방법이 동원되어야 할 것이다.

생태 윤리의 퇴행

서양 사람들이 발달한 과학기술을 무기로 삼아 온 세상을 지배하게 되면서 현대사회는 서양 사상을 아무런 여과장치 없이 받아들였다. 그중 하나가 자연은 인류의 자원이라는 서양식 자연관이다. 우리는 그런 사상에 너무 익숙해져 있다. 그래서 우리는 자연의 아픔에는 아무런 관심을 두지 않는다. 아예 무시한다.

흔히 우리는 인간을 자연적 존재의 이상이라고 생각한다. 인간에게는 윤리와 도덕과 문화가 있다는 것이다. 그러한 이유로 인간은 자신을 자연과 분리하고 있다. 우리는 인간을 '자연을 초월한 존재'라고는 말할 수 없어도 '자연 이상의 존재'라고는 말할 수 있다는 것이다. 그런 이유로 우리의 도덕 공동체는 오직 이 같은 우월성을 공유한 존재들, 즉 인간사회에만 국한된 윤리를 강조한다.

우리는 인간세계와 나머지 생명세계 사이에 근본적인 차이가 존재하고, 인간은 자연과 분리된 존재로 자연보다 우월하며, 인간은 영혼과 마음을 가지고 있고 선택할 힘을 지닌 주체인 반면 자연은 움직일 수 없는 기계적 대상이라고 믿도록 배웠다. 세계를 이렇게 바라보는 방식을 이원론(二元論)이라고 한다. 플라톤에서부터 데카르트에 이르기까지 여러 사상가들은 이러한 사상을 이어받았다. 그들은 인간이 정당하게 자연을 착취할 수 있고 자연을 통제하는 것을 당연한 일이라고 주장하였다.

그러나 그러한 서양의 가치관이 지배한 역사는 그리 오래 전이 아니다. 오히려 대부분의 지역과 역사에서 자연은 숭배와 외경의 대상이었다. 타지역의 가치관에서는 인간과 나머지 생명세계 간에 근본적인 차이가 있다고 보지 않았다. 정반대로 강과 숲, 동물과 식물, 심지어 지구 자체와의 깊은 상호의존성을 인식했다. 인간은 나머지 생명세계의 존재를 인간처럼 느끼고 동일한 영혼에 의해 생기를 갖는 존재로 보았다. 경우에 따라 이들을 친척으로 간주하기도 했다.

30만 년 역사에서 대부분의 기간 동안, 인류는 세계의 다른 존재들과 친밀한 관계를 유지했다. 그들은 자신의 존재가 주변 생태계의 안녕에 달려 있다는 것을 알았기에 생태계의 조화에 세심한 주의를 기울였다. 또한 인간을 다른 살아 있는 생명공동체와 뗄 수 없는 한 부분으로 여겼고, 자연을 인간과 본질적인 특질을 공유하는 존재로 보았다. 인류학자들은 세상을 보는 이러한 방식을 애니미즘이라 부른다. 모든 생명체는 상호 연결되어 있고 동일한 정신이나 본질을 공유한다는 생각이다. 그들은 일상생활에서 생태계가 재생가능한 범위 이상을 취하지 않고, 땅을 보호·복원하여 되돌려주는 일에 주의를 기울였다.

이젠 인간의 안락과 번영을 최고의 가치관으로 삼는 인간 중심의 윤리학에서 다시 모든 생명체의 공존공생을 추구하는 생태 소양(素養)(ecological literacy)을 갖춘 시민이 주류를 이루는 생태 우선의 윤리학으로 나아가야 한다. 자연을 담보로 하는 경제 성장과 문명의 발달은 사상누각이고 신기루일 뿐이다. 자타 공멸의 윤리학이고 그런 윤리학은 생태계의 파괴를 가져오는 범죄일 뿐이다. 알도 레오폴드는 『모래군의 열두 달』에서 다음과 같이 말하고 있다.

인간은 사실상 생명공동체의 한 구성원에 지나지 않는다는 것은 생태학적으로 해석해 보면 알 수 있다. 지금까지 인간의 활동으로서만 설명되어 온 많은 역사적 사건들은 실제로는 사람과 땅의 생명적 상호작용이었다. 땅의 특성은 지구 위에서 살았던 인간들의 특성만큼이나 강력하게 역사적 사실들에 영향을 주었다.

인류의 오랜 역사 속에서 우리가 가지고 있던 생태 중심의 윤리학에서 인간 중심의 윤리학으로 전환한 현대 윤리학은 윤리의 퇴행이라 할만하다. 공멸을 지향하는 윤리는 결코 윤리의 발전이라고 부를 수 없기 때문이다. 인간의 무한 욕망을 채우려는 인간중심의 윤리학에서 소욕지족의 삶을 추구하는 생태중심의 윤리학이 미래를 구할 수 있을 것이다.

아직도 생태적 윤리에 기반한 윤리를 우선으로 하는 아메리카 원주민들이 있다. 아추아족, 취옹족 등 다른 애니미스트 공동체들은 곡물을 수확하거나 나무를 넘어뜨리는 것, 심지어 사냥하고 동물을 먹는 것이 반드시 비윤리적인 것으로 생각하지 않는다. 비윤리적인 것은 감사의 태도 없이, 호혜 없이 그렇게 하는 것이다. 필요한 것 이상으로, 당신이 되돌려줄 수 있는 것보다 많이 취하는 것이다. 비윤리적인 것은 착취, 추출, 그리고 아마도 가장 나쁜 것은 폐기하는 것이다.

아추아족과 취옹족의 핵심 원칙은 호혜성이다. 상호의존의 관계 속에서 당신이 존재하고 있음을 인정하는 것이다. 단지 그것만 인정하고 고맙다는 생각에서 멈추면 안 된다. 자기 절제의 삶이 필요하다. 선물로 생각하고 되갚을 수 있는 마음이 있어야 한다.

생태 우선 윤리의 조그마한 싹이 움트고 있다는 것은 고무적인 일이다. 에콰도르의 2008년 헌법은 자연 자체의 권리를 '존재하며, 지속되고, 유지되며, 자신의 필수적인 순환을 재생할 수 있는 것'으로 명시했다. 2년 뒤 볼리비아는 어머니 지구의 권리법을 통과시키면서, '어머니 지구는 서로 연결되고 서로 의존하고 보완하며, 공동의 운명을 공유하는 모든 생명 시스템과 살아 있는 존재의 개별적 공동체로 구성된 동적인 살아 있는 체계'임을 인정하는 "어머니 지구법'을 제정했다.

2010년에 미국 팬실베이니아주 피츠버그 시의회에서도 자연의 권리를 인정하는 조례를 만장일치로 통과시켰고, 뉴질랜드는 2017년에 4개 강에 대한 법적 권리를 제정하였다. 그 밖에 호주와 브라질, 멕시코 등도 자연이 보호되어야 할 권리주체임을 선언하고 있다. 그러나 그 후에 더 진전된 생태윤리의 법 제정이 다른 나라로 확산되지 않고 있어 아쉬울 뿐이다.

생태윤리적 타락은 다른 생명체를 죽이고 종국에는 자기 자신과 후손마저 죽인다. 이젠 생태 윤리의 퇴행을 바로 잡아야 한다. 인류만의 평화가 아닌 생명의 평화를 지향할 때 진정한 인류의 안녕과 평화가 눈앞에 다가올 것이다.

PART 5

한민족의
생명존중
사상

한민족의 풍습과 속담

　인간 중심주의를 표방하는 서양 문화가 스며든 현대의 한국 사회에서 자연숭배와 생명 존중 사상은 비과학적인 것으로 무시되기 일쑤다. 심지어 자연 숭배는 미신으로 취급되어 오히려 경멸의 대상이 되었다.

　본래 우리 조상들은 자연숭배와 생명 사랑이 지극하였다. 그런 생명 사랑의 문화가 미신이나 무속이라는 누명을 뒤집어쓰고 철퇴를 맞으면서 거의 다 사라져가고 있다. 그러나 생태계의 존립에 빨간등이 켜진 지구의 형편을 생각하면 우리 조상들이 얼마나 자연을 사랑하며 지구를 지켜왔는지 되짚어 볼 필요가 있다.

　우리 조상들은 생명을 가벼이 여기지 않았다. 생명의 평화를 추구하며 살았다는 이야기이다. 그런 생명사랑이 바로 나무에게 벼슬을 주고 재산을 물려주는 현상으로 나타났다. 우리의 일상생활에서도 생명사랑에 대한 냄새가 물씬 풍기는 문화적 유산들이 아직 많이 남아 있다. 일상 언어나 문학, 예술 종교 등을 살펴보면 쉽게 알 수 있다.

우리 조상들은 식물과 감정을 주고받았다. 그래서 '농작물도 주인 발걸음 소리를 들어야 잘 자란다.'고 생각하였고, 곡우에는 정미소의 문을 닫았다. 파종을 기다리는 볍씨들이 발아하기 위해 민감해진 상태라 정미소에서 쌀눈 깨지는 소리를 들으면 지레 겁먹는다고 생각했기 때문이다. '송편 솔잎은 한밤중에 뽑는다.'는 말도 있다. 소나무가 잠든 사이 아프지 않게 뽑기 위해서였다. 또 나무를 괴롭혀서는 안 된다는 생각에 분재문화가 우리 땅에서는 자리잡지 못하고 있다.

우리 조상의 생명사랑은 신발 문화에서도 잘 드러난다. 촘촘하게 엮은 짚신으로 땅을 밟으면 자칫 벌레들을 밟아 죽일 수가 있다. 그래서 벌레가 많이 기어다니는 초여름이 되면 촘촘하게 엮은 십합혜 대신 성글게 엮은 오합혜 짚신을 신고 다녔다.

아직까지도 이어지고 있는 고수레문화가 있다. 들이나 산에서 음식을 먹을 때면 짐승들의 몫으로 일정 부분의 음식을 주위에 뿌려준다. 뜨거운 물도 함부로 버리지 않는다. 뜨거운 물에 자칫 풀섶 풀벌레가 죽을까봐 염려하는 마음에서다.

소의 힘을 빌려 농사를 짓던 시절, 소달구지를 끌고 가면서도 달구지의 짐을 덜어 지게에 나누어 짊어지고 일터에서 집으로 돌아가는 농촌의 풍경이 낯설지 않았다. 소가 인간과 동격의 생명체라고 생각하는 우리 선인들의 놀라운 생명사랑이다. 또 가을에 시골 골목길을 지나다 보면 감나무에 잘 익은 빨간 감이 몇 개씩은 꼭 매달려 있다. 까치의 몫으로 남겨 논 까치밥이다. 그런 감나무는 가을의 시골 풍경을 더욱 정겹게 만들어 준다. 이러한 문화에 감동을 받은 펄벅여사는 "한국은 고상한 민족이 사는 보석 같은 나라"라고 말했다 우리의 속담을 살펴보아도 생명 사랑이 넘쳐흐른다. 그 예를 들어 보자.

'흐르는 물에 오줌을 누면 아이를 못 낳는다. 비벼먹은 그릇에 물을 부어 마시면 체증에 걸리지 않는다. 물을 많이 쓰면 가난뱅이가 된다. 쌀을 밟으면 발목이 비틀어진다. 등에 새끼 업은 메뚜기를 잡으면 어머니가 빨리 죽는다. 경칩날 개구리를 죽인 사람은 죽어서 눈알 없는 개구리가 된다. 까치가 울면 반가운 손님이 온다.'

우리 조상들은 동물은 물론이고 나무조차도 자비심을 가지고 함부로 대하지 않았다. '나무를 많이 베면 산신령의 노여움을 산다. 큰 나무를 베면 일찍 죽는다. 나무를 해치면 산에서 길을 잃는다.' 는 말이 있다. 심지어는 벌목한 나무의 그루터기조차도 함부로 대하지 않았다. 산판일을 하는 사람들은 큰 나무를 베어낸 그루터기에 올라서지 않는 것이 불문율이었다. 잘린 부분에서 올라오는 나무의 노기가 사람을 해친다고 생각하기 때문이다.

우리 풍속 중에는 정초 12지일이라 하여 정초부터 12일 동안은 십이지 동물의 날로 정하여 의미를 새기며 기념하였다. 예를 들어 자일(子日)은 쥐의 날로 쥐불놀이 행사를 하여 쥐의 피해를 없애려 했고, 축일은 소의 날로 정해 소에게 일을 시키지 않고 쉬게 하며 영양가 있는 것을 삶아 먹이는 등 각 동물들을 살피는 것을 무엇보다 먼저 하였다.

풍수 지리

한민족은 생명체를 소중히 여기는 생명존중 사상에서 한발 더 나아가 자연과의 조화를 추구하였다. 바로 풍수사상이다. 자연을 거스르지 않고 순응하겠다는 마음이다. 결코 자연을 극복 대상으로 생각하지 않았다.

집을 지을 터나 마을을 조성할 때 배산임수(背山臨水)를 중요시하였다. 뒤에 산이 있으면 차가운 바람을 막아주고, 앞쪽에 물이 흐르면 목마를 때 물을 마실 수 있고 더울 때는 멱을 감을 수 있고 농업용수로 사용할 수 있기 때문이다.

그렇지만 배산임수를 갖추지 못한 지역이라고 해서 그것을 탓하지도 않았다. 풍수지리적으로 여건이 좀 부족한 땅이라 할지라도 잘 보충해 주면 극복할 수 있다고 여겼다. 이와 같이 땅을 살아있는 생명체로 여겨서 잘 보살피고 가꾸어 주면 나쁜 땅도 살기 좋은 땅이 될 수 있다고 생각하였다. 그러한 풍수적 관점을 비보(裨補)사상이라고 한다.

이런 비보사상을 처음 주장한 사람은 정치적으로나 사회적으로 혼란스러웠던 신라 말의 도선국사였다. 풍수지리를 깨우친 도선국사는 나라의 혼란은 땅이 병들어 있기 때문이라고 보았다. 그는 병든 나라를 고치기 위해서 나라 곳곳에 절을 짓고 탑을 쌓았다. 『고려국사도선전』의 기록에 의하면 도선국사는 비보사상에 대하여 다음과 같이 설명하고 있다.

사람이 병들어 위급할 때 곧장 혈맥을 찾아 침을 놓거나 뜸을 뜨면 곧 병이 낫는다. 이와 마찬가지로 산천의 병도 그러하다. 그곳에 절을 짓거나 불상을 조성하거나, 탑을 세우거나 부도를 세우면, 이것은 사람에게 침을 놓거나 뜸을 뜨는 것과 같다. 비보사상이 다양한 형식으로 발전하여, 마을의 나쁜 기운을 누르기 위해 돌탑을 쌓거나 장승을 세우거나 정자 등을 짓기도 하였다.

비보의 상대적인 말로 염승(厭勝)이라는 말이 있다. 염승을 압승이라고도 하는데 염승은 센 기운 또는 지나친 것을 누른다는 뜻이다. 염승의 예를 들면 대표적으로 경복궁에서 보아 관악산의 화기(火氣)를 막기위해 해태상을 놓은 것이라든지 치마바위가 있는 동네에서 여자가 바람나는 것을 막기 위해 남근석을 세우는 것, 또는 천하대장군 등을 동네 어귀에 세우는 것 등을 들 수 있다.

비보와 염승은 음택(陰宅, 무덤)에서는 잘 거론하지 않고 주로 양택(陽宅, 집터)에서 쓰는 일종의 방책이다. 바람이 심하게 부는 곳에 조그만 언덕을 만들어서 안산의 역할을 하게 한다든지 또는 숲을 조성하여 방풍림을 만드는 것도 풍수사상이 발전한 형태이다.

풍수사상이 중국에서 유래하였지만 우리의 풍수사상은 중국과 달리 땅을 사람처럼 여겼다. 도선국사의 이런 생각은 오늘날 개념으로 말하면 국토균형발전계획과 같은 것이라고 말할 수 있다. 그런 풍수사상은 고려시대는 물론이고 오늘날까지 이어지고 있다. 조선 시대에 접어들면서 이런 비보사상과 더불어 집터를 정하는 양택과 무덤을 정하는 음택을 풍수적으로 중요하게 생각하였다. 그래서 풍수지리 전문가를 지관이라는 직책의 관직에 임명하였다.

풍수지리사상은 이 세상의 모든 것은 살아있는 유기체이건, 생명이 없는 무기체이건 간에 영혼 즉, 신이 들어 있어 소중히 정성을 다하여 다루어야 한다는 생각을 기본으로 하는 생명존중 사상을 바탕으로 하고 있다.

문학과 예술에 나타난 생명사상

　우리의 조상들은 자연 친화적인 삶을 살았다. 그에 따라 선조들의 문학과 예술작품 중에는 자연을 친근하게 여기고 그 고마움을 노래한 작품들이 헤아릴 수 없이 많다. 그중에서 우리에게 잘 알려져 있고 사람들의 사랑을 받는 대표적인 작품을 몇 가지만 살펴보자.

　윤선도는 시조 오우가에서 자연을 극복의 대상이 아닌 가까이 대해야 할 친근한 벗으로 보았다. 연암 박지원은 소설 호질에서 호랑이를 등장시켜 인간중심적 사고로 만물을 괴롭히는 인간을 질타하고 있다. 일제 강점기 시대에 요절한 시인 남궁 벽은 자연을 인간과 차별하지 않는 서정적 시를 통해 노래하고 있다. 우리 조상들은 화풍에서도 산수화를 통하여 자연친화적인 사상을 화폭에 그대로 드러내고 있다.

오우가(五友歌) / 윤선도(尹善道 1587-1671)

　내 벗이 몇인고 하니 수석과 송죽이라

동산에 달 떠오르니 그것이 더욱 반갑구나
두어라 이 다섯밖에 또 더하여 무엇하리

구름빛이 좋다하나 검기를 자주한다
바람소리 맑다하나 그칠 때가 많은지라
좋고도 그칠 때가 없기는 물뿐인가 하노라

꽃은 무슨 일로 피면서 쉬이 지고
풀은 어찌하여 푸르듯 누르나니
아마도 변치 않는 것은 바위뿐인가 하노라

더우면 꽃피고 추우면 잎 지거늘
소나무야 너는 어찌하여 눈과 서리를 모르느냐
땅속 깊이 뿌리가 곧은 줄은 그것으로 아노라

나무도 아닌 것이 풀도 아닌 것이
곧기는 누가 시켰으며 속은 어찌 비었는가
저러고 사철을 푸르니 그를 좋아 하노라

작은 것이 높이 떠서 만물을 비추니
밤중에 밝은 빛이 너 만한 것 또 있겠는가
보고도 말이 없으니 내 벗인가 하노라

호질(虎叱) / 박지원(1737~1805)

박지원은 소설 '호질'에서 호랑이를 주인공으로 등장시켜 인간의 잔악상을 다음과 같이 신랄하게 비판하고 있다. 생명존중 사상의 백미라 할만하다.

범은 나무와 풀을 씹지 않고, 벌레나 물고기를 먹지 않으며, 강술(안주 없이 마시는 술)처럼 좋지 않은 것을 즐기지 않고, 젖이나 알처럼 자질구레한 것들은 차마 먹지 못한다. 산에 들어가면 노루와 사슴을 사냥하고 들판에 나가면 말이나 소를 사냥하되, 아직 구복(口腹— 먹고살기 위하여 음식물을 섭취하는 입과 배)의 누를 끼치거나 음식 때문에 송사를 일으킨 적이 한 번도 없으니, 범의 도야 말로 어찌 광명정대하지 않으랴. 범이 노루나 사슴을 잡으면 너희들이 범을 미워하지 않다가도, 범이 말이나 소를 먹으면 원수라고 떠들어 대더구나. 아마도 노루와 사슴은 사람에게 은혜를 끼치지 않지만, 말이나 소는 너희에게 공이 있어서 그런 것 아니냐? 그러면서도 너희들은 말이나 소가 태워주고 일해주는 공로도 다 저버리고, 사랑하고 충성하는 생각까지 다 잊어버리며, 날마다 푸줏간이 미어지도록 이들을 죽이고 심지어는 그 뿔과 갈기까지 하나도 남기지 않더구나. 게다가 우리의 노루와 사슴까지도 토색질(討索질—돈이나 물건 따위를 억지로 달라고 하는 것)하여 우리로 하여금 산에서 먹을 것이 없고 들에서 끼니를 굶게 하였다. 그러나 하늘로 하여금 공평하게 처리하도록 한다면, 너를 먹어야 하겠느냐? 아니면 놓아주어야 하겠느냐?......

그 뿐만 아니라 메뚜기에게서 그 밥을 빼앗고, 누에한테서 옷을 빼앗으며, 벌을 막질러 꿀을 긁어먹고, 심한 경우에는 개미의 알로 젓을 담가서 그 조상께 제사하니, 너희보다 더 잔인하고 박덕한 자가 있겠느냐?... 하늘이 명한 바로써 본다면 범이나 사람이나 다 한 가지 동물이다. 하늘과 땅이 만물을 낳아서 기르는 인의(仁義)로써 논하더라도 범과 메뚜기 누에 벌 개미와 사람이 모두 함께 길러졌으므로, 서로 거스를 수 없다. 또 선악으로 따지더라도 뻔뻔스럽게 벌과 개미의 집을 노략질하고 긁어가는 놈이야 말로 천지의 큰 도둑이 아니겠으며, 함부로 메뚜기와 누에의 살림을 빼앗고 훔쳐가는 놈이야 말로 인의의 대적이 아니겠느냐?

대지의 찬(讚) / 남궁 벽(1895~1922)

대지시여, 어머니시여, 선악일체 모든 물종의
세계의 모든 물종, 지상에 움직이는 자,
하해(河海)에 잠기어 있는 자.
공중을 날으는 자, 모두 당신에게
길리우고 당신의 애호를 받나이다.
그리고 최후에 모든 물종의 시체를
당신의 넓은 마음에 껴안으시나이다.
나는 당신을 기리나이다.
당신은 진실로 만물의 자모로소이다.

풀 / 남궁 벽

풀, 여름풀
대대목(代代木)들의 이슬에 젖은 너를
지금 내가 맨발로 사뿐사뿐 밟는다
애인의 입술에 입맞추는 마음으로
참으로 너는 땅의 입술이 아니냐

그러나 네가 이것을 야속다 하면
그러면 이렇게 하자
내가 죽으면 흙이 되마
그래서 네 뿌리 밑에 가서
너를 북돋아 주마꾸나

그래도 야속다 하면
그러면 이렇게 하자
너나 내나 우리는
불사의 둘레를 돌아다니는 중생이다
그 영원의 역로(歷路)에서 맞닥드려 만날 때에
마치 너는 내가 되고
나는 네가 될 때에
지금 내가 너를 사뿐 밟고 있는 것처럼
너도 나를 사뿐 밟아 주려무나

산수화

우리의 선조들이 자연 친화적이었다는 것은 그림에서도 두드러지게 나타난다. 그림 역사를 살펴보면 쉽게 알 수 있다. 어느 시대를 막론하고 우리의 미술사에서 인물화보다는 산수화가 주종을 이루었다.

산수화를 즐겨 그린 것은 자연친화적 사상을 화폭에 전달하고자 하는 욕구가 강했기 때문이었다. 산수화는 산과 강 등의 자연경관을 소재로 하여 자연을 무생명의 존재가 아니라 생기있고 살아서 움직이는 존재로 인식하는 동양 특유의 자연관이 반영된 그림이다.

산수화는 중국에서 유래한 화법의 그림이기는 하나 우리나라에서는 삼국시대 이래 중국에서 유행한 다양한 화풍을 수용하여 우리 고유의 산수화 양식을 창조해 왔다. 고구려 고분벽화와 백제·신라의 공예품에서 산수 표현의 양상이 그러하며 고려시대에 와서 산수화가 본격적으로 제작되었다. 고려시대와 조선시대의 산수화는 우리나라의 자연경관과 명승지를 소재로 그린 실경산수화(實景山水畵)이다. 실경산수화는 조선 후기 완성된 진경산수화(眞景山水畵) 발달의 토대가 되었다.

진경산수화는 화보나 다른 그림을 모방한 그림이 아니고 우리나라 산하를 직접 답사하고 화폭에 담은 산수화이다. 겸재 정선(鄭敾, 1676~1759)은 조선 후기 진경산수화의 대가로 일컬어진다. 정선 이전에 우리나라 산수화의 주류는 안견의 〈몽유도원도〉(1447년)에서 볼 수 있듯이 중국의 화풍에 기반하여 이상적(理想的)인, 가상의 풍경을 그린 그림이었다.

조선시대에는 산수화가 크게 발달하여 발군의 작품들이 상당수 전해지는데, 후기에는 진경산수화와 남종화가 유행하였다. 남종화란 수

묵화의 복합적 양식으로 문인들이 비직업적으로 수묵과 옅은 담채를 써서 산수화에 내면세계를 표출하는데 치중하고, 시정적이며 사의적인 측면을 중시해서 그린 품격 높은 화풍을 가리킨다.

19세기 남종문인화의 대가 소치 허련은 진도 출신으로 31세 때 해남 대흥사 초의선사의 소개로 추사 김정희의 문하생이 되어 그의 집에 머물면서 서화수업을 하였다. 문인화를 중심으로 특유의 필치를 구사한 허련의 회화에 대하여 추사 김정희는 "압록강 동쪽에 소치를 따를 만한 화가가 없다"고 칭찬하였고 "소치 그림이 내 것보다 낫다"는 찬사를 들을 만큼 뛰어난 화법으로 당시 화단을 풍미하였다.

우리나라 사찰에서 볼 수 있는 생명사랑

인도에서 발생한 불교가 타지역에 전파되면서 불교는 그 지역의 문화를 배척하지 않고 수용하면서 각 지역마다 독특한 불교문화를 형성하였다. 우리나라의 불교는 대승불교가 들어오고 토착문화와 문화적 타협을 이루는 과정에서 다른 나라와는 사뭇 차이가 나는 사찰문화를 갖게 되었다. 다른 나라 사찰에서 찾아 보기 힘든 생명 사랑을 우리나라의 절에서는 쉽게 접할 수 있다.

식생활

탁발을 하는 남방불교에서는 육식을 금하지 않고 있지만, 사찰 안에서 식생활을 해결하는 우리나라에서는 육식을 하지 않고 식물성 재료만으로 음식물을 만든다. 그 이유는 여러 가지가 있다. 그 근본은 불살생을 실천하기 위해서다.

첫째로 육식이 살생의 원인을 제공한다는 불살생관이다. 둘째로 육식을 하면 자비의 종자가 끊어진다고 생각하기 때문이다. 셋째로 숱한

전생을 거듭하는 동안 현생의 자신이 한 때는 짐승의 몸이었다는 윤회
관이다. 넷째로 짐승도 언젠가는 깨달아서 부처가 될 수 있다는 불성
관이다.

발우공양 식사법은 생명사랑의 극치를 보여준다. 발우공양은 발우
라는 그릇에 음식물을 담아 먹는 식사법으로 밥 한 알이나 고춧가루
하나도 남기는 것이 허용되지 않는 식사법이다. 생명체를 희생하여 만
든 음식물을 먹다 남겨 버리는 것은 수행자가 해서는 안 될 행동이기
때문이다.

불교의 식사법이 아니고도 우리 조상들은 밥알이 밥상이나 방바닥
에 떨어져 있으면 주저하지 않고 주워 먹었던 것이 엊그제의 일처럼 얼
마 되지 않았던 일이다. 우리의 식생활에서 먹다 남기는 식사법은 없었
던 일이다.

불전 4물

품격을 갖춘 절에 가면 종각에 불전사물(佛殿四物)이 걸려 있다. 범종
(梵鍾), 법고(法鼓), 목어(木魚), 운판(雲板) 이 4가지를 불전사물이라고 부
른다. 이 사물은 집회 및 시간을 알리는 불교의 의식의 도구로 쓰이기
도 하지만 뭇 생명들의 안녕을 기원하고 그들이 고통에서 벗어나기를
바라는 마음에서 아침과 저녁 예불 시간에 사물을 울린다.

범종을 치는 목적은 종소리를 듣고 지옥 중생이 그 순간만이라도 고
통에서 벗어나고 빨리 해탈하기를 기원하는 마음에서 종을 울린다. 법
고는 육상의 모든 중생들이 북소리를 듣고 고통에서 빨리 벗어나길 기
원하며 친다. 운판은 날아다니는 조류와 죽은 영혼을 천도하여 극락세

계로 인도하기 위해서 울린다. 목어를 치는 이유는 물고기들이 고통에서 벗어나도록 제도하기 위해서다. 또 다른 목적으로는 수행자들에게 항상 물고기처럼 눈을 뜨고 열심히 수행 정진하라는 의미가 담겨있다. 불교에서 존중받지 못할 생명체는 아무 것도 없다.

방생

방생(防生)이란 죽을 운명에 처해 있던 생명을 살려주는 것을 말한다. 절에서는 신도들이 시장에서 팔려 나가기 직전의 짐승이나 물고기를 사서 놓아주는 방생법회를 시행한다. 인간의 생명이나 동물의 생명이 차이가 없다고 생각하기 때문이다. 이런 사상을 간직한 불교에서는 사냥이나 낚시가 허용되지 않는 것은 당연한 일이다.

산신각

우리나라의 절 뒤편에는 산신각(山神閣)이 자리 잡고 있다. 불교와 산신은 직접적인 관계가 없다.

그렇지만 불교는 자기 것만을 옳다고 생각하여 다른 사상을 배척해야 할 대상으로 생각하지 않는다. 우리 조상들이 섬기던 산신 신앙을 사찰에서 수용하여 생명 사랑을 그대로 이어가고 있다. 산신은 산에 머무는 신령스런 영적 존재이다. 생명을 사랑하는 사상으로 무장된 사람들은 산에 깃들어 사는 중생들의 안락을 위하여 산신에게 기도를 올리는 것이다. 용왕신앙도 바다에 사는 신령스런 존재인 용왕에게 중생들의 안락을 위해 간절하게 기도드리는 신앙이다.

이러한 자연관은 숲이나 산과 강이 생명체처럼 하나하나가 부처 될

성품을 가지고 있다고 생각하기 때문이다. 그러한 사상의 영향으로 한국 전역의 산과 봉우리가 보살과 부처의 명호가 아닌 게 없을 정도이다. 예를 들면 천왕봉, 반야봉, 관음봉, 지장봉, 세존봉 등이다.

이것은 산 자체를 성스러운 존재인 부처라고 생각해 온 선조들의 자연관이다. 한국의 산신을 연구해 온 데이비드 메이슨 세종대 교수는 '산신각은 전통적인 생태사상으로, 생태위기시대에 매우 중요한 사상적 의미를 갖는다'고 주장하고 있다.

PART 6

숲의 탐방

숲의 탄생과 번성

138억년 전에 점과 같이 매우 작은 시공간이 빅뱅으로 팽창하면서 우주의 역사가 시작되었고, 46억년 전에 태양계가 만들어졌다고 한다. 곧이어 지구가 탄생하였다. 빅뱅 후 약 100억년이 지났을 때, 그러니까 지금으로부터 38억년 전 지구에 생명체의 원조가 출현했다. 그때는 단세포 생물만 있었다. 이 단세포 생물이 동물과 식물의 공통조상이다.

지구가 처음 만들어졌을 때 원시지구는 대기 중 이산화탄소가 95% 정도였다. 약 34억년 전 원시바다에 살았던 작고 원시적인 남세균(cyanobacteria)이 엽록소를 가지고 있어 이산화탄소를 흡수하여 광합성을 하는 과정에서 산소를 배출하였다. 그 덕분에 오늘날 대기의 21%가 산소로 구성될 수 있었다. 바다의 남세균에 의한 산소 생산은 결국에 15~50킬로미터 상공의 성층권에 오존층도 발달시켰는데, 이 오존층은 태양의 자외선을 차단하여 육상에서도 유기체가 살 수 있는 환경을 조성했다. 오존층이 발달하기 이전에는 자외선을 차단할 수 있는 물이 있는 바다에서만 생명체가 살 수 있었다.

40억년이 지나도록 지구상의 생명체는 전적으로 물에서만 살 수 있었다. 첫 육상식물의 흔적은 지질 시대로는 약 4억 년 전에 해당하는 실루리아기 상층과 대본기 하층의 퇴적층에서 발견되었다.

최초의 숲이 생성된 것은 약 3억 6천만년 전이다. 바다에만 살고 있던 생물들이 지상으로 올라오게 되면서 지구는 새로운 모습으로 바뀌기 시작하였다. 바다에서 뭍으로 올라온 최초의 식물은 녹조류와 같은 단세포 식물로 약 1억년 동안 육상생활에 적응해 왔다.

지금으로부터 약 3억년 전쯤 최초의 나무들이 그 모습은 나타내기 시작했는데 바로 오늘날 살고 있는 침엽수들의 조상이다. 약 1억년 전인 백악기 때 육상식물계에는 또 한 번의 큰 변화가 나타난다. 바로 활엽수의 등장이다. 약 2천5백만 년 전, 지상에는 활엽수 전성시대가 활짝 열린다.

나무는 오늘날 지상의 생태계에 절대적 영향을 미쳤다. 거대한 나무들이 지상에서 왕성한 생명활동을 함으로써 대기의 성분을 변화시켜 왔으며 이로 인해 산소호흡을 하는 생물들이 존재할 수 있었다.

숲의 발달

식물이 전혀 살고 있지 않은 땅에는 지의류나 선태류 등이 처음으로 등장한다. 그 후 1~2년생 초본류들이 나타난 후, 다년생 초본류들이 자리를 잡게 된다. 이러한 과정을 거쳐 비로소 목본류인 키 작은 관목들이 나타나게 된다. 관목들의 전성기가 지나면 양수성(陽樹性) 나무인 산벚나무나 소나무 같은 나무가 풍부한 빛을 토대로 왕성하게 성장한다.

소나무는 강한 햇볕이 부족하면 살 수 없는 양수(陽樹)에 속한다. 소나무는 다른 나무들이 거들떠보지 않는 척박한 땅에 뿌리를 내려 그 나무들이 살아가기에 적합한 환경으로 만들어 놓는다. 그때서야 다른 나무들이 찾아와서 새로운 터를 잡으려고 기웃거리면 소나무는 아낌없이 그 자리를 물려주고 떠나는 매우 훌륭한 품격을 가진 나무다.

양수성 나무들의 왕성한 성장으로 생긴 유기물이 숲의 물질량을 증가시켜 숲의 잠재력을 키운다. 빠른 생장 속도, 많은 양의 낙엽 생산, 그리고 부드러운 육질의 몸체, 장차 숲의 점령자들에게 제공되는 제물들이다. 이들에게는 개척자 수종(천이 선구 수종)이라는 영예가 주어진다.

약 50여 년의 여정이 지나면 개척자 수종은 차츰 쇠퇴하기 시작하고 상대적으로 약한 빛에도 강한 천이의 후기 수종들이 서서히 빛과 공간을 장악하기 시작한다. 응달에 견딜 수 있는 참나무 종류들이 점점 소나무 아래에서 자라 올라오고, 응달에서 더 잘 견디는 단풍나무나 서어나무들이 자라면 소나무는 마침내 그들에게 자리를 내주어야 하는 상황에 처한다.

서어나무는 가장 늦게 정착하는 종이다. 서어나무는 다른 나무의 그늘에서도 잘 견디며 천천히 자라는 습성이 있다. 서어나무는 우리나라에서 전형적인 성숙림을 이끄는 수종이다. 정교하고 연한 녹색의 잎을 지니며, 매끈하고 푸르스름한 수피를 가지고 있어 아름답다.

숲 아래에 빛이 아주 적게 스며드는 곳에서는 개암나무나 진달래, 철쭉, 그리고 어린 서어나무, 단풍나무 등이 자라고 있으며, 숲 아주 밑바닥에서는 습도가 매우 높은 곳에서도 잘 자라는 이끼류나 고사리가 번창하고 있다. 살아서 천년, 죽어서 천년이라고 부르는 주목나무는 극음수로 숲 천이(遷移)의 후반부에 주로 나타난다. 음수(陰樹)는 약한 빛에 노출된다 하더라도 양수처럼 왕성한 생장을 보이지 않는다.

척박한 땅에 싸리나무나 아카시나무가 잘 살아 남을 수 있는 이유는 박테리아와 공생하며 질소를 고정하면서 살아가기 때문이다. 그런 이유로 척박한 토양의 민둥산에 사방사업을 할 때 이런 나무를 많이 심었다. 우리나라 숲에서 일어나는 천이 과정은 대체로 소나무에서 참나무로 바뀌고 나면 더 내음성(耐陰性)이 강한 서어나무, 단풍나무 등이 참나무 아래서 싹이 트고 흙 속의 양분을 빼앗기 시작하면서 참나무는 차츰 쇠퇴해 간다.

숲속의 은둔자 버섯

숲속에는 수많은 종류의 생명체가 모여 살고 있다. 그 가운데 어두운 땅속에 살면서 묵묵히 임무를 수행하는 생명체가 있다. 바로 균류이다. 균류는 숲속의 은둔자이다. 지상으로 몸을 내민 버섯은 균류의 몸체 중 극히 일부분에 지나지 않는다.

버섯은 신비로운 생명체이다. 언뜻 보기에 식물처럼 보인다. 그러나 아니다. 그렇다고 동물도 아니다. 그래서 생물학자들은 균류를 동물과 식물도 아닌 독립적인 생물종으로 분류한다.

버섯은 식물에 있는 엽록소가 없다. 그래서 태양으로부터 에너지를 받아 광합성 작용을 할 수 없다. 버섯은 식물보다는 오히려 동물에 더 가깝다. 버섯은 동물처럼 식물이나 동물에 의해 생산된 유기물을 먹어야 산다. 그래서 식물에 관한 지식은 버섯을 이해하는 데 전혀 도움이 되지 않는다.

균류는 생물의 사체를 분해하는 역할을 수행하는 미생물이다. 균류의 본 몸뚱이는 다 땅속에 숨어 있다. 버섯은 지상부에 고개를 내민 균류의 생식기관이다.

균류는 대부분의 삶을 지하에서 보낸다. 버섯은 땅 밑에 살고 있는 미세한 균사의 자실체(fruit body, 子實體)의 일종이다. 담자균류나 자낭균류의 큰 자실체를 버섯이라고 부른다. 자실체는 고등식물의 꽃에 해당하며 여기서 포자(spore, 胞子)를 만든다. 포자가 발아해서 균사가 된다.

균사는 뿌리처럼 생긴 대단히 긴 세포들로서 마치 뉴런처럼 흙 속을 뚫고 뻗어나간다. 균사는 실타래처럼 무리를 이루어 균사체를 형성한다. 하지만 아주 미세하여 현미경으로나 볼 수 있다. 균을 연구하는 학자들이라 할지라도 버섯을 땅에서 온전하게 파내어 그 구조를 연구할 수 없다. 왜냐하면 그 균사체가 너무나 미세하고 연약하여 아무런 손상을 가하지 않고 온전하게 흙에서 떼어낼 수 없기 때문이다.

버섯의 종류

버섯은 크게 두 종류로 나눌 수 있다. 부생균과 균근균(공생균)이다. 부생균이란 나무나 나뭇잎을 썩혀서 분해하는 버섯이다. 양송이버섯, 표고버섯, 애느타리버섯, 잎새버섯, 탱자나무버섯 등이 대표적인 부생균 버섯이다. 부생균 가운데 많은 종류는 적당한 양의 죽은 유기물질(통나무, 배설물, 곡식)에 포자를 주입하면 재배할 수 있다.

나무는 세포벽이나 섬유를 이루는 셀룰로오스, 목질을 이루는 리그닌이라는 아주 단단한 물질로 되어 있는데 이 셀룰로오스와 리그닌을 분해해서 흙으로 되돌릴 능력을 가진 것은 버섯 뿐이다. 버섯이라는 생명체가 없다면 숲속은 넘어진 나무, 가지, 잎 등으로 뒤덮여 있을 것이다.

균근균이라는 것은 우리가 알고 있는 송이버섯이 대표적인 버섯이다. 쉽게 말하면 인공적으로 재배하여 가게에서 팔고 있는 것이 부생균이고, 재배할 수 없는 것이 균근균이라고 생각하면 된다. 균근균은, 뿌리가 닿지 않는 넓은 땅속에서 효소를 내어 땅속의 인이나 질소를 흡수해서 물과 함께 나무에게 공급한다. 그 대신 나무로부터 잎에서 광합성한 당분을 얻어 자기의 영양분으로 삼는다. 결국 나무와 균근균은 공생관계를 맺고 있다.

버섯에는 식용버섯과 독버섯이 있다. 어떤 버섯은 강력한 독소를 생산하여 자신의 생존을 위협하는 동물을 독살한다. 또 많은 버섯이 환각물질을 생산한다. 전문가들에 의하면 우리 숲에서 확인된 버섯은 1천 여종으로 그 중 독버섯은 약 70여 종이라고 한다.

식용 버섯은 각 종류마다 독특한 향기와 맛과 영양이 있어 널리 이용되고 있다. 그러나 버섯은 많은 양의 칼로리를 공급하지 않기 때문에 영양학자들이 중요한 영양원으로 취급하지는 않는다.

요즈음은 버섯을 쉽게 구해 먹을 수 있지만, 옛날에는 평민들이 쉽게 접할 수 없는 귀한 음식물이었다. 예를 들면 이집트의 파라오들은 버섯의 맛에 반하여 평민들이 먹어서는 안 된다는 엄명을 내려 자기들만 독차지하려고 하였고, 로마인들은 버섯을 먹을 수 있는 계층을 귀족으로 한정하였다. 오늘날에도 뛰어난 향으로 식욕을 자극하는 송이는 서민들이 쉽게 맛볼 수 없는 값비싼 버섯이다.

균류의 생태적 역할
균류는 각 생명체들과 공생하는 방식을 통하여 생명의 진화에 중요한 역할을 한다. 균근이라고 부르는 나무의 뿌리 부분은 균류와 식물의 공생 결과로 생겨난 것으로, 균근은 독립 영양생물인 식물에게는 무기양분을 공급하고, 종속영양생물인 균류에게는 광합성으로 생긴 양분을 제공한다. 대부분의 식물은 이러한 공생에 의해 토양 속의 인이나 질소를 공급받게 된다. 만약 이런 곰팡이가 없다면 식물은 생존할 수 없었고 식물을 먹이의 근간으로 하는 동물 또한 생존할 수 없었을 것이다.

균근균과 나무는 공진화 관계를 발전시켜 왔다. 이 둘은 상호 이익이 되는 관계를 형성하여 서로 필요한 대사산물을 교환한다. 잎의 엽록소에서 햇빛, 물과 이산화탄소를 재료로 광합성 작용을 통하여 탄수화물을 만드는 능력이 식물의 특별한 능력이라면, 버섯의 특별한 능력은 강력한 효소작용을 통해 유기물 분자와 광물을 단순한 분자와 원자로 분해하는 것이다.

균사는 식물의 뿌리를 둘러싸거나 침투하여 식물에게 안정적으로 필요물질을 공급하는 대신 식물이 잎에서 합성한 단당(單糖)을 얻는다. 균사는 식물의 뿌리계가 미칠 수 있는 범위와 지표 영역을 효과적으로 확대시켜 준다. 나무는 균사의 도움이 없어도 살아갈 수는 있지만, 잘 자라기는 힘들다. 버섯은 식물 숙주를 박테리아나 균에 의한 질병으로부터 보호해 주는 것으로 추측된다. 유기물을 분해하고 재순환시키는 균류는 비단 나무뿐만 아니라 지구상의 모든 생명체에 없어서는 안 될 존재다.

균근균은 생명의 열쇠이다. 식물의 생명도 균근균이 없으면 존재할 수 없고 인간의 생명도 마찬가지다. 이 균류는 토양을 만드는 데도 중요한 역할을 한다. 균류와 박테리아 및 기타 토양 미생물과의 관계가 토양을 만든다. 균류는 작물에 필요한 질소와 인을 최대 90%까지 수송하고 공급할 수 있다.

지하세계의 정보사령관, 균류

균류의 균사는 인터넷 광섬유와 같은 역할을 한다. 균류의 가는 선들이 지하로 뚫고 들어가 믿을 수 없을 정도로 조밀한 밀도로 그 속을 누비고 다닌다. 한 티스푼 정도의 흙에 몇 킬로미터나 되는 '균사'가 들어 있다. 균류 하나가 몇백 년 동안 수 제곱킬로미터까지 뻗어나가 온 숲을 연결할 수 있다. 균류는 한 나무의 신호를 다른 나무에게 전달하고, 나무들은 그 덕분에 곤충이나 가뭄, 기타 위험정보를 서로 교환할 수 있다.

균근망은 컴퓨터와 컴퓨터가 연결된 사이버 공간인 '월드 와이드 웹(WWW)'에 비유하여 '네이처'지는 수잔 시마드 박사가 발견한 내용을 'wood wide web'이라고 이름을 붙였다.

균류는 실 모양으로 구성되어 있으며 토양에서 성장하면서 나무와 다른 식물들을 서로 연결시켜 주는 역할을 한다. 나무들이 균이나 곤충의 공격에 대책 없이 일방적으로 당하지 않는 것도 균류의 덕분이다. 나무들은 서로에게 보내는 경고 신호를 신뢰한다. 예를 들어 나무들은 향기로 신호를 내보내 다른 나무에게 주변에 적이 있다는 정보를 전달한다. 나무가 이 신호를 받아 방어물질을 수피로 보내면, 정신없이 나무를 뜯어먹던 곤충이나 포유동물들은 식욕을 잃고 달아난다.

운 나쁘게 바람이 불어 경고 신호가 한 쪽 방향으로만 전달될 때도 있다. 이런 경우에 바람에 맞서려면 다른 방법이 필요하다. 먼저 뿌리들이 합의를 본다. 뿌리는 다른 종의 나무뿌리에게 연락을 취하고 화학신호와 전기신호를 통해 중요한 소식을 전달한다. 네트워크 연결이 끊겼을 때 균류가 조력자로 나선다. 인터넷 유리섬유의 케이블처럼 지하에 묻힌 섬유를 통해 한 나무에서 다른 나무로 메시지를 전달한다. 순식간에 소식이 퍼진다. 그 대가로 균류는 너도밤나무와 떡갈나무의 광합성 생산량의 3분의 1을 뿌리를 통해 당과 탄수화물의 형태로 받아챙긴다.

이끼가 엽록소를 가진 조류와 공생하듯이, 버섯도 엽록소를 가진 식물과 공생한다. 이를 균근이라 한다. 지구상의 90% 이상의 식물들이 뿌리에 버섯균을 가지고 있다.

야생동물의 겨울나기

숲속에 수많은 동물들이 모여 사는 것은 먹잇감이 풍부하기 때문이다. 나무의 종류가 많으면 먹이도 다양하게 얻을 수 있다. 그러나 겨울에는 먹잇감을 얻을 수 없다. 겨울을 무사히 넘기려면 식량을 가을에 미리 어딘가에 저장해 두어야 한다. 자기의 몸 속, 아니면 땅속이나 나무의 구멍 또는 껍질 속을 저장고로 삼는다. 이런저런 방법이 체질에 맞지 않는 동물들은 아예 겨울잠으로 해결한다.

대부분의 동물들은 가을철에 가장 식욕이 왕성하다. 이때 동물들은 몸무게가 평소의 두 배로 늘어난다. 겨울철에 대비하여 먹은 음식물을 지방으로 바꾸어 몸 속에 저장하기 때문이다. 겨울잠을 자는 동물은 곰, 고슴도치, 박쥐, 다람쥐, 뱀, 개구리 등이 있다. 이들이 아무 것도 먹지 않고 겨울잠으로 겨울을 넘길 수 있는 것도 몸속에 영양분을 미리 비축하기 때문에 가능하다.

줄무늬다람쥐처럼 먹이를 입 속에 모아두는 동물이 있다. 볼이 튀어나올 정도로 입 안 가득 씨앗을 입에 물고 있다가 배고플 때 조금씩 꺼내서 먹는다. 겨울 양식으로 저장하는 경우는 아니지만 토끼는 소화가 덜 된 먹이를 똥으로 내보내고 안전한 은신처에서 그것을 다시 삼켜서 남아 있는 영양분을 완전히 흡수한다. 그 배설물을 영양똥이라고 하는데 영양똥을 먹는 동물은 토끼 말고도 햄스터나 기니피그 등이 있다.

겨울 양식을 몸밖에 저장해 두는 동물들이 있다. 두더지는 먹이를 창고에 모아 두는 동물이다. 지렁이를 먹이로 삼는 두더지는 먼저 지렁이를 깨물어서 몸을 마비시킨 다음에 땅 속의 먹이 창고에 저장한다. 두더지는 먹이 창고에 넣어두었던 지렁이를 배고플 때마다 하나씩 꺼내서 배를 채운다. 청설모는 솔방울, 도토리, 밤 그리고 버섯 등을 땅 속에 묻어 둔다. 물론 자연스레 생긴 나무 구멍이나 새들의 빈 둥지도 저장 장소로 이용된다.

다람쥐는 나무열매, 곤충, 애벌레 등을 먹고 산다. 그중에서도 도토리를 가장 좋아한다. 다람쥐나 청설모는 겨울철 식량을 저장하기 위해 도토리를 땅속에 묻는다. 그런데 이 동물들은 건망증이 심해서 어디에 도토리를 묻었는지 자주 잊어버린다. 연구결과에 따르면 다람쥐나 청설모는 땅에 묻은 도토리의 95% 이상을 찾아내지 못한다고 한다. 이들의 예쁜 건망증이 참나무를 살리고 생태계를 풍요롭게 만든다.

숲속에 들어가면 흔히 볼 수 있는 새가 있다. 어치이다. 산까치로 더 잘 알려진 새다. 어치도 가을이 되면 겨울나기 준비로 바삐 움직인다. 어치는 까마귀 과에 속하는 조류로 잡식성 동물(omnivores)이다. 설치류나 조류의 알, 양서류·파충류·어류·연체동물·농작물·나무열매·과일 등을 먹는다. 어치는 들쥐와 같은 작은 설치류들도 잡아먹지만 특히 다른 새들이 번식을 위하여 알이나 새끼를 낳는 시기에는 둥지를 공격하여 먹이로 삼는다. 또한 도토리나 밤이 많이 나는 계절에는 열매를 즐겨 먹는다.

어치는 다른 동물의 울음소리를 흉내내는 재주가 있다. 어느 때는 꾀꼬리나 까치, 까마귀의 울음소리를 낸다고 한다. 또는 다른 새나 고양이 그리고 맹금류인 말똥가리의 울음소리를 교묘하게 흉내내기도 한다. 맹금류의 울음소리를 내어 둥지를 돌보는 어미를 놀래켜서 틈을 노리거나, 다른 녀석의 먹이를 가로채는 경우도 종종 있다고 한다.

어치도 겨울을 대비해서 미리 밤이나 도토리와 같은 열매를 저장해두는 습성이 있는데 다람쥐처럼 어치가 찾지 못하는 열매들이 싹이 터서 나무로 자란다고 한다. 보통의 저장 방법은 땅에 구멍을 낸 뒤 밤이나 도토리를 한 알씩을 집어넣고 낙엽이나 이끼 같은 것으로 덮어 놓는다. 간혹 나무와 나무 사이에도 보관을 하는 데, 워낙 위장을 잘해서 눈에 쉽게 보이지 않는다.

숲의 운행원리

나무는 자연의 화합과 조화에 민감하다. 그래서 나무들은 서로 소통하고 정보를 공유하면서 생태계를 평화롭게 이끌어간다. 인간처럼 학연이나 지연이나 혈연을 따지지 않아야 가능한 일이다. 나무는 동일한 종 사이에서 뿐 아니라 종의 경계를 넘어서서 정보를 공유한다.

그러면서 특정 생물종의 과도한 번성을 용납하지 않는다. 그렇지 않게 되면 생태계의 안정과 평화가 무너지기 때문이다.

식물들은 서로 다른 종이라 할지라도 결실 주기에 다 같이 동참한다. 서로 다른 지역의 신갈나무는 결실 주기가 일치하지 않는다.

나무는 해거리라는 방법으로 결실 주기에 동참하여 동물의 수를 조절한다. 해마다 일정하게 열매가 열린다면 그 열매를 식량으로 하는 동물들은 매년 그 열매를 모조리 먹어 치울 것이다. 그래야 많이 열리는 해에 씨앗들이 살아남을 수 있고 동물도 적정 수를 유지할 수 있기 때문이다. 더 나아가 특정 동물 종의 과다한 증식은 생태계 파괴를 부채질하는 결과를 가져올 수 있을 수 있어서도 그렇다.

나무는 과연 묵묵히 역할을 다하는 생태계의 조절자이다. 불평불만 없이 생태계에 봉사하는 지구의 신사이다. 보상을 바라지 않는 봉사의 현장을 실습하려면 숲이라는 생태계를 찾아야 한다. 숲은 지상의 가장 거대한 생태계이다. 숲은 자연의 운행 원리를 우리에게 말없이 가르쳐 주고 있다.

모든 존재는 서로 영향을 주고받는다. 바위와 같은 무생물조차도 기후에 영향을 받고 생물들의 활동에 영향을 받는다. 그러면서 서서히 변화를 겪는다. 그것이 바로 자연의 운행 원리이다. 그러한 현상을 상호의존성 혹은 상의상관성이라고 한다.

만물의 영장이라고 자처하는 인간이라고 해서 그러한 원칙을 벗어날 수 없다. 자연의 영향력 속에서 다른 생물들의 도움을 받으며 살아가는 생물종의 하나가 바로 인간이다. 그러나 인간은 마치 자연과는 관계 없는 독립적인 개체처럼 살아가려 한다. 그 결과가 오늘날의 기후위기와 환경파괴를 가져왔다.

생명은 자기 완결적이고 자율적인 개체라기보다는 오히려 다른 생명과 물질과 에너지, 그리고 정보를 상호 교환하는 공동체이다. 자연의 어느 곳에서도 이러한 상호의존성을 벗어날 수 없다. 그 현장을 들여다보자.

지구의 물리학적인 환경은 생명체의 작용이 없을 경우와는 완전히 다른 미묘한 균형을 이루며 유지되고 있다. 그 균형을 유지하는데 영향을 미치는 존재가 바로 생물이다. 개별적인 종이 지구에 무시할 수 없는 영향을 끼친다는 증거는 상당히 많다. 기후의 균형 유지에도 그렇다.

미시 세계의 생명체인 광합성 세균과 원시 세균 및 조류로 이루어진 대양의 식물성 플랑크톤이 지구의 기후 조절에 중요한 역할을 한다는 것이 가장 분명한 예이다. 조류에서만 생산되는 다이메틸설파이드(dimethylsulfide)는 구름의 형성을 조절하는 중요한 인자로 생각되고 있다.

물론 동물과 식물도 뗄 수 없는 의존관계를 맺는다. 식물은 이산화탄소를 들이마시고 광합성을 하면서 생산된 산소를 공기 중에 배출한다. 동물은 식물의 부산물과 폐기물을 먹이로 하고, 동물의 부산물이나 폐기물은 토양의 거름이 되어 식물의 영양소가 된다. 그래서 어떤 종류의 식물이든 동물의 생존에 꼭 필요하다는 것이다. 일방적인 손익이 아니고 서로 도움을 주고받는 생태계이다.

지구에는 인간의 삼림 파괴로 이산화탄소를 들이마시고 저장해서 신선한 산소를 생산할 수 있는 나무가 충분하지 않다. 그 결과가 오늘날의 기후위기와 환경오염의 원인에 한 축을 담당하고 있다.

열대우림

열대우림 지역은 적도를 중심으로 하여 위도 23.5도의 남북지역에 분포한 삼림을 말한다. 남아메리카, 아프리카, 동남아시아 등의 적도 인근에 자리잡고 있는 지역으로 지구 육지의 6~7%에 불과한 면적이다. 그렇지만 다른 지역에서 찾아볼 수 없는 생태적 특징이 많은 지역이다.

열대우림의 특징

열대우림지역은 고온다습한 기후로 수분이 풍부하고 태양광의 밀도가 높아 광합성의 효율이 높은 지역이다. 왕성한 광합성 능력으로 산소 발생의 20%를 담당하고 있고 이산화탄소를 엄청나게 흡수하여 지구 온난화 대응에 결정적인 역할을 한다. 실제로 1헥타르 열대우림은 연간 1톤의 이산화탄소를 흡수한다. 그런 이유로 열대우림을 '지구의 허파'라고 부른다.

또한 풍부한 광합성 산물은 영양공급을 원활하게 해주므로 열대우림은 지구상에서 가장 많은 생명체가 모여 살고 있는 곳이다. 이곳은 모든 육지 동식물의 2/3가 서식하는 곳으로 생물다양성의 대체 불가 지역이다. 예를 들면, 국토 면적이 남한 땅의 2/3밖에 안 되는 작은 나라, 면적이 세계의 0.03%에 불과한 코스타리카에 전 세계 동물 종의 5%가 서식하고 있다. 또 페루의 열대우림에서 자라는 한 그루의 나무와 그 인근에는 영국에서 서식하는 전체 개미의 종류만큼이나 많은 종의 개미들이 살고 있다고 하고, 통상 열대우림에는 곤충만 3천만 종에 달한다는 연구 결과도 있다.

보통 열대우림 1헥타르의 공간 안에 약 750종의 나무와 1,500종의 식물들이 서식하는데 비해, 소수의 식물 종이 독점하고 있는 캐나다의 온대우림은 평균 10~20 종, 많게는 30여 종이라고 한다. 또 다른 예를 들면, 말레이시아 반도에는 북아메리카 전역에서 볼 수 있는 것보다 많은 종류의 나무와 풀이 서식하고 있다. 더 구체적으로 설명하면, 말레이 반도에는 8천 종의 현화 식물이 자라고 있는데, 면적이 두 배인 영국에는 단지 1400종에 지나지 않는다. 또 남미의 열대우림 0.1ha에는 평균 208종의 식물이 발견되는데 북미에서는 25종에 불과하다.

면적 상으로는 전 세계 숲의 30%를 차지할 뿐이지만 열대우림 안에는 지구 전체식물의 80%가 자라고 있어, 지구에 대한 산소공급을 실질적으로 전담하고 있다고 해도 과언이 아니다. 또한 이 숲은 지구상에서 가장 오래된 생태계로 생태학적 풍요로움을 고도로 발전시켜 왔다. 덕분에 지구에 사는 생물종 절반이 이 열대우림 안에 살고 있다.

열대우림의 생물다양성은 신약 개발을 위한 유전 형질의 원천이며, 그중 1/4은 약용식물에서 직간접적으로 유래하거나 전통적인 식물 사용에 기초한 새로운 화합물 합성을 통해 고안된다. 이런 가치는 수량화하거나 예측하기 어려우며, 그 효익이 즉각적이지 않을 수도 있다.

우리들이 사용하고 있는 약제의 1/4이 열대우림에서 생산된 물질에서 원료를 추출한 것이다. 로지 페리윙클이라는 열대 식물에서 추출한 알칼리성 약제 빈크리스틴과 빈블라스틴 덕분에 우리는 백혈병으로 고생하고 있는 아이들에게 80%의 생존율을 유지할 수 있다.

이런 장점과는 달리 이 지역에는 몇 가지의 취약한 점이 있다. 열대우림의 급속한 생장은 죽은 유기물의 급속한 분해와 순환에 의해 이루어진다. 숲 바닥에 떨어진 잎과 가지는 신속하게 분해되어 생물체로 편입된다. 그런 이유로 열대지방의 토양은 비옥하지 않다.

오래된 열대우림의 나무와 풀들은 토양이 함유하고 있던 모든 무기질도 거의 다 흡수해 버린다. 북방의 숲들과 달리 열대우림에서는 토양에 영양분을 저장하는 것이 아니라, 나무와 풀 등의 생물체에 저장한다. 결과적으로 이들 숲을 개간해서 만든 목초지는 무기질이 너무 빈약해 초목을 완전히 다시 회복시키기도 어렵고, 나아가 이들 식물의 보호가 없이는 한 번의 소나기만으로도 대단히 빠른 속도로 토양부식이 진행되어 버린다. 따라서 이전에 열대우림이었던 지역의 경우, 개간 직후에는 1ha(3,000평)이면 숫소 한 마리를 키울 수 있지만, 몇 년이 지나지 않아 땅이 부식된 뒤에는 5ha(14,700평)이 필요하게 되고, 10년이 지나면 8ha(24500평)이 필요하게 된다.

열대우림의 파괴

열대우림은 땅 위의 생물들이 생물량(biomass)의 대부분을 차지하고 있는 생태계로 이 지역에서 땅에 떨어지는 죽은 식생은 쌓일 틈이 없다. 열대우림에서 생명체의 사체는 절지동물, 환형동물, 균류 그리고 세균에 의하여 곧장 형체 없는 가루로 분해된다. 이런 분해작용으로 생산된 마지막 단계의 영양분은 나무의 얕은 뿌리와 하층부의 덤불에 흡수된다. 대부분의 삼림이 벌채되고 태워진다면 부식토는 싹을 틔울 틈도 없이 폭우에 씻겨 떠내려가게 된다.

이와 같은 이유로 열대우림의 토양은 척박하기 그지없다. 이런 환경에서 산불이나 벌채로 인해 수관이 제거되면 미약하게나마 존재하던 낙엽층이 햇빛에 자극받은 미생물에 의해 급속히 분해되고, 폭우에 씻겨 표토가 유실되면서 씨앗이 싹틀 토대마저 함께 쓸려가 버리게 된다. 그래서 열대우림 파괴는 바로 그 지역을 죽음의 땅이나 사막으로 만드는 시발점이 된다.

생물다양성의 본거지라 할 수 있는 열대우림은 육지 표면의 6%에 불과하지만, 이 육상 및 수중 생태계에는 알려진 생물의 반 이상이 서식하고 있는 곳이다. 그런데도 불구하고 이곳 또한 조각으로 나뉘어 철저한 파괴와 제거 대상이 된 생태계이며 생물종의 절멸이 대규모로 일어나는 대표적인 도살장이다.

열대우림은 생물종이 풍부하지만 다른 지역의 생태계보다 피해받기 쉬우며, 원상회복 능력도 약하다. 이곳이 취약한 것은 큰 비에 쉽게 침식되는 영양분이 적은 토양이기 때문이다. 이러한 현상을 증명하는 예가 미얀마에서도 발생했다고 한다.

연 강수량이 2,500mm(우리나라는 1,200~1,300mm)가 넘는 열대우림지역 미얀마에 경상도 넓이의 사막이 있다고 한다. 먹고살기가 하도 각박하여 밀림을 벌목하고 옥수수를 심고 난 뒤에 벌어진 일이다. 처음에는 먹거리가 해결되었지만 얼마 지나지 않아서 문제가 생겼다고 한다. 나무가 사라진 그곳은 온도가 상승하여 거대한 옥수수 밭 위로 뜨거운 공기층이 돔처럼 막을 이루었고, 바다로부터 오는 비구름이 그곳을 건너뛰는 바람에 옥수수는 커녕 어떤 작물도 자라지 못할 만큼 황폐해져 사막으로 변했다 한다.

열대우림의 파괴는 기후에도 상당한 영향을 미칠 수 있다. 열대림 손실이 인간의 활동으로 인한 온실가스 배출량의 16~19%를 차지한다. 지구의 허파로 알려진 브라질 아마존 지역의 열대우림이 사라지면서 지난 10년간 흡수된 이산화탄소보다 20%나 많은 이산화탄소가 대기 중으로 배출되었다. 나무가 아마존 삼림 위의 대기에 수분을 충분히 공급하지 못하면 기후적인 악순환이 나타나게 된다.

나무의 개체 수가 줄어들면 강우량이 감소 되고 그에 따라 더 많은 나무가 죽는 악순환으로 이어진다. 아마존 분지에 내리는 비의 반 정도는 강이나 대서양에서 발생하는 구름과는 달리 삼림 자체에서 기인한다. 물은 식물의 물관을 통해 수송되며 잎과 가지에서 증발된다. 아마존이 잘리고 태워지는 정도만큼 연간 강수량 또한 감소한다.

열대우림 지역에 농사지을 목적으로 땅을 개간하고 숲을 불태우면 척박한 땅에 남아 있던 빈약한 영양소를 이용하여 단지 한두 해 동안은 농사가 가능하다. 이런 토양에서는 목초 정도나 겨우 자랄 수 있기 때문에 대지주들은 이곳을 소를 키우는 넓은 목장으로 만들지만 이조차도 오래 지속되지 못하는 경우가 많다.

가축 사료를 생산하기 위해 열대우림을 파괴하여 사료작물을 재배하거나 목초지를 조성하는 것은 지구의 생태계 균형에 삼중의 부담을 지운다. 불을 질러 토지 1헥타르 당 대기로 방출되는 숲의 생물량은 이산화탄소로 환산해 약 1천 톤에 이른다. 불을 지른 뒤 나중에 이산화탄소를 고정하지 않기 때문이다. 대규모 콩 농장이나 소 방목지에서 자라는 식물은 원래 숲 생산량에 비해 1천 분의 몇에 해당할 뿐이다. 이렇게 연간 2만㎢씩 사라지는 숲의 생물량은 그 속에 간직한 탄소 약 20억 톤을 잃게 만든다. 이에 더해 식물의 말라버린 찌꺼기를 먹고 메탄을 방출하는 대형 흰개미들이 열대 지역 초지에 확산 되고 있다.

이러한 연구 결과에도 불구하고 '지구의 허파'로 불리는 열대우림은 파괴가 여전히 지속되고 있다고 한다. 2019년부터 2년간 아마존에서 소 목축과 콩 재배, 광산을 개발하기 위해 서울시 면적의 30배나 되는 숲이 사라졌다. 그 결과 브라질은 가뭄과 폭염에 더욱 취약해졌고 생태계도 심각한 영향을 받고 있다고 한다. 과학자들은 아마존 숲이 지구의 허파가 아니라고 경고하고 있다. 현재 아마존 숲은 연간 5억 톤의 탄소를 흡수하고 15억 톤의 탄소를 배출하고 있다.

우리나라나 독일, 일본의 산에 숲이 무성하게 우거진 것을 보고 역시 선진국은 자연을 사랑하는 차원이 다르다고 생각하기 쉽다. 그러나 실은 그렇지 않다. 선진국의 삼림녹화 성공을 제3세계의 산림파괴와 동일선상에서 바라보아야 한다. 그 숲은 개발도상국을 착취한 결과물일 뿐이다. 또한 나무 대신 화석연료를 사용한 덕택으로 숲이 살아남아 우거진 것이다.

예를 들면 세계에서 합판 생산을 가장 많이 하는 일본의 나무 조달은 대부분이 열대우림 지역의 나무 수입에 의해서 이루어진다. 1960년에서 1980년 사이에 인도네시아의 목재 수출은 200배로 늘어났다. 열대우림 파괴에 앞장서는 일본은 자국의 숲을 보호하기 위해 선진국 중 가장 엄격한 삼림보호 정책을 가진 나라이다. 우리나라 실정도 일본에 뒤지지 않는다. 국내에서 사용하는 대부분(97%)의 복사지는 원시림을 벌목한 나무를 수입하여 만든 것이라 한다.

한국제지공업연합회에 따르면 우리나라의 최대 종이 수입지인 인도네시아의 원시림이 펄프와 종이생산을 위한 벌목과 '나무농장'이나 '조림지' 개발로 인해 빠르게 파괴되고 있다고 한다. 인도네시아 펄프제지 기업은 펄프의 40∼60퍼센트를 천연 원시림에서 얻는데, 인도네시아 최대 기업 시나르 마스의 자회사인 세계 3위의 제지기업 APP는 열대우림과 습지를 파괴하며 나무농장을 만들고 있다고 한다.

이와 같이 선진국의 산림녹화는 제3세계의 산림자원 약탈의 연장선상에 있다. 선진국의 무분별한 목재와 종이의 소비는 원시림 지역을 사막으로 만들고 기후위기를 불러오고 있는 행위이다. 열대우림 파괴는 흔히 가난을 해결하기 위해 벌목을 시작으로 해서, 소 떼로 옮겨가 그 땅을 대두 생산지로 변형시키고 결국에는 사막화로 끝난다.

인공 숲의 조성

방조어부림

숲은 물가에서도 생명체의 보호를 게을리하지 않는다. 강가나 바닷가에 숲이 우거져 있으면 유기물이 증가하여 수중미생물이 많아지고 그늘이 생기므로 어족들의 증식과 서식에 알맞은 환경을 제공한다.

숲은 극한 환경으로부터 인간을 보호해 주고 생명체를 감싸 안는다. 그런 숲의 역할에는 여러 종류가 있다. 어촌에 밀어닥치는 거센 파도를 막아주고 고기떼들이 모여들게 한다. 이런 숲을 방조어부림(防潮魚付林)이라고 부른다. 홍수나 장마 때엔 큰물의 피해를 막아주는 호안림(護岸林), 마을을 아름답게 꾸며주며, 문화유적지 주변에 위치하여 국민들에게 교육의 장이나 레크리에이션 장소로 활용되는 풍치 관광림(觀光林)이 아름다운 마을 숲으로 존재한다.

보안림(保安林, protection forest)은 산사태를 방지할 수 있거나 수자원을 풍부하게 할 수 있거나 그 밖의 자연재해를 예방할 수 있는 차원에서 관리하는 숲을 말한다. 방풍림은 바람으로 인한 피해를 막기 위해 조성한 삼림으로 보안림의 한 종류이다. 방풍림은 주로 농경지나 가옥을 바람의 피해로부터 보호하기 위해 바람이 불어오는 방향에 나무들을 심어 바람을 막기 위해 조성한 숲을 말한다.

방풍림(防風林)은 바람이 많은 해안가나 도서 지역에서 많이 볼 수 있는데, 특히 모래 해안이나 해안사구 배후에 농경지나 마을이 있는 경우 바람과 함께 날리는 모래들을 막을 용도로 조성한 것이다. 자연적인 식생으로 존재하기도 하지만, 인공적으로 조성한 경우가 대부분이다. 그래서 우리나라의 해안사구 위에는 대부분 해송(海松)이라 불리는 곰솔 등의 소나무 숲이 조성되어 있다. 방풍림 조성용 수종은 크고 빨리 자라며 바람에 견디는 힘이 좋은 상록수, 특히 오래 사는 침엽수가 적합하다. 삼나무·편백·해송·낙엽송·전나무·가시나무·참나무류·느티나무·포플러 등을 주로 방풍림으로 심는다.

방화림

화마로부터 숲을 보호하기 위해 첨병 역할을 수행하는 나무들이 있다. 동료 나무가 불에 타는 아픔을 차마 볼 수 없어서 궁리 끝에 스스로 만들어 낸 무기를 들고 불에 맞서는 나무 소방관들이다. 그 역할을 맡은 대표 선수로는 동백나무와 아왜나무가 있다. 물론 그런 역할을 담당하는 나무는 그 외에도 여러 종류의 나무가 있다.

불에 강한 나무로는 우선 난대수종을 꼽는다. 난대수종들은 가지와 잎에 수분함량이 많고, 두꺼운 가죽질이라 불에 잘 타지 않는다. 동백나무를 비롯하여 아왜나무(산호수), 참식나무, 광나무, 사스레피나무, 호랑가시나무, 굴거리나무, 붓순나무, 후피향나무, 가시나무 종류 등을 꼽을 수 있다.

동백은 차나무와 마찬가지로 키틴질이 풍부해서 불에 잘 안 탄다. 그래서 사찰에서는 일찍이 동백나무를 방화림(防火林)으로 많이 심었다. 선운사와 화엄사의 동백나무 숲, 백양사 극락보전 뒤에서 자라는 야생 차와 비자나무 군락은 산불 예방용으로 심은 인공 방화림이다. 산불이 발생해도 이런 나무들이 불길을 막아줘 절의 전각이 화마를 피할 수 있었다. 광양 옥룡사, 강진 백련사에도 방화림으로 동백나무가 자라고 있다. 1878년 화재로 옥룡사는 소실 되었지만 옥룡사 터에는 아직도 동백나무가 대를 이어 손자 나무가 자라서 동백나무 숲을 무성하게 이루고 있다.

불에 강한 나무를 꼽으라면 아왜나무를 빼어놓을 수 없다. 난대수종으로 남부지방에서 자라는 아왜나무는 잎과 줄기의 함수율이 높고 불이 붙으면 수분이 빠져나오면서 거품을 내뿜어 거품형 소화기처럼 표면을 덮어 차단막을 만들어 화재를 진압할 수 있는 방화용 나무다. 그러한 특징이 있어 산불이 자주 나는 남해안의 섬에서 산불 예방이나 산불 진화용으로 적합한 나무다. 그래서 방화용수나 생나무 울타리 용으로 식재되고 있다.

중부지방에서는 은행나무나 사철나무를 심어서 내화 띠 숲을 조성할 수도 있다. 은행나무는 예로부터 불을 잘 막는다 하여 화두목(火杜木)이라고 불렀다. 알려진 바로는 불이 나면 줄기에서 물이 뿜어져 나온다고 한다. 천연기념물인 양평 용문사 은행나무는 여러 차례의 화재에도 불구하고 뛰어난 내화성으로 1천 년을 살아남을 수 있었다. 은행나무는 키 작은 관목처럼 키워서 내화 수림대로도 활용할 수도 있다.

굴참나무처럼 줄기가 코르크질로 덮혀 있는 참나무 종류도 다른 활엽수에 비해 내화성이 강한 것으로 알려져 있다. 낙엽송이라고 불리는 일본잎갈나무도 소나무와 같은 침엽수이면서도 수지가 적고 봄철에 비교적 일찍 물이 오르기 때문에 불에 강한 면모를 보인다. 내화수종의 또 다른 면은 산불 이후에도 다른 나무들 보다 회생력이 강하다는 점이 있다.

대부분의 나무는 형성층 바깥에 제2의 형성층(코르크형성층)이 있어, 그곳에서 코르크 세포를 만든다. 코르크층으로 이루어진 수피는 수분의 침투와 탈출을 막으며, 병충해라든가 외부의 충격, 화재 등으로부터 보호하는 역할을 한다.

PART 7

숲의 생태적 역할

산소의 생산 및 탄소의 저장

바다가 모든 강물을 받아들이듯 숲은 육상의 모든 생명체들을 가리지 않고 받아들인다. 숲은 수많은 육상 생물에게 보금자리를 차별 없이 제공해 준다. 그러면서 숲은 온갖 동물과 식물이 조화롭게 살아갈 수 있는 공간을 만들어 나간다.

다양한 수종으로 구성된 숲은 야생 조수와 곤충들은 물론이고 균류나 미생물들에게 삶의 터전이 된다. 숲 속의 나무는 철마다 다양한 잎을 돋아나게 하고 열매를 맺어 동물과 미생물에 영양분을 제공하기 때문이다. 맑은 공기와 물은 물론이다.

숲은 각종의 새들에게 서식지를 제공하고 그 새들은 해충으로부터 숲을 지켜준다. 이런 상부상조의 기능을 통해서 자연을 풍요롭게 만든다. 숲은 우리 인간에게 상부상조의 미덕을 가르쳐 주는 학습장이다.

산소는 모든 생명체가 살아가기 위해 꼭 필요한 기체이다. 우리가 살고 있는 지구의 공기 중에는 약 21%의 산소가 존재한다. 숲이야말로 그런 산소를 만들어 내는 공업단지다. 식물의 성장은 매 순간 탄소를 모으는 일이다. 탄소를 흡수해서 산소를 만들어 낸다. 숲은 육지 면적의 30%에 지나지 않지만 숲은 육지에 사는 생명체에 저장된 탄소의 3/4 을 차지하고, 전체 토양 중에 저장된 탄소의 약 52%를 차지하고 있다.

산소를 생산하기 위해 숲은 셀 수 없이 많은 산소 제조공장을 가동시킨다. 그 공장을 엽록소라고 부른다. 주소지는 바로 나뭇잎이다. 나뭇잎의 엽록소에서 일어 나고 있는 광합성 작용은 탄수화물을 생산하면서 그 부산물로 우리에게 필요한 산소를 공급해 주고 이산화탄소를 조절하여 대기의 기온을 안정시켜 준다.

나무의 하루 산소 방출량은 10m의 나무가 사방으로 50㎡(약 15평) 정도로 가지가 퍼져 있다면 그 나무는 6명에게 공급할 수 있는 산소를 내뿜는다. 국립산림과학원이 분석한 결과에 의하면 나무 한 그루는 하루에 이산화탄소를 1.7~3.3kg 흡수하고 1.2~2.4kg의 산소를 내뿜는다.

녹색식물은 1kg의 탄수화물을 생산하는 과정에서 약 1.6kg의 이산화탄소를 흡수하고 1.2kg의 산소를 방출한다. 나무와는 달리 사람은 하루에 약 0.75kg의 산소를 흡수하고 1kg의 이산화탄소를 내뿜는다. 따라서 순생산량 10톤을 가진 낙엽송림 1ha는 40명이 호흡할 수 있는 산소를 방출하며 연중 활동하는 상록활엽수림은 1ha 당 80명이 숨쉴 수 있는 산소를 방출한다.

1ha 당 연간 10톤의 순생산량을 갖는 숲은 이산화탄소 16톤을 흡수하고 12톤의 산소를 방출한다. 성장이 끝난 균형 단계의 나무는 산소를 대기 중으로 발산하는 만큼 소비한다. 한국의 산림은 연간 자동차 1,518만 대가 배출하는 이산화탄소 4,100만 톤을 흡수하고 우리에게 필

요한 산소 2,900만 톤을 내뿜는다고 한다.

오래된 숲에는 엄청난 양의 탄소가 머물고 있다. 식물의 몸은 대부분 탄소로 이루어져 있으며, 광합성을 통해 가스 상태의 이산화탄소를 탄수화물로 전환한다. 그래서 광합성작용을 탄소고정이라고 부른다. 식물의 성장은 결국 이산화탄소가 고체로 축적되는 과정이다.

나무는 대기 중에서 탄소를 흡수하여 광합성으로 생산한 탄수화물로 잎과 가지를 만들고 꽃과 열매를 맺는데 사용한다. 나무는 자연에서 기체 상태인 탄소를 고체로 바꿔서 저장하는 '탄소 탱크'의 역할을 묵묵히 수행하고 있다. 그 과정에서 산소가 배출된다. 식물을 비롯한 나무는 결국 탄소 덩어리인 셈이다. 온전한 낙엽 활엽수들이 무성한 숲에서 매년 만들어 내는 물질량은 1ha에 보통 10톤 이상이다. 화석연료란 결국 식물들이 생산한 유기물이 기원이다.

주요 구성성분에는 탄소, 수소, 산소가 있는데 이 중 탄소가 50%를 차지하고 있다. 나무에 들어 있는 탄소 성분은 공기 중의 이산화탄소를 흡수하여 저장된 것이다. 1만 리터의 공기 중에는 약 2그램의 탄소가 존재한다.

약 100년 된 느티나무는 약 5톤에 달하는데 그 중 2.5톤이 탄소로 구성되어 있다. 공기에서 이 많은 탄소를 흡수하기 위해서는 무려 125억 톤이라는 공기를 흡수해야만 필요한 탄소를 얻을 수 있다.

수명이 40년인 나무 한 그루가 평생 1톤 이상의 이산화탄소를 흡수한다. 수목은 생장하면서 탄소고정 기능이 증가되나 생장이 둔화되면서 점차 감소하다 결국에는 정지하게 된다. 전 세계 지표면으로 보자면, 숲은 대기보다 두 배나 많은 탄소를 저장하고 있으며 그 무게는

1,000조 톤이 넘는다.

　나무가 수명을 다하여 부패할 때는 가지고 있던 이산화탄소를 도로 대기에 쏟아낸다. 이처럼 숲은 이산화탄소를 저장할 수 있고 방출할 수 있는 양면적 기능을 가지고 있다. 그렇기 때문에 나무를 썩히거나 태우기보다는 목재로 활용하거나 매립하는 편이 낫다.

　숲에서 탄소를 저장하는 것은 나무뿐만이 아니다. 숲속의 흙은 유기물이 풍부하기 때문에 중요한 탄소 저장고 역할을 한다. 하지만 벌목용 기계로 흙을 파헤치고 펄프용 나무농장을 만들기 위해 갈아엎으면 아무 소용이 없다.

　나무는 땅이 흡수할 수 있는 것보다 8배 정도의 탄소를 흡수한다. 유기적으로 경작된 땅이라 하더라도 그렇다. 재래식 방법을 써서 더 적은 땅으로 먹거리를 만들고 남는 땅에 나무를 심는 것이다. 그것은 대기 중 탄소배출량을 억제하는 대안적 전략일 수 있다.

　습지도 탄소의 저장에 중요한 역할을 한다. 온대 숲이 $1m^2$마다 약 700g의 이산화탄소를 흡수하는 것에 비해 습지는 같은 면적 당 1kg 이상의 탄소를 흡수하고, 바닷가 연안의 습지는 이보다 2, 3배가 많은 양을 흡수한다. 하천 주변에 자라는 버드나무 군락은 이산화탄소 흡수 기능이 소나무 숲의 4배에 이른다.

　다시 말하면 숲은 거대한 에너지 저장고다. 살아 있는 바이오매스뿐만 아니라 죽은 바이오매스에도 다량의 탄소가 들어 있다. 숲의 유형에 따라 차이가 있지만 $1km^2$ 당 10만 톤 이상의 탄소가 들어 있다. 이것은 이산화탄소 36만7천 톤에 해당하는 양이다. 나무의 잘 썩은 부식질에서 탄소는 리그닌이 80~90%를 저장하고 있다.

타이가는 온대와 한대 중간에 있는 아한대림에 분포하는 침엽수림으로 이 지역에 속하는 러시아와 캐나다가 보유한 숲은 각각 전 세계 숲의 26%와 25%에 이른다. 두 나라가 '지구의 허파'를 가지고 있는 셈이다. 아한대림은 지구 최고의 탄소 저장고이다.

우리가 초목이나 화석연료를 태워서 에너지를 얻을 수 있는 것은 초목이 광합성을 통한 탄소 환원의 과정을 거쳐서 태양에서 얻은 에너지를 저장하고 있기 때문이다. 탄소가 다시 산화하면서 에너지를 내뿜는다. 탄소의 산화 형태가 바로 이산화탄소이다.

탄소는 우리 몸은 물론이고 지구상의 모든 생물이 가장 많이 함유하고 있는 원소이다. 말하자면 지구에서 살아가는 생물 모두는 탄소의 생명 형태이다. 우리 몸을 이루고 있는 탄소원자는 대기 중에 떠돌고 있는 이산화탄소 분자를 이용한 것이다.

대기 중에 있는 이산화탄소 농도는 0.035%에 불과하다. 생명을 유지하는데 필요한 분자들(탄수화물, 아미노산, 단백질, 지질)을 만들기 위해서는 공기 속의 탄소원자를 흡수해야 하는데, 이를 위한 유일한 방법이 바로 광합성이다.

공기 중의 이산화탄소 양은 ppm으로 표시된다. 그 이유는 이산환탄소가 대기 중 0.035%를 차지하는 아주 희박한 공기이기 때문이다. 1ppm이란 100만분의 1의 농도를 말한다. 알기 쉽게 설명하면 1ppm은 13갤런(약 50리터)짜리 물통에 들어 있는 물 한 방울과 같다. 1750년 이전 대기 중의 이산화탄소 농도는 280ppm으로, 13갤런 짜리 물통에 떨어지는 물이 280방울 이었다. 2024년 3월 기준, 월평균 CO_2 농도는 425.22ppm으로 최고치를 경신해 2023년 3월보다 4.7ppm 증가했다. 최근 측정에 따르면 농도는 427.48ppm으로 더욱 높아졌다.

폭염과 가뭄이 지속되면 나무는 수분을 아끼려고 잎의 기공을 닫아 버린다. 그렇게 되면 이산화탄소를 흡수하지 못해 광합성보다 호흡이 많아지고 이산화탄소를 내보내게 된다. 이처럼 기후위기로 기온이 올라가면 식물의 광합성 효율이 떨어져서, 산소를 생산하는 것보다 이산화탄소를 더 많이 보내는 악순환에 빠질 수도 있다.

지구 온난화로 인한 기후 위기가 심각한 지경에 이르렀다. 숲의 역할을 과소 평가하고 학대한 결과이다. 숲의 생태적 기능을 소중하게 생각하지 않고 그들을 파괴하여 온실효과 유발 기체인 이산화탄소를 숲에서 대기로 쫓아냈기 때문이다. 공기 중의 이산화탄소를 제거할 수 있는 기능은 녹색식물만이 유일하게 가지고 있다. 우리는 그런 역할을 수행하는 나무를 오직 인간을 위한 자원으로 생각하며 그들의 아픔을 무시한 채 벌목을 주저하지 않았다.

우리나라의 산림정책을 보면 숲 가꾸기나 수종 갱신을 위해 오래된 숲을 벌목하는 경우를 흔히 볼 수 있다. 그러나 오래된 숲은 다양한 나무를 포함헤서 낙엽이나 토양이 흡수하는 탄소의 저장량이 어린 숲보다 월등하게 높다는 연구 결과가 많다.

자연 정화작용

　우리는 시간을 내서 산을 자주 찾는다. 숲속에 들어가면 신선하고 쾌적한 느낌이 들기 때문이다. 숲은 우리에게 산소를 공급해 주고 먼지나 오염물질을 걸러준다. 바닷가의 갯벌이 지구의 온갖 오염물질을 정화 시켜주는 콩팥이라고 한다면, 숲은 지구의 대기에 신선한 공기를 공급해 주는 허파라고 할 수 있다.

　나무는 우리가 내쉬는 이산화탄소를 들이마시고, 우리가 들이쉬는 산소를 공기 중에 내보낸다. 나무는 바로 지구라는 행성의 모든 부분에 자양분을 공급하는 생물계의 혈구다.

　숲의 축축한 대기는 먼지를 입자 상태로 날아다니게 내버려 두지 않는다. 습기를 머금은 먼지는 흡착력을 갖고 물질에 착 달라붙는다. 또 나뭇잎의 거친 표면, 솜털, 줄기의 울퉁불퉁한 껍질, 땅 위의 낙엽 등도 먼지를 붙잡는다. 모든 매질이 먼지를 흡수해 버린다. 국립산림과학원에 따르면 나무 한 그루는 연간 35.7g의 미세먼지를 줄여준다. 한 해 동안 1ha의 숲은 60톤 이상의 먼지를 끌어들인다. 숲은 다양한 형태로 동식물을 보호하고, 잎의 표면에서는 미립자 물질을 낚아채고, 기공에서는 기체 형태의 오염물질을 흡수하여 대기 오염을 제거한다.

우리가 말하는 미세먼지는 바닷가에서 흩날리는 고운 모래나 사막의 바람, 건조한 겨울 날씨에 날리는 눈가루와는 거리가 멀다. 미세먼지는 대부분 인위적인 요인에 의해서 발생한다. 주로 자동차나 화력발전소 등에서 연료를 태우면서 만들어진다. 미세먼지는 세계보건기구가 2013년 1군 발암물질로 규정한 사람 몸에 질병을 유발하는 물질이다.

미세먼지(Particulate Matter; PM)는 대기 중에 떠다니며 눈에 보이지 않을 정도로 작은 먼지를 말한다. 질산염(NO_3^-), 암모늄 이온(NH_4^+), 황산염(SO_4^{2-}), 탄소류와 검댕 등이다. 구성 성분은 질산염과 황산염 등이 58.3%, 탄소류와 검댕 16.8%, 광물 6.3%, 기타 18.6%이다. 이들은 이온 성분, 탄소 화합물, 금속 화합물 등으로 이루어져 있다.

미세먼지 농도가 $1m^3$당 $10\mu g$일 때는 대부분의 시야가 확보되며, $200\mu g$일 때는 상당히 뿌옇게 보이지만 형태는 분간할 수 있다. 그러나 $470\mu g$에 이르면 아예 형태도 알아볼 수 없을 정도로 시정거리가 전혀 확보되지 않는다. PM10이 사람의 머리카락 지름(50~70μm)보다 약 1/5~1/7 정도로 작은 크기라면, PM2.5는 머리카락의 약 1/20~1/30에 불과할 정도로 매우 작다.

이런 미세먼지는 입자의 크기에 따라 두 가지로 구분한다. 머리카락의 단면 지름(50~70μm)과 입자의 크기를 비교했을 때 1/5~1/7 정도의 작은 크기로 지름이 10마이크로미터(μm) 이하인 경우 미세먼지라 하는데 PM10이라고도 한다. 지름이 2.5마이크로미터 이하인 PM2.5일 경우 초미세먼지로 분류한다.

도심지의 공기 1리터에는 10~40만 개의 먼지가 있는 반면 숲속에는 수천 개에 불과하다. 나무는 대기 중의 먼지, 아황산가스, 질소화합물을 잎의 기공을 통하여 흡수하거나 잎 표면에 흡착시켜 공기를 정화하는 능력이 있다. 1ha의 침엽수는 1년 동안 약 30~40톤의 먼지를, 활엽수는 68톤의 먼지를 걸러낸다고 한다.

농경지가 먼지를 흡착하는 능력을 1로 할 때 잔디밭은 2, 덤불숲은 20, 울창한 숲은 200배 정도이다. 공기 중의 먼지 수로 비교하면 숲에 비하여 공업지대는 250~1,000배, 대도시는 50~200배가 많다.

숲은 대기와 토양의 오염물질을 흡수해 그것을 정화 시킨다. 대기 중의 오염물질 및 먼지 흡착능력이 뛰어난 수종으로는 은행나무, 양버즘나무 등을 꼽을 수 있다.

숲은 자동 정수기능이 있다. 숲은 대기로부터 날아온 각종 오염 물질을 걸러내고 풍부한 무기질을 물에 공급하여 수질 보전기능을 한다. 숲은 대기와 물의 정화 기능에 첨병 역할을 한다. 도시화와 산업화로 비는 점점 산성화하고 있는데, 하늘에서 내린 비에 들어있는 성분들은 숲을 통과하면서 질소는 1/8로, 인은 1/2로 줄어들고, ph4.6인 산성비는 ph 6.7의 중성비로 정화된다.

숲은 소음을 줄여주는 역할도 한다. 나무가지와 잎은 소리 에너지를 분산시키고 공기의 전파를 차단하기 때문에 소음을 약화시킬 수 있다. 이에 적당한 나무는 침엽교목이다. 50미터 폭의 숲은 10~15데시벨의 소음을 줄여준다. 따라서 나무가 울창한 숲에서는 아무리 소리를 크게 외쳐도 웬만해선 메아리가 울리지 않는다. 나무줄기와 수관에서 소리를 흡수하기 때문이다. 그러나 나무가 적은 산은 메아리가 잘 들린다.

또한 숲은 우리를 재해로부터 방지해 준다. 숲은 빗물을 흡수 저장하며 유출 속도를 조절하여 홍수와 가뭄의 피해를 줄여 준다. 흙을 단단히 붙잡아서 토양의 침식을 막아준다. 숲은 하천을 보호하는 기능도 있다. 장마로 갑자기 수량이 불어난 급류의 하천은 침식, 운반, 퇴적의 3작용을 하면서 끊임없이 지표를 변화시킨다. 이러한 작용을 최소화하려면 수량을 조절해서 자연을 지켜주는 숲을 잘 가꿔야 한다.

자연 치유작용

옛날부터 나무의 산소 생산작용과 정화작용의 힘을 빌려 병을 고치기 위해 인간은 건강이 나빠지면 숲을 찾았다. 20세기 초반만 해도 폐결핵 환자의 유일한 치료법은 숲속에서 요양하는 것이었다. 지금도 난치병이나 말기 암으로 치료가 어려우면 깊은 산속에서 요양하여 효과를 보는 사람이 많이 있다.

피톤치드의 효과 때문이다. 우리의 조상들은 일찍이 피톤치드의 효능을 이용하였다. 냉온조절이 가능한 가전 제품이 없던 시절 우리 선조들은 음식이 변하지 않게 솔잎을 깔고 송편을 쪄서 피톤치드로 훈증시키고, 청미래 덩굴의 잎이나 떡갈나무의 잎으로 떡을 싸서 보관하였다. 그리고 몸이 아프면 숲을 찾았다.

피톤치드는 식물이 스스로 내는 항균성 물질의 총칭으로서 어느 한 물질을 가리키는 단어가 아니다. 피톤치드(phytoncide)란 '식물'을 뜻하는 'phyte'와 '죽이다'라는 뜻을 가진 'cide'를 합성한 단어로 식물이 자신의 생존을 어렵게 만드는 박테리아, 곰팡이, 해충을 퇴치하기 위해 의도적으로 생산하는 살생 효능을 가진 휘발성 유기 화합물을 통틀어 일컫는 말이다. 지금까지 알려진 피톤치드만 해도 5천 종이 넘는다.

숲속에는 죽은 동물과 쓰러진 나무의 잔해가 여기저기에 널려있다. 그러나 악취를 느낄 수 없다. 오히려 숲속은 향기로운 냄새를 풍긴다. 그러한 삼림 향을 느낄 수 있는 것은 피톤치드의 공기정화, 탈취효과 덕분이다.

피톤치드는 우리에게 상쾌한 느낌을 주고 마음을 진정시키는 작용이 있어서 집중력과 기억력을 향상시켜 준다. 고혈압이 개선되고 스트레스 호르몬인 코르티솔이 낮아지며 심폐기능과 장기능이 강화된다고 한다. 그래서 숲에서 걷기만 해도 스트레스를 해소하고 두통이나 불면증을 몰아낼 수 있으며 신체의 면역력도 높일 수 있다.

숲 근처에 살면 심혈관계 위험이 감소한다는 연구 결과가 있다. 또한 숲길을 걸으면 혈압, 부신피질 호르몬 수치, 맥박, 스트레스와 불안을 나타내는 지표들을 낮추는 것으로 드러났다. 중국 팀의 연구에서는 만성질환을 가진 나이든 환자들이 숲속에서 시간을 보낸 다음 면역기능이 크게 향상되었음을 발견했다.

숲에는 피톤치드 뿐만 아니라 많은 음이온이 많이 있어 우리의 건강을 향상시킨다. 음이온은 근육과 심장 등 오장육부에 작용하는 자율신경을 진정시키고, 신진대사를 촉진하며, 혈액이 깨끗하게 순환되도록 도와준다.

자연에서 음이온은 번개가 칠 때, 폭포에서 물이 거세게 떨어질 때, 자외선이나 방사선이 있을 때 발생하며 특히 광합성작용을 통해서 가장 많이 만들어진다. 음이온은 빛에 의해 물 분자가 산화할 때, 물 분자가 활발하게 움직일 때, 물 분자가 공기와 마찰할 때 주로 생성되기 때문이다. 음이온은 폭포, 계곡의 물가, 분수 등 물 분자가 격렬하게 움직이는 곳이나, 소나무, 삼나무 등 바늘잎 나무로 이루어진 숲에 많다. 숲은 도시보다 음이온이 14~73배 정도가 많다.

이러한 효과가 인정되어 이젠 숲은 의사가 없는 병원의 역할을 하기도 한다. 전라북도 진안군 정천면의 산자락에 위치한 조림초등학교는 아토피를 앓고 있는 아이들을 위해 국내 최초로 친환경 아토피 시범학교로 지정되었다. 학생 중 절반 정도는 대부분 아토피에 좋다는 양약과 한방 치료나 식이요법 등으로 좋아지지 않아서 전학온 학생들이라고 한다.

독일에서는 숲 치유 효과를 인정하여 대학병원이든 시골 동네 병원이든 의사가 진단서에 '이 사람은 숲속에서 자연요법으로 치료받는 것이 좋겠다.'라고 써주기만 하면, 치료받아야 할 당사자는 물론이고 보살핌이 필요한 경우 그 동반자까지 모든 게 무료이다. 최근에는 일본도 숲을 적극적인 치료 수단으로 이용하고 있다고 한다. 과연 숲은 녹색병원이라고 불릴만하다.

자동 온도조절 장치

숲은 생물다양성이 풍부한 곳이다. 숲속에 다양한 생명체들이 모여 사는 것은 다 그럴만한 이유가 있다. 먹잇감이 풍부하고 온도의 변화가 심하지 않아서 살기 좋은 곳이기 때문이다.

숲은 온도 조절 기능을 가지고 있다. 숲의 온도는 낮과 밤의 차이가 5도 이상 나지 않는다. 그러나 숲이 아닌 논이나 밭 또는 도시나 들판의 밤과 낮은 심할 경우 섭씨 20도까지 큰 차이를 보일 때도 있다. 많은 야생동물이 숲을 보금자리로 삼는 커다란 이유 중 하나는 숲이 안정적으로 기후를 조절해 주기 때문이다. 또 다른 이유로는 숲이 우거질수록 토양이나 계곡의 물 함량이 많아져 그들이 필요한 수분을 공급해 줄 수 있기 때문이다.

숲은 일교차 뿐 아니라 계절의 온도 차이도 심하지 않은 곳이다. 숲은 온도조절이 자연적으로 이루어지는 장소이다. 겨울에는 난방효과가 있고 여름에는 냉방효과가 있는 곳이 숲이다.

여름에 숲이 시원한 것은 잎을 통하여 수증기가 증발하는데 필요한 기화열이 주변의 기온을 낮추기 때문이다. 그래서 숲을 '자연에어컨'이라고 부른다. 숲은 나무가 없는 지역과 비교할 때 평균 2~3도C 정도의 차이가 난다. 최고와 최저 기온 차이가 상대적으로 적다. 여름에 숲이 적은 도시는 시골보다 평균 0.5도에서 1.5도 가량 높다. 이는 숲이 태양열을 흡수하고 증발산에 의한 냉각효과 때문이다. 좀 더 상세한 예를 들어보자.

너도밤나무 숲은 뜨거운 여름날에 1㎢ 당 최대 2,000ml의 수분을 발산한다. 그 덕분에 숲의 기온이 시원하게 유지된다. 반면에 침엽수림이 흡수할 수 있는 수분의 양은 이보다 적기 때문에 침엽수림 지역의 공기는 더 건조하고 덥다. 그러나 침엽수림은 활엽수보다 물을 아껴 사용하기 때문에 잎이 더 짙은 색이다.

뜨거운 여름날에는 단풍나무 한 그루가 매 시간 발산하는 물의 양은 생수통 30개의 양에 해당한다. 나무 뿐 아니라 풀도 온도 조절에 기여한다. 잔디밭 300평이 여름 1주 일 동안 뿜어 올리는 물이 25t에 이른다. 한여름 수박 잎 온도는 주변 공기보다 7도나 낮다. 건물 바깥 벽에 붙은 담쟁이덩굴은 실내 온도를 2~3도 낮춰준다.

폭염에 코알라가 유칼리나무를 껴안는 것은 나무줄기가 주변의 기온보다 5도나 낮아서 이다. 뿌리가 빨아올린 지하수가 나무 줄기의 온도를 낮추어 준다고 한다. 그 밖에도 나무줄기가 시원한 이유는 나무의 증산작용, 나무 재질의 열전도율, 잎이 드리워 주는 그늘 등 한없이 많은 요인을 끌어댈 수 있다.

어느 날 광릉에 있는 국립수목원에 갔을 때 '숲은 천연 에어컨'이라는 안내판이 서 있었다. 거기에 '여름 광릉 숲 기온은 도심보다 평균 4도

낮다'고 하였다. 이러한 일이 벌어질 수 있는 것은 나무들이 광합성을 하느라 땅속에서 빨아올린 물을 잎의 숨구멍으로 증발시키는 증산(蒸散)작용 덕분이다. 나무가 필요한 양분을 얻고 산소를 만들어 내는 과정에서 많은 에너지를 소비한다. 산소를 만들어 내는 과정에서 땀을 흘리는데, 이를 나무의 증산작용이라고 한다. 뿌리 압(壓)은 물을 밀어 올리고 증산작용은 끌어올리는 힘이다.

나뭇잎은 삼복 땡볕에서도 웬만해선 시들거나 타 죽지 않는다. 햇빛이 강할수록, 기온이 오를수록 열심히 물을 기화시켜 온도를 조절하기 때문이다. 알코올 솜으로 손등을 닦을 때처럼 열을 함께 날려버린다. 이를테면 수냉식(水冷式) 에어컨을 작동시키는 셈이다. 따라서 대단위의 산림벌채는 미시 기후 뿐 아니라 거시 기후에도 막대한 영향을 줄 수 있으며 지상 생명체의 생존을 위협할 수 있다.

기상청이 서울 스물여덟 곳에서 평균기온을 측정한 결과 중랑구 면목동이 34.2도로 가장 높았다. 여의도동이 33.9도, 서초동 33.8도, 삼성동 33.4도, 잠실동 33.3도로 뒤를 이었다. 면목동은 다가구주택이, 여의도동은 고층 빌딩이, 강남 3구는 아파트가 밀집한 곳이다. 콘크리트가 빨리 달궈지고 빽빽한 건물이 열을 가두는 열섬(heat island) 현상 탓에 더 덥다. 이러한 지역들과는 달리 북악산 자락의 평창동은 29.9도로 면목동보다 4.3도나 낮았다. 숲과 녹지가 거저 틀어주는 '에어컨' 덕분이다.

물이 숨어 있는 호수

식물은 뿌리로 물을 들이마신다. 그 물은 광합성과 증산작용에 쓰인다. 식물도 인간처럼 땀을 흘리는데 그 작용을 증산작용이라 부른다. 잎에서 물을 증발시켜 식물의 온도를 낮추기 때문에 추운 날보다 더운 날에 수분이 더 많이 필요하다. 식물은 증산작용으로 늘 수분을 배출한다. 떡갈나무는 무더운 여름날이면 무려 370리터 이상의 물을 증산작용으로 증발시킨다.

나무가 생존하기 위해서는 엄청난 양의 물이 필요하다. 그 물을 공급하려면 숲속의 토양은 많은 물을 품고 있어야 한다. 숲이 지닌 물의 양을 환산하면 상상을 초월할 정도이다. 그러므로 숲은 물이 숨어 있는 거대한 호수라고 말할 수 있다. 다양한 수종으로 이루어 진 숲은 토양발달이 활발하여 더 많은 물을 머금고 있다. 토양발달이 잘 이루어진 숲 1㎡에는 약 200리터의 물을 저장하고 있다. 이는 무려 성인 100명이 하루 동안 사용할 수 있는 식수에 해당하는 양이다.

우리는 하늘에서 내리는 비가 바다에서 증발한 수증기가 바람에 밀려와 구름으로 변한 것이라고 생각하기 쉽다. 그러나 바다에서 증발한 수증기는 대부분이 바다 위에서 다시 비로 내린다. 육지에서 내리는 비의 55% 정도는 육지에서 증발한 수증기에서 기인한다. 농작물의 가뭄을 해결해 주는 것은 대부분 숲에서 증발한 수분이 비가 되어 내리는 덕분이다. 육지의 물 순환을 이끌어가는 숲의 중요도를 알 수 있다.

신갈나무 한 그루는 낮 동안 약 시간 당 30미터의 속도로 물을 지상으로 퍼 올린다. 이렇게 한 그루의 신갈나무는 한낮 동안 400리터의 물을 끌어 올린다. 이 물은 이파리 끝에서 수증기가 되어 피어오르고 숲의 덮개는 자신의 무게보다 더한 물의 무게로 출렁인다. 이 물기는 대기 중으로 올라가 구름을 만든다.

또한 숲에 안개가 끼어 그 속의 물 입자가 나뭇잎에 접촉하면 응결되어 큰 물방울이 되어 떨어진다. 이것을 수우(樹雨, tree rain)라고 한다. 그러므로 짙은 안개가 낀 날의 강수량은 삼림 안(森林內)이 오히려 삼림 바깥(森林外) 보다 많아진다. 나무는 비구름을 불러 모은다. 나무는 그저 서 있는 것만으로도 비를 내리게 한다.

숲은 강우량에 커다란 영향을 미친다. 숲은 하늘에 보이지 않는 강을 흐르게 한다. 예컨대 아마존은 눈에 보이지 않지만 하늘로 흐르는 거대한 강처럼 매일 200억 톤의 수증기를 대기 중으로 발산시킨다. 수증기의 대부분은 결국 비가 되어 숲에 내리는데, 남미 전역과 심지어 훨씬 더 북쪽에 있는 캐나다와 같이 더 먼 곳에도 비를 뿌린다. 숲은 지구의 순환 시스템에 대단히 중요하다. 숲은 전 세계적으로 생명수를 불어 넣는 심장과 같다.

파나마, 말레이시아, 인도 등과 같이 20세기에 강수량이 줄어든 지역은 대부분 숲이 심하게 파괴된 지역이라는 것이 그 증거가 된다. 숲은 스스로 고유한 미세 기후를 형성한다. 숲은 같은 크기의 호수보다 더 많은 물을 증발시키며, 바람을 차단하고 토양을 만들어 간다. 또한 마치 스펀지처럼 물을 흡수한다.

특히 낙엽활엽수림의 땅은 무림목지(unstocked land, 無林木地)에 비해서 14배의 물을 저장할 수 있다. 우리나라 숲은 1년 동안 소양강댐 10개와 맞먹는 양인 180억 톤의 물을 저장할 뿐만 아니라 물을 맑게 정화시켜 주기도 한다. 온대 지역에서 자라는 낙엽 활엽수가 하루에 배출하는 수분의 양은 최소 100리터 에서 700리터이다. 숲은 거대한 수증기 공급장치이다.

다양한 종류의 나무가 많을수록, 각각 뿌리를 내린 깊이가 달라서 숲은 가뭄에 잘 견디고 산불이 발생하더라도 빠르게 회복될 수 있다. 예를 들어 낙엽활엽수가 많은 숲의 토양은 나무가 없는 토양보다 물을 14배나 더 많이 저장한다. 이와같이 숲이 물을 많이 머금고 정화시킬 수 있는 것은 숲 속의 모든 생명체들이 서로 합작한 결과이다. 이끼와 지의류도 여기에 힘을 보탠다.

나무가 조밀하게 식재된 1제곱미터의 숲에서는 약 3리터의 물이 날마다 공기 중으로 증발한다. 이것은 식물이 증발냉각을 통해서 국지적인 공기 온도를 떨어 뜨리는 증발식 냉각기 효과를 만들어 낸다. 제대로 기능하는 생태계에서는 육지에서 내리는 강수량의 절반 가량이 육지에서 증발 된 물에서 비롯된다. 이런 육지에서 육지로의 강수-증발-강수 순환은 작은 혹은 짧은 물 순환으로 일컬어진다.

숲은 물의 순환에 결정적인 역할을 한다. 육상에 내리는 비의 3할은 하천수나 지하수가 되어 해양으로 흘러들어 가지만, 나머지 7할은 대기 중으로 되돌아간다. 대기 중으로 환원되는 물의 8할이 식물의 증발산 등에 의한 것이고, 지표면에서 증발산한 것은 겨우 2할에 지나지 않는다.

100년 된 상수리나무는 무려 630리터의 물을 빨아올릴 만큼 대단한 펌프 역할을 한다. 우리 키 정도의 나무는 약 45리터의 물을 빨아올린다. 이렇게 물을 빨아 올릴 수 있는 힘은 바로 빛에서 나온다.

생물종 다양성의 보고

　지구는 생명체 덩어리다. 지구상에는 약 870만 여 종의 생물이 서식하는 것으로 알려져 있다. 하지만 이 중 매일 전 세계적으로 150~200종이 사라지고 있다. 그 대부분의 원인은 인위적인 요인이다.

　그런 지구 환경에서 나무가 우거진 숲은 육지의 생명체를 보호해주는 방패나 피부의 역할을 한다. 나무가 없다면 뜨거운 태양열이나 눈보라와 비바람의 피해로부터 새나 지상의 동물 아니면 땅속의 생물들까지도 살아남을 수 없을 것이다. 사막이 바로 숲의 중요성을 대변해 준다.

　숲의 역할은 생명체의 보호가 으뜸이다. 나머지의 역할은 부수적인 역할에 불과하다. 피부가 상하면 우리 몸을 보호할 수 없듯이 나무가 없으면 지구를 온전하게 지켜낼 수 없다.

　나무의 역할에 힘입어 숲은 생물들의 보금자리이고 생명의 젖줄로 작용을 한다. 나뭇잎으로는 대기의 이산화탄소를 흡수해서 산소로 내보내고, 뿌리로는 오염물질을 빨아들여 토양과 수질을 정화하고, 동물들과 미생물들에게 삶의 터전을 마련해주고, 물을 저장하여 홍수와 가뭄을 막아준다.

숲속에는 다양한 생명체들이 모여들어 살고 있다. 숲이 포근한 안식처를 제공하여 주기 때문이다. 숲은 아프리카 초원이 자랑하는 동물의 왕국이 감히 비할 바가 못 되는 온갖 동식물들의 삶의 터전이다. 숲은 다양한 동물과 식물, 균류, 미생물이 모여 사는 생물의 왕국이다. 숲은 벌레나 미생물은 물론이고 수많은 종류의 곤충들이 사는 낙원이고, 다람쥐 같은 작은 동물, 호랑이나 곰, 여우, 늑대 등의 대형 포유류가 어울려 살고, 각각 특성 있는 목소리로 갖가지 짐승과 새들이 소리 지르고 노래 부르는 오케스트라 공연장이다.

싸우기를 좋아하는 생명체는 없다. 숲은 미시적 관점으로 보면 마치 생명체들이 서로 살아남기 위해 투쟁하는 전투장처럼 보이지만 실은 자기들의 목숨을 아끼지 않고 서로 양보해 가며 살아가는 타협과 관용의 현장이다. 숲은 계절에 따라 서로 세력을 분점하면서 동식물이 균형과 조화를 이루며 생물의 다양성이 변화무쌍하게 나타나는 곳이다.

숲에는 수많은 생물들이 사는 숨겨진 장소들이 많이 있다. 숲이 미소서식지를 형성할 터전을 여기저기에 아낌없이 제공해 주기 때문이다. 고유종의 30%가 오래된 숲에 의존할 정도로 고유한 생물들의 절대적인 서식지를 제공하는 곳이 바로 숲이다. 그러므로 숲의 파괴는 바로 그들의 서식지 파괴와 직결된다.

각각의 생물종은 독립적으로 사는 것이 아니라 서로 영향을 주고받는다. 그래서 생물종 다양성은 생태계의 안정성을 유지하는데 중요하다. 생물종 다양성이 높다는 것은 종간의 상호작용으로 다양하게 에너지의 이동, 먹이망, 포식 관계, 경쟁, 지위 분할 등을 포함한 개체군의 작용이 복잡하게 나타나는 것을 의미한다. 그러므로 한 생물종의 소실은 그에 따른 연쇄 반응을 가져오기 마련이다. 미국 웨스트버지니아대학교 연구진이 분석한 결과에 의하면 나무의 종수가 10% 줄어들면 숲의 생산성도 평균 2.3%가 줄어든다고 한다. 숲을 구성하는 나무 종의 다양성이 생산성과 비례한다는 것이다.

생물종 다양성은 유전자 다양성(genetic diversity), 종 다양성, 생태계 다양성을 모두 포괄하는 복합적 개념이다. 유전자 다양성은 개체군 내 구성원들의 유전적 변이의 다양성을 의미한다. 생물들은 각각 다른 환경에 적응한 다양한 유전형을 가지게 된다. 유전적인 다양성은 종의 환경변이에 대한 적응성을 나타낸다.

생물종다양성은 오염물질을 흡수하거나 분해하여 대기와 물을 깨끗하게 만들고, 토양의 비옥도와 적절한 기후조건을 유지하는데 중요한 역할을 한다. 종 다양성이 중요한 이유는 여러 가지가 있다.

첫째로 종의 고유한 생명은 존중되어야 한다. 둘째로 생물다양성은 생태계의 안정성을 위해 필요하다. 단순한 종으로 구성된 생태계에 비해 복잡한 종들로 구성된 생태계가 외부의 교란에 대한 저항성이나 회복성이 크다는 것이 일반적인 견해이다. 어떤 생물종이 사라진다는 것은 생태계 붕괴의 신호탄이 될 수 있다. 도미노 현상처럼 다른 생물종의 연쇄적인 소멸을 유발할 수 있다. 셋째로는 인간 중심적인 관점의 가치이다. 생물학적 다양성을 보존해야 하는 가장 중요한 이유는 우리가 언젠가는 지금 멸종 위협을 받고 있는 생물종을 꼭 필요로 하게 될지도 모른다는 사실이다. 우리는 아직 그들의 가치를 있는 그대로 평가할 수 있는 능력이 없기 때문이다.

생물종 다양성 감소의 이유는 수많은 요인이 있지만 그 중 숲의 파괴가 커다란 원인을 차지한다. 산림은 목재 자원을 생산하는 동시에 수권, 토권, 대기권과 관계를 가지고 있는 생태계에서 물질순환에 중요한 역할을 담당하고 있기 때문이다.

2012년 미시간대학의 연구 결과에 따르면 생물다양성의 소실이 기후변화와 환경오염 못지않게 생태계에 충격을 준다는 사실을 발견했다. 산림은 세계 생물 자원의 약 80%를 보유하고 있는 생물자원의 보고이다. 생물다양성이나 기후변화 및 환경오염 문제의 해결에는 숲의 조성이 중요하다는 결론이 도출된다. 숲의 파괴는 생태계 재앙의 시발점이고 인류의 미래를 암울하게 만드는 종착역이라고 말할 수 있다.

삶과 죽음이 공존하는 공간

숲이 생태계에서 주도적인 역할을 할 수 있는 것은 생명의 탄생과 죽음이 공존하기 때문이다. 생태계는 순환의 원리를 바탕으로 한다. 생사의 순환이 원활한 숲이 바로 건강한 숲이다. 그곳에서 죽음은 새로운 생명체의 탄생을 위한 밑거름이 된다. 그래서 숲은 생동감이 넘치는 곳이다.

나무는 살아서는 스스로를 살리고 죽어서는 남의 생명을 살린다. 나무의 죽음은 자연에서 혜택을 받은 만큼 되돌려주는 과정이다. 죽은 나무는 많은 생물들의 보금자리가 된다. 죽은 나무에 살고 있는 생물은 대부분 살아 있는 나무에서 살 수 없는 생물들이다. 죽은 나무에는 갖가지 동식물들이 모여든다. 나무가 아무리 울창하게 우거져 있어도 고목(枯木)이 없는 나무농장에서는 새소리를 들을 수 없다. 살아 있는 나무에는 새들의 먹이가 되는 곤충이 살 수 없기 때문이다. 곤충에게는 나무의 사체가 포근한 삶의 터전이다.

숲속에서 생을 마감하는 동식물의 죽음은 맡았던 역할의 종결이 아니다. 역할의 변경이다. 이들의 사체는 죽어서도 몸을 바쳐 다른 생명체를 먹여 살리며 비옥한 토양의 밑거름이 된다. 그래서 숲은 죽음을 삶으로 연결시키는 생명의 탄생지가 된다.

온전한 숲은 수없이 다양한 생물 관계가 얽혀있는 곳이다. 어떤 생물들에게는 죽은 나무를 잃는 것이 인류가 지구를 잃는 것보다 더 큰 재앙일 수 있다. 수명을 다하여 쓰러진 나무가 있어야 다양한 균과 도마뱀, 딱따구리가 살 수 있다. 또한 오래된 죽은 나무는 착생식물의 새로운 정착을 위해서도 필요하고 이들을 위해 이끼가 필요하다.

숲에서 분해활동을 이끌어 가는 미생물은 바이러스, 세균, 균류, 조류 등이 있다. 이중 세균과 균이 가장 일반적인 분해 미생물군이다. 대부분의 분해균은 목질부를 분해할 수 있는 효소를 가지고 있어 식물 사체의 초기 분해에 중요한 역할을 한다.

건강한 토양은 각종의 생명체 잔해들이 얼마나 빨리 분해되느냐에 달려 있다. 산성 토양에선 곰팡이와 버섯이, 염기성 토양에서는 박테리아가 각종 사물(死物)들의 분해를 담당한다. 이런 과정을 통해서 쓰러진 나무가 완전하게 양분을 재순환시키는데 150년 이상이 걸린다.

나무 조직에 질소 성분이 많으면 빨리 분해되지만 탄소 성분이 많으면 분해 속도가 느리다. 이것을 식물학에서는 탄소-질소 비율이라고 한다. 일반적으로 참나무와 같은 낙엽 활엽수들은 침엽수에 비해 질소의 함량이 높다. 그래서 이들이 분해되는데 30년 정도면 되지만 소나무 숲에서는 100년 이상이 걸린다. 균은 점균류에서부터 효모, 곰팡이, 버섯류와 같은 진균류를 포괄하고 이들은 종에 관계 없이 숲에서 청소부 역할을 충실하게 수행한다. 대표적인 진균류로는 곰팡이 균과 버섯균을 들 수 있다. 곰팡이균은 미생물 중 산성에 대한 저항력이 가장 강해 산성 산림토양의 유기물 분해 담당자 역할을 한다. 버섯균은 습도가 높고 공기 소통이 좋은 곳에서 생육이 활발하다. 리그닌, 케라틴과 같은 저항성 유기물을 분해하여 암모늄태질소로 변화시킨다.

버섯과 곰팡이는 분류상 고등균류에 속한다. 곰팡이는 고등균류 중에서 포자낭을 만드는 부류를 지칭하며, 버섯은 담자균류(擔子菌類)의 번식체이다. 이들 균류의 1차 소임은 지구의 청소부이다. 균류는 종속 영양 번식체들로 다른 생물에 의존해 양분을 섭취한다. 대부분의 버섯류는 사체를 먹이로 삼는다.

생물의 잔해가 분해되는 과정에서 유기산이나 부식산과 같은 각종 산성 물질이 방출된다. 그래서 숲의 토양을 산성으로 만든다. 이런 산성 토양에서 균류는 살아남을 수 있지만 세균이나 박테리아는 활동이 어렵다. 그런데 유기물 중의 단백질이 최종적으로 분해되어 식물이 흡수할 수 있는 형태가 되는 데는 세균의 활동이 절대적이다. 다행히 균류는 덜 분해된 질소를 흡수할 수 있다. 식물의 뿌리에 공생하는 균류들은 이런 미분해 상태의 질소를 흡수해서 식물이 흡수할 수 있는 형태로 바꾸어 준다. 때로 균사는 병원균으로부터 뿌리를 보호하기도 하고 항생물질을 분비해 유해한 균이 침입하는 것을 막아준다. 또 인산과 같은 절대적 양분들을 흡수하는 중요한 역할을 한다. 숲의 환경이 혹독하거나 나무가 어릴수록 버섯과의 공생관계는 더욱 효과적이다.

숲속에서 벌어지는 생명체의 죽음은 가지고 있던 에너지를 다른 생명체에 제공하는 순환의 과정이다. 달리 말하면 내 몸을 바쳐 다른 생명을 살리는 몸으로 보시하는 행위이다. 그게 바로 생태계의 순환 원리이다.

PART 8

숲의 파괴

숲의 파괴는 계속되고 있다

인간이 문명생활을 시작하기 전, 육지는 대부분이 숲으로 덮여 있었다. 그 후 인간에 의한 삼림 파괴는 문명생활과 함께 점차 늘어나게 되었다. 물론 원시시대에도 인간은 필요에 따라 숲속의 나무를 베어 내었다. 인간의 생활이 숲으로부터 탈출하는 신호탄이었다.

나무의 입장에서 보면 인류의 문명사는 일방적으로 진행된 나무의 희생으로 얼룩진 고난의 역사였다. 인간은 의식주 생활에서 다른 생물 종과는 달리 자연환경에 대한 순응하기 보다는 저항을 추구했다. 그 첫 번째 단계가 안전하고 편리한 주거 공간의 확보이다. 그 과정에서 벌목이 일차적으로 이루어져야 한다. 그 다음의 단계는 식생활을 위한 수단으로 채취와 수렵에서 농업으로의 전환이었다.

이런 과정은 모두 다 벌목을 통한 삼림의 훼손을 동반하게 된다. 그런 관점에서 보면 삼림 훼손 면적과 비례하여 인류의 문명이 발달하였다. 이처럼 문명의 발달은 애초부터 숲의 파괴를 전제로 한 것이었다.

역사적으로 숲 파괴에 대한 가장 오래 된 기록은 5천 년 전으로 거슬러 올라간다. 건축물을 건립하기 위해 목재가 필요했다. 수메르 신화 「길가메시」에 다음과 같은 기록이 있다. "나는 삼나무 산으로 가서 새 도시의 출입문들과 샤마시(태양의 신) 신에게 바칠 신전을 짓기 위해서 삼나무를 베어 올 것이다. 그곳에서 나는 괴물 후와와와 싸울 것이다. 나를 위해 기도하라. 그리고 태양신에게 제물을 바쳐라. 우르크라는 이름이 세계 역사에 영원히 남을 영광을 가지고 우르크로 돌아오리라." 삼나무 숲의 수호신 후와와를 죽이고 삼나무를 베어다 성문과 신전을 건축했다는 내용이다.

일찍이 플라톤은 「크리티아스」라는 책에서 당시의 삼림 파괴와 토양 침식으로 인한 환경문제를 다음과 같이 기록하고 있다. '지금 남은 땅은 뼈만 남은 병자 꼴이다. 기름지고 부드러운 땅은 모두 없어지고 메마른 뼈대만 남았을 뿐이다. 지금은 벌을 칠 나무밖에 안 남은 산에도 예전에는 나무가 있었고....키 큰 나무들이 심어져 있었고....끝 없는 목초지가 펼쳐져 있었다.' 이처럼 숲 파괴의 역사는 근대문명 이전에도 꾸준히 이어져 왔다.

인구가 증가하면서 농작물을 재배해야 할 땅이 점점 더 필요해지자 벌목으로 인하여 숲의 파괴 면적이 더욱 늘어나게 되었다. 또한 집을 짓기 위한 목재가 필요했고, 조리와 난방용의 장작이 필요했으므로 숲은 점점 더 사라져 갔다. 생활도구와 사치품을 만들기 위해 금속 자원이 필요했고 따라서 지구의 광물자원도 소비 되었다.

농경이 시작되기 전에는 지표의 45%가 삼림으로 덮여 있었다. 그중 3분의 1이 지난 1만 년 동안에 파괴되었다. 20세기 초가 되면서 숲은 접근하기 어려운 곳이나 산간 지역에만 남아 있었고, 20세기 말에는 땅의 5%만이 숲이었다.

인간의 생존을 위한 문명생활이 아니고도 「길가메시」에 나오는 것처럼 종교적인 이유로도 숲의 파괴는 지속되었다. 중세의 마녀사냥(witch-hunt, witch purge))도 숲의 신을 신봉하는 이교도를 죽이고, 정복하면서 숲의 파괴를 가져왔다. 유대교와 기독교의 근본원리를 집약적으로 표현하고 있는 "모세의 십계"는 나무 한 그루 없는 황량한 사막의 시나이산에서 유일신인 야훼와 계약한 것이라고 한다. 거기에는 신과 인간, 인간과 인간 사이의 관계는 서술되어 있으나 인간과 자연, 인간과 숲의 관계에 대한 항목은 하나도 없다. 사막의 민족인 헤브라이인에게 숲은 정복의 대상이었고, 숲속에 사는 이교도는 '선택된 민족'의 지배하에 들어와야 할 존재였다.

근대 과학기술은 전쟁이나 지배를 위한 수단으로 악용되었다. 과학의 힘을 빌려 자연을 파괴하고, 자국의 이익을 위해 다른 나라 사람을 죽이고, 스스로를 해치는 극한 상황에까지 이르게 하였다. 인간 문명의 역사란 숲과 숲속에서의 삶을 파괴하고 숲과의 단절을 지향해 온 역사였다고 말해도 지나치지 않다.

그렇다고 하더라도 산업혁명이 시작되기 이전에는 (1770년 대까지만 하여도) 인류의 의식주는 거의 대부분 재생 가능 자원으로부터 조달되었지만 지난 200여 년 전부터는 대부분 재생 불가능 자원으로 대체되었다.

19세기까지 세계적으로 주된 연료는 장작이었다. 문제는 수요가 너무 많았다는 점이다. 그 뿐만 아니라 나무는 연료용 외에도 건설 작업에 사용되었다. 산업용으로도 포도주 저장 용기, 기계를 만드는데, 배를 만들고 수레를 만드는데도 나무의 수요는 늘어났다. 또 숯의 형태로 철광석을 녹이거나 유리와 벽돌을 만들고, 화약의 주요 성분 등으로 나무가 온갖 방면에 다 쓰였다. 일단 산업용으로 쓰이기 시작하자 나무 수요는 더욱 극적으로 늘어났다.

세계자원연구소에 따르면 전 세계 삼림지대의 30%가 완전히 개간됐다고 한다. 그리고 또 다른 20%가 파괴되었다. 세계산림자원평가(FRA 2020)에 따르면, 전 세계 산림면적은 약 40.6억ha로서, 전 세계 육지 면적의 31%를 차지하지만 지속적으로 감소하고 있다. 1990년 이후 전 세계에서 4억2천만ha의 산림이 파괴되었고, 2010-2020년 사이에 아프리카에서 3.9백만ha, 남아메리카에서 2.6백만ha의 산림 손실이 일어났다.

숲 파괴의 원인

고온(산불)

나무의 고온에 의한 피해는 50℃ 이상에서 발생한다. 일반적으로 잎은 52℃ 정도에서 10분 내외를 견디다 65℃가 되면 순식간에 고사하게 된다. 새로운 세포를 만드는 물관과 체관 사이에 있는 층, 즉 형성층(cambium, 形成層)의 고사 온도가 55~65℃ 정도이다.

잎은 열에 바로 노출되기 때문에 65℃가 되면 모두 죽을 수 있지만, 형성층 바깥 쪽에는 수피라는 보호막이 있어 실제 고사 온도는 65℃ 이상인 경우가 대부분이다. 하지만 일상적인 기후에서 50℃가 넘는 경우는 거의 없고, 산불과 같은 화재가 일어날 경우에 고온 피해가 나타난다.

산불 말고도 고온으로 인한 나무의 피해 중에는 피소(皮燒) 현상이 있다. 피소 현상이란 더운 여름에 강한 햇빛과 증발산량의 과다로 줄기에 물 공급이 원활하지 않아 나무줄기의 남서쪽 수피가 타면서 형성층까지 열에 의해 피해를 입는 현상이다. 보통 나무의 발육 상태가 좋지 않거나 줄기의 수피가 얇은 나무가 이런 피해를 입는다. 수피가 얇은 나무로는 단풍나무, 벚나무, 목련, 매실나무, 칠엽수 등이 있다.

일반적으로 산림에서는 나무나 풀 등 식물들의 광합성 작용으로 도심 공기보다 약 1~2%의 산소를 더 많이 함유하고 있어 약간의 불씨에도 쉽게 불이 번질 수 있다. 또한 토양의 유기물 층도 잘 발달하여 있다. 그래서 산불은 수종에 관계 없이 대형화될 가능성이 높다.

산불은 자연적인 요인과 인위적인 요인으로 발생하는데 대부분은 인위적인 요인이다. 미국, 캐나다, 동남아 등지에서는 낙뢰와 이탄층(泥炭層)의 발화 등 자연 발화로 인해 산불이 발생하는 경우도 있는데, 자연발화는 건조한 기후가 주요 요인이다.

겨울철 등 건조하기 쉬운 시기에는 낙엽 등이 수분을 빼앗겨 메마른 상태에서 낙엽끼리 마찰로 발화하여 산불 발생으로 이어진다. 예전과는 달리 최근에는 지구 온난화와 기후 변화의 영향으로 가뭄이 잦아져 건조하기 쉬운 상황이 발생하고 있다.

우리나라에서 발생하는 산불은 대부분 인위적 요인으로 일어난다. 산림청의 분석에 의하면, 주로 입산자의 소각이나 취사 행위로 인한 실화, 논이나 밭두렁의 소각, 쓰레기 소각, 담뱃불 실화가 대부분을 차지한다. 산불 발생의 원인은 그러할지 몰라도 대형 산불로 번지는 이유는 온난화 현상보다도 다른데 원인이 있다는 주장이 설득력을 얻고 있다.

소나무를 키우기 위한 산림청의 정책으로 벌어진 간벌과 '숲가꾸기 사업'이 문제였다는 학계의 주장이 있다. 산림청의 원인 분석과 달리 우리나라의 대형 산불은 지구 온난화 현상과 밀접한 관계가 없다는 분석이다.

우리나라는 건조한 봄에 연례행사처럼 대형 산불이 발생한다. 그러나 우리와 비슷한 자연환경을 가진 일본이나 중국에서는 대형 산불로 번지는 경우가 거의 없는 것을 보면 우리의 산림정책을 살펴봐야 한다는 이야기이다.

소나무와 같은 침엽수에는 인화성이 높은 테레핀(turpentine)과 같은 정유물질(송진)이 포함되어 있어 불이 잘 붙기 때문에 산불에 취약하다. 이와 달리 활엽수는 수분을 많이 저장하고 있어 쉽게 불이 붙지 않는다. 이러한 사실을 증명해 주는 대형 산불이 2025년 봄 경상도 일원에서 발생하였다.

의성 산불이 안동, 청송, 영덕, 영양 등으로 순식간에 번진 이유가 송이 숲을 만들기 위해 수분이 풍부한 활엽수들을 모두 잘라내고, 소나무만 남겨두었기 때문이라는 분석이 나왔다. 그동안 산림청은 산불 예방용 숲 가꾸기라는 이름으로 소나무와 활엽수가 함께 자라는 혼효림에서 활엽수를 잘라내고 소나무만 남겨두는 일을 해왔다. 그 결과가 최악의 산불로 이어지게 되었다는 것이다. 이름만 그럴듯한 '숲 가꾸기 사업'이었지 그 내용을 들여다보면 숲 파괴를 유발하는 사업이었다.

산불로 타버린 숲을 복구하기 위해서는 나무를 새롭게 심는 것보다는 자연이 스스로 회복하게 놓아두는 것이 더 효과적이라고 한다. 산불이 휩쓸고 간 지역은 큰 나무가 없고 토양의 양분도 풍부하다. 그래서 땅속에 남아 있는 나무뿌리와 줄기, 씨앗이 빠르게 성장할 수 있다. 이에 반해 불에 탄 나무를 제거하고 나무를 심기 위해 중장비가 투입되면 토양이 침식되고 숲의 자연적인 회복 능력에 피해를 준다고 한다.

식습관

우리는 숲의 파괴가 종이의 사용, 농경지 확보, 주택과 도로 건설을 위한 공간 확보가 주된 원인이라고 생각하기 쉽다. 그러나 사실이 아니다. 가장 큰 원인은 다른데 있다. 우리의 식습관이다. 입이 숲의 파괴를 일으키는 재앙의 문(口是禍門)이다.

주차장과 도로와 주택과 쇼핑센터 등등을 만들기 위해 벌목된 숲을 1에이커(1,224평)라고 하면 가축을 방목하거나 가축 사료를 재배하기 위해 벌목된 숲은 무려 7에이커에 이른다. 또한 목장에서 생산된 육류보다 세 배 이상이나 많은 육류가 본래의 숲을 벌목한 땅에서 생산되고 있는데 이 비율은 해가 지날수록 높아지고 있다고 한다.

우리가 먹는 쇠고기와 돼지고기는 숲을 개간해서 만든 경작지에서 재배한 풀이나 작물을 사료로 먹고 생산된 것이다. 양고기나 닭고기도 마찬가지다. 눈에 보이지는 않지만 육류를 소비할 때마다 숲이 사라지면서 생물 다양성이 감소하고 온실기체는 늘어 지구생태계의 재앙은 우리 가까이 다가오게 된다.

이처럼 우리의 육식 위주 식생활이 숲 파괴의 가장 큰 원인을 제공하고 있다. 현재의 육식 위주의 식생활을 지속적으로 유지한다면 숲을 보존하기 위해 우리가 할수 있는 일은 아무 것도 없다. 우리의 식습관이 대규모 숲 파괴의 주범이다.

코넬대 경제학자인 데이비드 필즈와 그의 동료 로비 허는 완전 채식으로 식습관을 바꾸게 되면 매년 1인 당 약 4,000㎡(1,224평) 면적의 나무를 베어내지 않을 수 있는 것으로 추산했다. 완전 채식을 하면 육식의 경우에 필요한 땅 넓이의 5%로 해결할 수 있다. 거기에다가 채식은 화학약품과 살충제를 덜 뿌리게 하고 오존층을 파괴하는 질소비료의 과용을 멈추게 한다.

육식가 한 사람에게 1년간 육류식품을 공급하기 위해서는 약 4,000평의 땅이 필요하고, 유란 채식가에게 식량을 공급하기 위해서는 약 620평이 필요하다. 그러나 완전 채식가에게 필요한 땅은 200평이다. 표준적인 미국식 식생활을 하는 한 사람을 먹여 살릴 수 있는 땅이면 완전 채식가 20명을 먹여 살릴 수 있다.

세계 농지의 60% 가까이가 쇠고기 생산을 위해 이용된다. 목초지로 직접 이용되기도 하고 사료작물을 기르기 위해 간접적으로 이용되기도 한다. 이를 위해서는 목축과 사료 작물을 재배할 땅이 확보되어야 한다.

하지만 쇠고기는 인간이 소비하는 칼로리 가운데 겨우 2%만을 제공할 뿐이다. 쇠고기 대신 되새김질을 하지 않는 동물의 고기 또는 식물성 단백질로 먹거리를 바꾸면 거의 1100만 제곱마일, 그러니까 미국, 중국, 캐나다를 합친 크기의 땅에 나무를 자라게 할 수 있다. 이런 단순한 전환으로 새로운 탄소 흡수원을 창출하고 매년 8기가 톤의 이산화탄소 순 배출을 줄일 수 있다. 이는 현재 연간 배출량의 약 20%에 해당하는 양이다.

1기가 톤이란 10억 톤을 말한다. 1기가 톤을 수영장 물로 계산하면 올림픽 규격의 수영장 40만 개에 물을 채우면 나가는 무게이다. 36기가 톤은 2016년에 배출된 이산화탄소의 양이다.

미국 영토의 거의 29%에 달하는 땅이 주로 소를 사육하기 위한 방목지로 사용되고 있다. 국토의 1/3이 공개적으로 서부의 목장주들에게 임대되고 있다. 소의 사육 면적은 전 세계 토지의 24%를 차지하고 있으며 소를 포함한 가축들이 지구상에서 생산되는 전체 곡식의 1/3을 먹어 치우는데 그 양은 사람 수억 명을 먹여 살릴 수 있는 양에 해당한다.

미국 전체 농경지 중 85%가 동물의 사료를 생산하는데 사용되며, 이는 다시 남벌, 야생동물의 남획, 종의 절멸, 광물질의 고갈과 침식으로 인한 흙의 생산성 손실, 물의 오염과 고갈, 무분별한 방목, 사막화로 이어진다.

영국에서는 농지의 70%가 가축의 사료를 재배하는데 쓰인다. 육식을 주로 하는 많은 선진국들이 자기 나라에서 식용으로 소비될 가축을 자기 영토에서 모두 사육할 수 없다. 더구나 유럽에서 식용으로 쓰일 가축 모두에게 먹일 풀과 곡물을 재배하려면 유럽 연합 전체 면적의 일곱 배에 해당하는 토지가 필요하다. 이렇게 생산된 풀과 곡물 대부분은 유럽과 일본으로 수출되어 그 나라에서 사육하는 가축의 사료로 소비되고 있다. 이런 상황이 브라질의 열대우림 파괴를 부추기고 있다.

소와 그 외의 반추 동물은 세계 경작지의 30~45%를 필요로 하며, 세밀하게 분석한 바에 따르면 전체 배출량의 약 1/5에 달하는 온실 가스를 배출한다. 지금까지의 연구에 따르면 임간 축산은 그 어떤 방목 기법보다도 나은 것으로 밝혀졌다. 그 이유는 임간 축산 시스템이 지상의 바이오메스와 지층에서 모두 탄소를 격리하기 때문이다. 인간의 활동으로 대기에 방출되는 온실가스의 1/3은 벌목과 경작 행위 탓이다.

조선 후기의 실학자 이중환은 일찍이 『택리지』에서 농작물 중 쌀을 재배하여 100명이 먹고 살 수 있는 땅에 밀을 심으면 75명이, 목초지를 만들어 고기를 먹는다면 9명이 먹고살 수 있다고 하였다. 불교, 자이나교, 힌두교 등 고대 인도의 종교가 쇠고기를 먹는 것을 금한 것은 그 당시 인구밀도가 적정선을 넘어서 육식을 포기해야 했기 때문이라고 주장하는 인류학자도 있다.

식량경제학자 프랜시스 무어 라페는 식량 재배와 가축사육에 사용되는 각각의 토지 생산성을 다음과 같이 비교했다.

곡물 재배에 사용되는 1에이커의 토지는 육류 생산에 사용되는 1에이커의 토지보다 5배 더 많은 단백질 생산이 가능하다. 좀 더 구체적으로 비교하면, 같은 넓이의 땅에 콩류(대두, 완두콩, 렌즈콩)를 심으면 10배 더 많은 단백질을 생산하며, 잎이 많은 야채를 심으면 15배나 많은 단백질을 생산하고 시금치를 심으면 쇠고기 생산에 사용되는 토지에 비해 무려 26배나 많은 단백질을 생산할 수 있다.

인간의 육식을 위해서 사라지는 삼림은 매년 남한 정도의 넓이라고 한다. 나무가 베어진 땅은 몇 년 뒤에는 사막화되어 아무런 쓸모없는 땅이 된다. 소의 사육은 지금 전 대륙에서 벌어지는 사막화 확산의 주범이며, 남아 있는 열대우림의 파괴에도 상당한 책임이 있다. 소 사육은 지구 표면의 담수를 고갈시키는 직접적인 원인이다. 소의 배설물은 호수, 강, 개울 물을 오염시키고 있다. 많은 생물종들을 멸종의 위기로 몰고 있으며 지구 온난화를 촉진하는 주요 원인이다.

농업

　식량 생산에 필요한 농경지를 확보하기 위해서는 숲의 희생이 동반되어야 한다. 거기에다 농업생산량을 늘리기 위한 수리-관개 활동이 지속되면 토양의 염화가 가속된다. 또한 농업이 활발할수록 표토의 유기질이 줄어드는 정도도 심해진다. 이런 이유로 오랫동안 농업이 시행되어 온 지역들, 예를 들면 소위 4대 문명의 발상지들은 대부분 숲이 황폐화 되었다.

　2015년, 전 세계의 나무 개체 수는 약 3조 그루로 추정된다. 그 중 150억 그루가 매년 베어져나간다. 인간이 농사를 시작한 이후로 지구상의 나무 수는 46%나 감소했다.(현재 숲은 지구 표면의 약 30%인 4,000만 제곱킬로미터를 차지한다) 중국 황하의 색깔은 수백 년에 걸친 삼림 벌채와 과도한 방목으로 황투고원의 토양이 침식되면서 누런색으로 변했다. 세계야생생물기금에 따르면, 세계는 매 분마다 48개의 축구장을 합친 크기만큼의 숲을 잃고 있다.

　그 밖의 삼림파괴 원인에는 화전농업, 환금작물 재배, 상업용 목재

의 벌채, 목축, 나무 연료 채취 등이다. 원목 벌채의 50% 이상이 용재
(用材, 연료 이외에 건축·가구 따위에 쓰는 나무) 생산 목적보다는 식량 증산
또는 개간 및 개발을 목적으로 이루어지고 있으며 그 대부분이 열대우
림 지역에서 발생하고 있다.

인구 증가와 교통수단

　인구 증가는 숲의 파괴를 증가시킨다. 인구가 증가하여 작물을 재배할 땅이 갈수록 더 많이 필요해지면서 자연 생태계는 더욱 파괴되었다. 집을 짓기 위한 목재가 필요하고 조리와 난방용의 장작이 더 필요했으므로 숲은 점점 더 사라져 갔다. 생활 도구와 사치품을 만들기 위해 목재와 금속 자원이 필요했고 따라서 광물의 채굴을 위해 산림을 파괴해야 했다. 늘어난 사람들에게 옷을 입히기 위해서 면화와 같은 농작물을 재배하는데 땅이 더 필요했고, 육식을 하거나 모직과 가죽을 얻기 위해 가축을 키워야 했으며, 가죽과 모피를 얻기 위해 야생동물을 사냥해야 했다.

　교통수단을 위한 도로의 건설도 숲의 파괴를 동반한다. 그 중에서도 자동차 도로를 건설하는 것이 철로보다 더 많은 숲 파괴의 원인이 된다. 자동차용 도로는 철로를 건설하는데 비해 토지가 4배 더 필요하다고 한다. 전체적으로 승객과 짐을 실어 나르는데 소비되는 에너지 측면에서도 철도가 6배나 효율적이다. 그런데도 대부분의 선진국에서는

1950년대 이후 철도의 수송량은 급격히 저하되었다. 미국에서는 한 도시와 다른 도시를 연결하는 교통량에서 철도가 차지하는 비율이 1%, 자동차는 85%이다.

나무가 나무를 죽인다

나무 농장

나무를 심기 위해서 나무를 베어내는 곳이 나무농장이다. 그곳에는 한두 종류의 나무가 빽빽이 들어차 있다. 그러나 나무농장을 숲이라 부르지는 않는다. 숲은 나무로만 구성된 곳이 아니기 때문이다. 숲은 여러 종류의 나무를 비롯하여 수많은 동식물과 미생물이 서로 도움을 주고받으면서 공생 공존하는 다양한 생명체들의 보금자리이다. 마찬가지 이유로 나무가 울창하게 우거진 공원도 숲이라고 부르지 않는다.

나무농장은 경제적인 소득을 위하여 농장주가 목적에 부합하는 나무를 심는 곳이다. 나무농장은 오직 이익 창출이 최우선의 목적이다. 그러므로 조속한 나무 성장과 벌목이 관심 사항이다. 나무농장에서는 농장주가 원하는 나무가 아닌 다른 생명체는 불청객일 뿐이다.

숲은 수많은 생명을 먹여 살린다. 그러나 나무농장의 나무는 농장주만을 먹여 살린다. 그곳에서는 오로지 농장주에게 이익을 가져다 줄 나무들만 자라고 있을 뿐이다. 나무농장의 나무는 나무가 아니고 성장에 따라 농장주에게 재산을 늘려주는 금융자산일 뿐이다.

원시림을 벌목하고 나면 나무농장이 들어서게 된다. 그 지역주민들은 이전에 그 숲에서 얻을 수 있던 물, 연료, 식품의 재료, 약초, 꿀, 과실과 같은 다양한 부산물을 얻을 수 없게 되어 생활이 힘들어지고 마실 물조차도 걱정해야 된다. 건강도 날로 나빠진다. 나무농장에서 자란 나무로 만든 종이에는 숲에서 쫓겨난 원주민들의 눈물이 젖어있고 그곳에 서식하던 생물들이 살 곳을 잃고 울부짖던 신음소리가 녹아 있다.

나무농장에서 선호하는 몇 가지 수종이 있다. 그 중에 소나무가 포함된다. 소나무 재배를 선호하는 이유는 종이 생산을 목적으로 일생동안 두 번 심어서 베어낼 수 있는 몇 안 되는 나무이기 때문이다. 소나무는 빠른 경제적 보상을 가져다준다. 그러나 소나무 농장을 만들 때 숲에 사는 생물종의 90%가 죽는다고 농장생태학자 E. O. Wilson은 말한다. 우리는 다양한 생물체의 희생이라는 값비싼 대가를 지불하고 값싼 종이를 얻고 있다. 종이는 나무뿐만 아니라 딱정벌레와 새들과 벌레를 잡아먹던 박쥐 같은 귀한 생명들이 사라진 대가라는 것을 알아야 한다.

나무농장에서 선호하는 인도네시아의 아카시아나 남아공의 유칼리(유칼립투스)나무는 유독한 화학물질을 배출해 다른 식물들이 근처에서 자라지 못하게 한다. 유칼리나무는 뿌리를 땅 속 깊이 뻗어 내리기 때문에 유칼리나무 농장은 토양이 건조해지고 물 부족으로 지역주민들이 고통을 겪게 된다고 한다. 이러한 이유로 유칼리나무의 경작지는 자연 보호주의자들에게는 녹색 황무지로 불린다. 더구나 유칼립투스나무에 들어 있는 휘발성인 정유(상쾌한 맛을 내는 목사탕 원료) 때문에 산불 발생 횟수가 폭발적으로 증가한다는 것이다.

코알라는 유칼립투스의 새싹이나 잎만을 먹고 사는 동물이다. 코알라가 하루 20시간 이상 잠을 자는 이유는 유칼립투스 잎에 있는 알코올 성분으로 인해 몽롱한 정신 상태이기 때문이다. 유칼립투스 나무는 알코올뿐만 아니라 기름 성분까지 들어 있어서 불이 붙으면 빠르게 번져 나간다. 오래전부터 오스트레일리아의 원주민들은 감기 증상의 개선과 상처를 치유하는 민간요법 식물로 유칼립투스를 사용했다.

나무농장을 초원에 만들면 숲을 해치지 않을 것으로 생각하지만 천만의 말씀이다. 초원은 숲이 자생할 수없는 자연생태계이다. 나무가 자라지 못하는 아프리카 사바나가 그 좋은 예이다.

환경단체들은 곤충과 균류를 죽이도록 유전자가 조작된 나무농장의 나무들이 환경에 어떤 영향을 미칠지, 그 나무들이 자연 상태의 숲으로 퍼져 나갈 경우 어떤 문제가 발생할지 예측조차 할 수 없다고 염려한다. 그들은 숲이란 나무만 홀로 사는 곳이 아니라 수많은 곤충과 균류, 다른 온갖 생명체들이 복잡한 생명의 그물을 형성해 함께 살아가는 장소라고 지적한다.

생태학적으로 보더라도 한 가지 품종으로 이루어진 단순한 숲은, 유전적으로 다양한 여러 가지 나무로 구성된 혼합림보다 병이나 해충에 훨씬 취약하다. 한발짝 양보하여 인간중심적 관점에서 보더라도 숲의 공익적 가치는 나무농장에 비할 바가 아닌 생태적 보고이다.

기호품 생산

① 커피농장

나무농장이 벌목의 원인이듯 커피나무 농장 때문에 숲이 파괴되고 커피나무가 사라질 위기에 처해 있다. 커피나무가 커피나무을 죽이는 동족상잔이 벌어지는 곳이 바로 커피농장이다. 더 나아가 생명 유지의 필수식품이 아닌 기호식품이 환경파괴와 지구 온난화의 원인을 제공하고 있다는 이야기다.

커피나무는 높이가 3~7m 정도 자라는 음수(陰樹)로 상록관목이다. 본래 커피는 그늘 재배 방식으로 큰 나무 밑에 자라면서 햇볕을 적게 받아야 열매의 성장 속도가 느려져 밀도가 높은 좋은 품질의 커피를 수확할 수 있다. 또한 그늘 재배 방식은 자연 훼손이 적고 수분 증발을 막으면서 일교차를 해소해서 잡초의 성장을 억제하는 역할을 한다.

하지만 빠른 시일 안에 더 많은 이익을 창출하기 위해 대규모 커피 농장이 들어서면서 그늘 재배 방식을 유지하는 곳이 줄어들었다. 햇볕을 가리는 주변의 교목을 베어 버리고 햇볕을 많이 받게 하는 방식을 도입하였기 때문이다. 그 영향으로 1970년대부터 1990년대까지 콜롬비아 커피 농지에서 60% 이상의 숲이 사라졌다.

교목이 잘려 나가고 숲이 파괴되면서 생물의 번식률도 낮아지고 생물다양성이 위기를 맞게 되었다. 그 결과로 다양한 새의 개체 수가 줄었고 생태계가 파괴되면서 지속 가능한 커피 재배까지도 어려운 지경에 이르렀다고 한다.

커피는 남미나 아프리카 등 남반구에서 주로 생산되고 소비는 대부분 북반구에서 이루어진다. 식품 이동거리가 길다는 얘기다. 커피는 생산과 이동 그리고 가공과 소비 과정에서 환경오염과 기후변화에 미치는 영향은 꼬리에 꼬리를 물고 이어진다.

2019년 1월 영국 큐 왕립식물원 발표에 의하면 124종의 야생 커피나무 중 60%에 해당하는 75종이 멸종위기에 몰려 있다고 한다. 13종은 심각한 위험에 처해 있으며 수백 년 간 재배되어 온 세계 커피 시장의 60%를 차지하는 아라비카를 비롯한 40종은 멸종 위험 종, 나머지 22종은 취약 종으로 분류되었다.

전 세계 커피 생산량의 99%를 아라비카와 로부스타 종이 차지하고 있다. 두 종이 약 6 대 4의 비율로 생산되고 있다. 아라비카가 풍미가 좋아 가격이 비싸며, 로부스타는 주로 인스턴트커피를 만드는데 쓰인다.

2018년 기준으로 커피는 한 해 950만 톤이 생산되고 국제교역 규모는 309억 달러에 이른다. 금액 기준으로는 121번째, 양으로는 70번째로 많이 거래되는 농산물이다. 지금 추세라면 2050년에는 커피 수요가 3배 증가할 것으로 예상되고 있다. 열대지역의 숲이 그만큼 더 파괴되어야 한다는 뜻이다.

지금의 추세대로라면 지구 온난화로 커피 재배가 위기에 처할 것이라고 예상되고 있다. 30년 후에는 커피농장의 절반이 재배 부적합지로 변할 것이라고 한다. 영국 유니버시티칼리지 런던 연구진의 연구에 의하면 아라비카종 1kg을 생산하여 영국에 수출할 경우 평균 15.33kg의 탄소를 배출하게 된다. 커피산업이 매우 높은 수준의 탄소 배출 산업이라는 것을 알 수 있다.

즉 1kg 당 이산화탄소 배출량이 13.5kg인 치즈와 비슷하고 27kg인 쇠고기의 절반을 넘어서는 수준에 해당한다. 커피로 인해 한 해에 1억

4천만 톤의 탄소를 배출하는데 이는 필리핀의 탄소 배출량과 비슷한 양이라고 한다.

환경부에 따르면 2019년 기준 국내 15개 커피 전문 브랜드와 4개 패스트 푸드점 브랜드가 사용한 빨대는 약 9억 3,800만 개로 약 657톤에 달한다. 녹색상담소에 의하면 커피 한 잔에 원두 10~15그램을 쓰고 원두에서 커피를 내리면 99.8%가 찌꺼기 형태로 남는다. 그래서 한 사람이 일 년에 만드는 커피 찌꺼기가 약 3kg이라고 한다. 커피 찌꺼기는 대부분 태우거나 땅에 묻힌다. 그 찌꺼기에는 질소와 인이 풍부하지만 카페인 성분 때문에 퇴비로 사용하기에는 적합하지 않다고 한다.

관세청 통계에 따르면 2017년 기준 생두 14만 7,000여 톤이 수입되었다고 한다. 세계 기준은 해마다 700만 톤이 소비된다고 한다. 커피는 남북위 25도에 해당하는 이른바 커피벨트에서 생산된다. 원두커피를 생산하는 데는 화학비료를 너무 많이 사용해야 하고 물을 많이 써야 한다. 또한 아동 착취 문제도 도사리고 있다.

② 담배 재배 농사

우리는 담배가 개인의 건강을 해치는 중독성을 지닌 기호품으로만 알고 있다. 그러나 그게 다가 아니다. 담배 재배로 인한 산림파괴와 환경오염도 만만치 않다. 흡연은 개인의 건강을 좀먹고 또한 지구를 아프게 만든다.

담배 생산량은 2021년 약 5조 2천 8백억 개비였다. 전 세계적으로 6,665,713 톤의 담배가 매년 생산된다. 중국은 연간 2,806,770 톤의 생산량으로 세계 1위이고 그 다음으로 인도는 연간 761,318 톤의 생산량으로 2위이다. 중국과 인도는 세계 전체의 50% 이상을 생산한다.

담배를 많이 생산하는 나라를 순서대로 보면 중국, 인도, 브라질, 미국, 인도네시아, 짐바브웨이다. 북한은 14위이고 우리나라는 26위로 적지 않은 생산량을 기록하고 있다.

담배는 생산, 소비, 폐기 등 전 과정에서 생태계에 악영향을 끼친다. 특히 산림파괴에 큰 영향을 미친다. 담배 재배를 위해 산림이 벌채되고, 담배 잎을 말리는 과정에서도 나무를 태워야 하며, 담배꽁초가 제대로 처리되지 않고 버려지면 산불의 원인이 되어 산림을 파괴하게 된다.

담배는 경작 과정부터 환경에 막대한 피해를 초래한다. 담배 재배에는 많은 양의 물이 필요하다. 담배 한 개비를 피우기 위해서는 재배하고 제조, 유통, 소비, 폐기하는 과정에서 약 3.7 리터의 물이 사용된다. 그래서 지하수 고갈의 주요 원인 중 하나로 지목될 정도이다. 담배는 재배가 까다로운 작물로 토양에서 다른 작물의 6배에 달하는 칼륨을 흡수한다.

담배로 인해 개비 당 4g의 탄소가 배출되며 담배 연기에는 지구온난화의 3대 주범 온실가스인 메탄, 이산화질소, 이산화탄소가 포함돼 있어 기후위기를 가속화 시킨다.

그린피스 서울사무소는 2023년 4월 21일 '다정한 기후상담소' 팟캐스트 방송에서 지난해 질병관리청이 발표한 '우리 환경에 대한 담배의 위협'이라는 제목의 보고서를 소개했다. 보고서에 따르면 담배를 재배하기 위해 매년 약 20만ha의 숲과 토양이 개간된다. 이에 따라 1970년대 이후 전 세계에서 약 15억ha의 숲이 손실됐다. 담배 재배로 인한 숲

손실은 지금까지 온실가스 증가에 최대 20%까지 기여한 것으로 분석됐다.

이런 이유로 매년 전 세계에서 무려 6억 그루의 나무가 베어지게 된다. 또한 건조된 담배 잎을 말기 위해 종이가 쓰인다. 종이의 원료는 바로 나무다. 즉 담배는 담배공장들에 의한 직접적 환경오염을 차치한다고 해도 연간 2,200만 톤의 이산화탄소를 흡수할 수 있는 나무를 희생시켜야만 얻을 수 있는 기호품인 셈이다.

흡연으로 인한 환경 폐해는 대기오염에만 그치지 않는다. 현재 세계 각국에서 생산 되는 담배는 연간 5조 5,000억 개비로서 이의 82%에 달하는 4조 5,000억 개비에 썩지 않는 필터가 쓰인다. 이 필터들은 그대로 버려지는데, 전체 고형 쓰레기 중 무려 20%를 차지한다. 이들이 완전히 분해되려면 최소 몇 개월, 최대 몇 년이 필요하다. 게다가 담배꽁초는 분해 과정에서 무려 600여종의 화학물질을 토양에 쏟아놓는다. 결과적으로 담배가 지구환경에 미치는 영향은 간접흡연에 따른 비흡연자들의 고충 정도는 사소한 것으로 여겨질 만큼 크다고 할 수 있다.

숲의 파괴로 벌어진 일들

인류학자들과 고생물학자들의 연구에 의하면 인간은 약 200만 년 전에 동아프리카의 사바나 지역에서 출현하였다고 한다. 그 후 인간은 대부분의 역사에서 의식주를 숲 속에서 해결해 왔고 숲과 조화로운 생활을 유지하며 살아왔다.

숲을 의지하여 살아가던 인류는 좀 더 안락한 생활을 누리기 위해서 야금야금 숲을 훼손하기 시작했다. 그러면서 문명의 발달을 이어갔다. 문명생활이란 자연의 순환 질서에 대한 저항 행위라고 말할 수 있다.

지금까지의 인류 역사를 들여다보면 인구의 증가와 문명의 발달은 숲의 파괴와 비례하였다. 오늘날 인간이 누리는 과학문명의 혜택도 많은 부분에서 숲을 희생하여 얻은 대가이다. 그러나 인간 문명의 발달이 숲의 파괴에 대한 면죄부가 되는 것은 아니다. 인간도 생태계의 한 구성원이고 주위 환경과 다른 생명체들의 도움 없이는 살아 나갈 수 없는 존재이기 때문이다.

환경에 가하는 충격이 가장 큰 것은 과도한 삼림의 파괴이다. 삼림이 파괴되면 단순히 나무만 사라지는 것이 아니다. 나무가 남벌되면 숲 속에서 먹이와 안식처를 얻었던 동물은 물론이고 숲에서 생계를 꾸려나가던 원주민들의 삶도 사라지게 된다.

동식물의 멸종과 식량난도 숲의 파괴가 가져온 비극이다. 기상이변, 오존층 파괴와 지구의 온난화도 숲의 파괴에서 비롯되었다. 대기와 수질의 오염도 숲의 기능이 약화되었기 때문이다. 숲의 파괴는 환경을 악화시키고 환경의 악화는 다시 숲을 파괴하는 악순환을 이어가게 만든다.

사막화

19세기 프랑스의 작가 샤토브리앙(chateaubriand)은 "문명 앞에는 숲이 있고 문명 뒤에는 사막만 남는다"는 의미심장한 말을 남겼다. 고대 문명의 발상지 대부분이 지금은 사람이 살 수 없는 사막이거나 거칠고 메마른 땅으로 남아있다. 문명이 숲의 파괴를 대가로 하여 이루어져 왔기 때문이다.

숲의 보존상태는 인류 역사의 흥망과 성쇠에 결정적인 역할을 하였다. 숲의 파괴가 절정에 다다라 회복 불능 상태가 되면서 화려했던 번영의 역사를 이어가지 못하고 그 흔적만 남긴 채 황량한 사막으로 변해 있는 문명의 발상지가 그 증거이다.

메소포타미아문명, 인더스문명 그리고 중앙아메리카의 열대림에서 시작된 마야문명은 도시와 사원 건설을 위해 그리고 늘어난 인구 부양을 위해 점점 더 많은 숲을 잠식하며 경작지를 확대해 나갔다. 그 결과로 토양 유실을 초래하였고 그 토양은 관개수로를 막아 배수가 원활하지 못해 경작지의 염분 상승을 가져왔다. 그러면서 농업 기반이 붕괴되고 종국에는 토양의 사막화로 이어져 인간이 더 이상 살아갈 수 없는 척박한 땅으로 변하였다.

그 결과로 인더스문명의 발상지는 대인도사막으로 변해 버렸고, 중국문명의 발상지인 황하 중류지역은 오랜 세월 동안 자연이 착취된 흔적으로 황량한 황토고원이 30만 ㎢나 펼쳐져 있다. 그 고원에서 황하강으로 흘러내린 토사는 서해 바다를 누런 물의 황해로 만들었고 바다의 수위를 계속 낮췄다.

고대 그리스와 로마 문명의 현장도 4대 문명의 발상지와 크게 다르지 않다. 끊임없이 나무를 베어 버린 결과를 가장 생생하게 보여주는 곳은 지중해 지역이다. 지중해의 관광객들은 올리브나무, 포도나무, 키 작은 관목 숲 그리고 향기로운 약초 밭을 이 지역 최대의 매력으로 여긴다.

하지만 그 풍경은 정착과 늘어나는 인구의 끊임없는 압력으로 인해 숲이 대규모로 파괴된 결과물이다. 원래 지중해 지역엔 떡갈나무, 자작나무, 소나무, 삼나무 등의 낙엽수와 상록수가 뒤덮여 있었다. 이 숲들이 농경지를 만들거나, 집이나 배를 만들 목재를 얻는 등등 여러 가지 이유로 벌목되고 나서 되살아나지 못한 결과가 오늘날 우리가 보는 지중해 지역의 모습이다.

오늘날 지구 대륙의 23% 이상이 사막화로 인해 훼손되었고 15억 명의 인구가 영향을 받고 있다. 아프리카, 오스트레일리아, 남아메리카에서는 모두 20~25%의 사막화가 진행되고 있다. 아시아의 절반 가량은 보통 수준으로 사막화되어 있다. 북아메리카의 매우 건조한 지역 토지의 최대 90%는 보통 및 심각 수준으로 사막화되어 있다.

왕조의 몰락과 역병의 창궐

우리나라의 역사에서도 나라의 흥망에 산림의 관리가 궤적을 같이 하였다. 멀리 신라의 멸망도 숲의 파괴와 무관하지 않았다. 49대 헌강왕(875년~886년) 대는 신라의 국운이 쇠퇴해 가던 시기였다. 그럼에도 수도 서라벌은 기와로 지붕을 덮고 나무가 아닌 숯으로 밥을 지어 먹을 정도로 번영을 누렸다. 그만큼 왕경 사람들의 사치가 성행했으며 수도 집중 현상으로 숲의 파괴가 심했다는 의미이다. 삼림의 파괴가 바로 왕조 붕괴의 시발점이 되었다.

고려 말기에도 산림황폐가 심했다. 전란으로 소실된 사찰의 복원과 여몽 연합군의 일본원정을 위한 전함 제작에 산림이 너무 많이 훼손되었기 때문이었다. 이로인해 거의 매 년마다 반복적으로 한발과 홍수가 발생하면서 이어진 민생의 피폐와 민심 이반은 마침내 왕조의 몰락을 가져왔다.

1904년에 발발한 러일전쟁의 원인도 삼림의 벌채가 시발점이 되었다. 용암포 개항 사건 때 벌어진 일이다. 1896년 이후 러시아는 두만강, 압록강의 삼림벌채권을 차지하였고 1903년부터 본격 벌채에 나서게 된다. 1903년 5월에 러시아가 100명의 군대를 보내 압록강변의 벌목 목재 집산지인 용암포를 독점적으로 점유하면서 러시아는 자국민 40명을 거주하게 하고 포대를 설치하였다.

하지만, 러시아의 팽창을 두려워한 미국, 일본, 영국은 용암포 점령의 불법성을 내세워 개항을 요구하고 나선다. 이에 따라 조선왕조가 개항을 선언함으로써 사건이 일단락되었지만 일본과 러시아의 대립은 극에 다다랐다. 결국 이듬해에 발발한 러일전쟁에서 일본이 승리하면서 조선왕조가 몰락하는 급물살을 타게 되었다.

얼마 전 유행했던 코로나19 바이러스 감염이 그러했듯이 인류 역사에서 역병의 엄습도 숲의 파괴가 그 원인이었다. 세계보건기구는 최근 20년 간 사람에게 발생한 신종전염병 가운데 60%가 사람과 동물이 함께 걸리는 인수공통 감염병이었고 그 가운데 75%는 야생동물로부터 유래했다고 밝혔다. 고대 이래 인류를 괴롭혀 온 모든 역병의 배경에는 반드시 환경 파괴 혹은 환경 훼손이 있었다. 대표적인 환경 파괴는 대규모 벌목이었다.

유엔 생물다양성위원회의 조사에 따르면 야생동물들은 우리가 모르는 170여 만 종류의 바이러스를 가지고 있다고 한다. 그런 이유만으로도 숲을 보전해 동물들의 서식지를 보장하고 야생동물들과 일정 거리를 유지하고 살아야 한다. 그것이 바로 인수공통전염병의 확산을 막는 길이다.

기원 전 5세기 고대 그리스를 휩쓴 페스트(Yersinia pestis)의 경우도 대규모 벌목으로 인한 숲 파괴가 주원인이었다. 그 당시의 그리스 문명은 기본적으로 해양을 무대로 삼아 활발하게 펼쳐졌다. 그 때문에 선박제조용 목재를 위해 대대적인 벌목이 이루어졌다. 그러면서 그리스 땅은 점차적으로 숲이 없는 땅이 되고 말았다.

영국이 산업문명의 시작도 숲의 파괴와 깊은 관계가 있다. 원래 브리튼은 숲이 울창한 섬나라였다. 하지만 오랜 전쟁, 농지 개간, 땔감, 그리고 나중에는 본격적인 해양 진출 등으로 국토는 점점 헐벗은 산야로 변모되어 갔다. 그러다가 석탄을 대량 채굴하는 기술이 개발되었고, 그것이 산업혁명의 길을 열었던 것이다.

화석연료의 등장

46억 년 전에 지구가 탄생하고 나서 장구한 세월이 흘러, 지금으로부터 약 2억 7천만 년 전인 석탄기 시대에 숲은 매우 번창하였다. 그러나 갑작스런 환경 변화로 울창하던 숲이 죽음에 이르게 된다. 분해자인 미생물들이 미처 다 분해할 수 없을 만큼 한꺼번에 많은 식물이 죽게 되었다.

잘 알려진 바와 같이 공룡의 멸종은 나무의 죽음에서 비롯된다. 공룡이 먹고 살던 나무들이 사라지자 초식공룡들이 굶어 죽었고, 초식공룡을 먹이로 삼던 육식공룡 들이 따라서 멸종하게 된다. 나무들과 동물들의 사체는 유기물 형태로 토양에 남아 있게 되는데 이것이 바로 오늘날 우리가 사용하는 화석연료인 석탄과 석유이다.

석탄이 최초로 사용된 것은 13세기 초엽 영국이었다. 이미 그 당시 석탄의 사용은 적지 않는 환경문제를 유발해서 영국왕실은 16세기까지만 해도 석탄의 사용을 법적으로 금지할 정도였다. 한편 석유의 사용은 석탄보다 오랜 역사를 갖는다. 일찍이 고대 페르시아와 메소 포타미아 지역에서는 원유를 증류하여 등잔 기름이나 비단 등 옷감의 드라이클리닝 등에 사용한 것으로 알려지고 있다.

석탄이 본격적으로 사용되기 시작한 것은 장작 값이 뛰기 시작하면서부터 였다. 가난한 사람들이 먼저 석탄을 쓰기 시작했다. 1631년 역사가 존스토 (Stow)는 연대기에 다음과 같이 적었다. '전국적으로 장작이 부족해서 값이 뛰자 주민들은 저급 에너지로 생각하던 석탄이나 토탄을 썼으며 마침내 귀족들조차도 이것을 사용하기 시작했다.'

화석 연료의 본격적인 채굴은 17세기에 시작되었다. 당시의 석탄광은 노천광이거나 15미터도 안되는 얕은 광산이 대부분이었다. 탄광을 땅속 깊이 파고 들어간 것은 18세기 였다. 숯값이 너무 올랐기 때문이다.

심각한 지구 온난화의 주범인 석탄은 여전히 전 세계적으로 두 번째를 차지하는 중요한 에너지 원이다. 세계 전력생산의 40%는 석탄 화력 발전소에서 생산된다.

PART 9

나무로
만드는
종이

종이의 역사

인류의 역사와 문명의 발달이 종이의 등장과 함께하였다는 주장이 지나친 말이 아니다. 종이가 없었다면 인류의 지혜가 이어지기 어려웠을 것이다. 오늘날 종이 없는 하루를 지내는 것은 상상하기 힘들다. 우리의 일상생활이 종이와 밀접한 관계를 맺고 있기 때문이다. 그만큼 종이의 용도가 다양하게 사용되고 있다는 이야기다. 종이의 편리함에 익숙해진 현대인이다.

우리는 종이가 필요하면 주저하지 않고 사용한다. 종이가 어디에서 어떻게 왔는지 크게 의식하지 않는다. 오늘날 사용하는 종이 재료의 대부분을 나무가 차지한다. 종이는 생명을 빼앗긴 나무의 시체가 변화된 형태이다. 현대 문명에서 나무의 죽음이 없이 종이는 탄생할 수 없다.

종이 제조에 대한 최초의 기록은 『후한서(後漢書)』에 나타난다. 후한(後漢) 화제(和帝) 때의 환관 채륜(蔡倫 50?~ 121?)이 마포와 어망 등을 물에 풀어 종이를 떠냈다는 기록이다. 종이를 뜻하는 영어 paper의 어원은 파피루스(papyrus)라고 전해진다.

약 5,000년 전부터 고대 이집트에서는 파피루스라는 풀의 줄기 안쪽을 얇게 벗겨 가로 세로로 겹쳐 놓고 위에서 압력을 가해 섬유질을 납작하게 맞붙여 파피루스라는 종이를 만들었다. 파피루스는 지료(紙料, pulp)를 이용하는 것이 아니라 단순히 식물의 내피를 가공하여 만든 것으로 후세에 발명된 종이의 제조 기술과 관련이 없으므로 일반적인 종이의 기원으로 볼 수는 없다.

우리나라의 종이 제조기술은 고구려 소수림왕 2년(AD372)에 불교의 전래와 함께 이루어졌다고 알려져 있었다. 그러나 새로 밝혀진 바에 의하면 우리나라 역사에 처음 종이가 등장한 것은 채륜의 종이 기록보다 100여 년이 앞선다. 낙랑고분이 발굴되면서 밝혀진 사실이다. 닥종이 섬유를 관의 내부에 발라 청결하면서도 견고하게 했다. 이러한 역사적 사실을 근거로 하면 우리나라는 종이 사용이 가장 앞선 종이 제조의 기원 국가라고 말할 수 있다.

그러한 역사에 부합하여 우리는 인류문화사에 당당하게 자랑할 수 있는 인쇄술을 가장 먼저 개발한 민족이다. 이를 증명할 수 있는 세계 최고의 목판 인쇄물인 무구정광대다라니경이 석가탑에서 발견되었다. 또 세계 최초의 금속인쇄물인 직지심경을 찍어낸 민족이다. 모두 질이 뛰어난 한지가 있었기에 가능한 일이었다.

한지

　한지(韓紙)는 닥나무를 주재료로 물과 닥풀(황촉규 뿌리)을 넣어 끈끈한 점액을 만들어 손으로 떠낸 종이이다. 종이 제조 기술은 중국으로부터 우리나라에 전래 되었다고 알려졌으나, 우리 조상들은 자체적인 기술 개량을 통해 종이 제작 기술과 품질을 발전시켰다. 1966년 불국사의 석가탑에서 무구정광대다라니경이라는 가장 오래 된 인쇄물이 발견되었는데, 종이가 무려 천년 이상 보존되었다는 것이 밝혀져 한지의 우수성이 전 세계에 알려지게 되었다.

　우리나라는 훈민정음, 조선왕조실록, 직지심체요절, 승정원일기, 조선왕조의궤, 팔만대장경판, 동의보감, 일성록, 5·18민주화기록물 등 9개의 문서가 세계기록유산에 등재되어 세계에서 5번째, 아시아에서는 가장 많은 세계기록유산을 가진 나라인데 그게 바로 한지 덕분이다.

　한지 한 장이 만들어지기까지는 백번의 공정을 거친다고 해서 백지(百紙)라고 했고, 닥나무의 흰 속살로 만들어졌다고 해서 백지(白紙)라고도 불렀다. 한지는 추운 겨울에 차갑고 맑은 물로 만들어지기 때문에 종이가 빳빳하고, 미생물이 잘 번식하지 않으며, 매끄럽고 아름다운 광택이 난다. 또 빛과 바람을 잘 통하게 하면서도 스스로 습도를 조절하고 온도를 유지할 수 있다.

7세기 중엽부터 고려시대까지는 닥이 한지의 주원료였다. 한지 한 장을 만들려면 닥나무 줄기 2kg 정도가 필요하다. 그러나 조선시대에 이르러서는 서적 발간이 증가함에 따른 종이 수요가 급증하여 닥나무만으로는 공급을 감당할 수 없었다. 그래서 다른 원료로 종이를 만들기 시작하였다. 예를 들면. 마, 뽕나무, 벼, 갈대, 귀리 짚이나 보릿짚, 소나무 껍질, 버드나무, 율무 등의 다양한 재료가 종이를 만드는데 사용되었다.

한지는 다양한 생필품의 재료로 사용되었다. 오늘날처럼 종이가 일회용품으로 사용되는 것과는 거리가 멀었다. 한지는 문자를 기록하기 위한 종이로 사용된 것은 물론이고, 속옷의 재료로 사용되었고 생활용품으로 등(燈)을 만들거나 신발, 함이나 옷장, 그릇을 만드는데 사용되었다. 돈, 지갑, 모자를 만들 때도 한지를 이용하였다. 우산이나 부채를 만드는 데도 한지는 소중한 재료였다.

종이가 금속보다 강하다고 하면 믿지 못할 것이다. 그러나 사실이다. 한지는 외적으로부터 무쇠를 대신하여 우리 군사의 생명을 지켜주는데도 큰 역할을 수행하였다.

기름을 먹인 한지로 병사의 천막을 만들었다. 또한 조선시대에 투구나 갑옷을 제작할 때도 한지가 사용되었다. 한지로 만든 투구나 갑옷이 무쇠로 만든 것보다 더 강하고 가볍기 때문이다. 한지에 옻칠을 한 다음 15~20겹을 붙여서 갑옷을 만들면 화살도 뚫지 못할 정도로 단단해지고, 무게가 가벼워 뛰어난 기동력을 갖출 수 있게 해주었다. 갑옷을 만드는데 쓰이는 한지를 갑의지(甲衣紙)라고 했다.

또 한지는 1천 년 이상의 수명을 자랑하는데 그 이유는 제조 과정에서 종이에 들어 있는 전분, 단백질, 지방, 탄닌 같은 불순물을 제거했기 때문이다. 한지는 알칼리성 용재인 나뭇재나 석회를 불순물 제거제로 사용하고 화학제인 황산알루미늄을 사용하지 않아 화학반응을 쉽게 일으키지 않는 중성지의 성질을 가지고 있다.

다양한 종이의 원료

종이의 재료는 다양하지만 종이의 기본 원료는 섬유소(셀룰로오스)이다. 모든 종이에는 공통적으로 셀룰로오스가 들어 있으며, 기본적으로 셀룰로오스를 잘 알아야만 종이 구조 원리를 쉽게 알 수 있다.

셀룰로오스는 당류로 식물의 세포벽을 구성하는 주성분이다. 우리말로는 섬유소라고 한다. 셀룰로오스는 거의 모든 식물이 공기 중에서 광합성으로 얻는 세 가지 요소 즉 탄소, 산소, 수소로 구성되어 있다. 이것은 헤미셀룰로오스와 리그닌과 함께 식물 성분 구성의 3요소이다. 모든 종이는 셀룰로오스가 접착제의 도움이 없이 물 속에서 수소 결합이 이루어져서 만들어진다.

식물 중에서 셀룰로오스 함량을 보면, 면모(綿毛)가 98%로 가장 높고, 아마(亞麻), 대마(大麻), 모시풀, 황마(黃麻) 등의 인피(靭皮)섬유는 약 70%를 차지한다. 또 펄프의 원료인 목재는 약 40~50%의 셀룰로오스를 함유한다. 동양에서 전통적으로 종이의 재료로 사용된 닥나무, 뽕나무, 서향나무 등의 성분 구성을 보면 리그닌이 매우 적다.

생태적 측면으로 생각하면, 종이의 제조에 화학물질이나 에너지 투입이 적은 면모나 대마 등을 이용해야 하지만, 현실적으로 나무가 가장 많이 사용되고 있다. 산업경제의 논리에 의해서 다른 재료는 제한적으로 사용되고 있을 뿐이다.

오직 이윤만을 앞세우는 산업경제는 지구의 미래를 염두에 두지 않는다. 종이 생산으로 인한 환경 폐해를 줄이기 위해서는 지역의 특성에 맞게 종이 재료가 선택되어야 한다. 그래야 나무의 벌목을 줄일 수 있고 생태계의 교란을 막을 수 있다. 그러나 현실은 그런 면과 너무 동떨어져 있다.

지속 가능한 발전을 위해 새로운 개념의 종이, 공해 없이 종이를 만들기 위해 노력하는 사람들이 있다. 테즈마니아에서는 스코트랜드 출신의 조앤 가이르(Joanna Gair) 여사가 캥거루 똥으로 만든 수제 종이 루프(Roo Poo)를 만들었다. 스칸디나비아 사람들은 엘크의 똥으로 종이를 만든다. 아프리카 사람들은 물소의 똥으로 종이를 만들고, 코끼리 똥에서 추출한 섬유로 '엘리 푸 페이퍼 Elie Poo Paper'를 판매한 수익금으로 코끼리 보호 운동을 지원하고 있다.

지구온난화와 숲의 파괴 측면에서 보면 종이 생산에서 중국이 가장 모범적인 국가이다. 중국에서 생산되는 종이의 50%는 볏짚, 사탕수수의 버려지는 부분, 대나무, 꾸지나무 껍질, 뽕나무 껍질로 만들어진다. 중국에서는 나무펄프로 만든 종이는 총 생산량의 15%에 불과하다. 북미의 경우는 10개의 회사가 제지 산업의 50% 이상을 점유하고 있지만, 중국은 5천 개의 공장에서 종이를 생산하고 있으며 그 중 대기업이 생산하는 양은 1%가 조금 넘는다.

종이의 제조과정과 환경오염

오늘날 대부분의 종이는 나무를 원료로 하여 만들어진다. 나무로 종이가 만들어지기 위해서는 여러 공정을 거쳐야 한다. 목재에는 종이의 재료인 셀룰로오스(섬유소) 이외에도 다량의 이물질이 들어 있기 때문이다. 목재에는 리그닌(20~30%)과 헤미셀룰로오스(10~30%)가 들어 있어 이들 불순물을 걸러내야 한다. 리그닌은 염소가스 또는 이산화염소로 염소화하여 아황산나트륨 또는 에탄올아민에 용해시키고, 헤미셀룰로오스는 알칼리로 추출하여 제거해야 한다.

화학적 펄프 공장에서 펄프를 만들 때 황산염을 넣고 끓이면 리그닌이 녹고 셀룰로오스가 분리되면서 크라프트 펄프가 된다. 악명 높은 악취가 이때 발생하고 산성비가 내리는 원인이 되기도 한다.

펄프가 하얀 종이로 태어나기 위해서는 표백 과정을 거쳐야 한다. 이때 사용되는 화학물질이 염소이다. 1톤의 종이를 생산해 내기 위해서는 45~70kg의 염소가 필요하다. 나무의 유기물 성분이 염소와 결합하면 다이옥신을 비롯한 유기화합물이 방출되고, 표백 처리 과정에서 나온 폐수는 환경을 오염시키는 주범이 된다. 염소의 화합물 중에는 지구상에서 가장 유독한 다이옥신과 푸란이 있다.

다이옥신은 정자 수 감소와 자궁내막증 같은 생식계통의 문제를 유발하고 당뇨, 과다활동증, 알러지, 면역체계와 내분비계 교란 등의 문제를 유발한다. 푸란은 다이옥신 종류의 일종으로 호흡 곤란, 암 등을 유발한다. 이러한 부작용 때문에 일부 제지회사에서 무염소 표백이라 하여 과산화염소를 사용하는데 과산화염소는 염소에 비해 훨씬 안정된 화합물이기는 하지만 종이나 공장 폐기물을 소각하면 열에 약하기 때문에 쉽게 염소가 분리되어 다른 화학물질과 결합한다. 이에 대한 대안으로 표백에 과산화수소를 사용한다.

산업국가에서는 전체 물소비량의 11%를 제지산업이 차지하고 있다. 처녀지 1톤을 생산하려면 4만 리터의 물이 필요하다. 달리 말해 종이 한 장에 머그컵 한 잔, 책 한 권에 욕조 하나를 가득 채운 물이 필요하다. 제지업은 물먹는 하마 산업이라 할만하다. 더욱이 펄프를 생산하려면 아주 깨끗한 물이 필요하다. 그런데 펄프제조 과정을 거치면서 물이 심각하게 오염된 상태로 배출된다. 그 과정에서 화학약품과 첨가물이 들어가기 때문이다.

캐나다 환경단체인 RFU(Reach For Unbleached)에 따르면 제지산업은 원주민 뿐만 아니라 공장 노동자들의 건강에 심각한 위협을 가하고 있다. RFU는 주요한 질환으로는 천식, 각종 폐질환, 암, 생식기 계통과 호르몬의 이상, 화학적 민감성 등을 꼽았다. 가장 우려되는 오염원은 미립자 물질, 다이옥신, 염소가스, 이산화염소, 황화수소, 아세트알데히드, 포름 알데하이드 등이 있다.

이런 환경오염 문제 말고도 제지산업은 기후변화에도 많은 영향을 미친다. 숲과 기후 위기는 밀접한 관계가 있다. 그러나 우리는 그런 문제를 염두에 두지 않고 아무 생각 없이 종이를 필요에 따라 서슴없이 사용한다.

'기후변화에 관한 정부 간 패널'에 따르면, '기후 변화가 일어나는 요인 가운데 첫 번째는 화석연료이고, 그다음이 벌목으로 인한 산림훼손이다. 숲의 벌목으로 발생하는 온실기체는 전체 발생량에서 17% 이상을 차지하는데, 이는 전 세계의 교통수단들이 내뿜는 양보다 많고 식량생산으로 발생하는 양과 비슷하다. 이중의 절반은 제지산업이 책임져야 한다.'고 말한다. 우리는 무심코 종이를 사용하지만, 한 사람이 평균적으로 1년 동안 소비하는 종이로 인해 배출되는 탄소의 양은 대서양을 비행기로 왕복할 때 발생하는 양과 맞먹는다고 한다.

제지산업으로 인한 탄소 배출은 벌목 과정부터 시작된다. 제지 산업의 벌목은 북반구와 남반구의 열대림과 온대림은 물론이고 북쪽의 아한대림 지역에도 손길을 뻗치고 있다. 그러나 벌목 과정은 탄소 배출의 예고편에 불과하다. 펄프와 종이를 만들 때 엄청난 양의 에너지가 투입되어야 하기 때문이다.

제지 산업은 중공업계에서 가장 많은 온실가스를 배출하는 업종에 속한다. 핀란드에서는 중공업 중에서 제지 산업이 온실가스를 제일 많이 배출하고, 미국에서는 중공업 가운데 3번째로 온실가스를 많이 배출한다. 그런데도 제지 산업은 이런 사실을 감추는데 급급하다. 뿐만 아니라 종이 쓰레기를 배출할 때도 다량의 온실가스를 배출한다. 소각하면 종이에 함유되어 있던 이산화탄소가 전량 배출된다. 썩을 경우에는 이산화탄소보다 온실효과가 23배나 강한 메탄가스가 발생한다. 미국의 쓰레기에서 발생하는 메탄의 40%가 종이 때문이다.

각 재료의 제조 에너지와 제조 시의 탄소 방출량을 보면, 전기 에너지를 다량 소비하는 알루미늄이 높고 철제, 종이 순서이지만 이 중 알루미늄의 값이 압도적으로 크다. 목질계 재료의 탄소 방출량은 금속재료의 수십 분의 일에서 수백 분의 일밖에 안 된다. 지구환경 보전의 관점에서 건축구조용재로서는 철제를, 또 샷시 등 건자재에서는 알루미늄 재료를 될 수 있는 대로 절약하는 것이 바람직하다.

종이의 생산과정은 많은 자원이 투입되어야 한다. 제지산업은 에너지 집약적이어서 원가의 1/2 정도를 물과 에너지 비용이 차지한다. 게다가 재활용 비율도 낮아 환경오염을 심각하게 유발하고 있다. 종이 1톤을 생산하는데 필요한 에너지로 강철 1톤을 만들 수 있다고 한다. 좀더 세부적으로 얘기하면, 종이 1톤을 생산하기 위해서는 나무의 벌목과정과 기계의 원료인 금속, 기계를 돌릴 연료, 물 등 각종 자원이 총 98톤이 필요하다.

종이의 소비

오늘 날 종이 제품은 우리의 일상생활에서 떼어놓을 수 없는 생활용품으로 자리잡고 있다. 19세기 이후 종이 제작이 산업화 되면서 종이는 저렴하게 널리 보급되었다. 그 이유는 산에서 인력이 투입되지 않고 저절로 자란 나무라고 그 가치를 낮게 책정했기 때문이다.

전자 매체의 등장으로 종이 없는 문서작성이 가능해지면서 종이의 소비 감소를 예상하였다. 그러나 그 예측은 완전히 빗나가고 말았다. 소비량이 오히려 40%나 증가했다. 오늘날 사람들이 편리한 생활을 즐기게 되면서 일회용품 사용이 급격히 늘어났고 종이 제품이 그중에 많은 부분을 차지하기 때문이다. 인간은 경제적 부담이 적은 것은 아끼지 않는다. 종이가 일회용품으로 쏟아져 나오는 이유이다.

종이의 소비는 지난 40년 간 4배나 증가했다. 1년 동안 전 세계에서 소비하는 종이는 3억 3,500만 톤에 이른다. 전 세계가 하루 동안 사용하는 종이를 생산하기 위해서는 12만 그루의 나무가 필요하다.

종이가 가장 많이 사용되는 분야는 54%의 비중을 차지하는 포장용

산업용지이다. 그 뒤를 잇는 것이 26%를 차지하는 인쇄용지이다. 우리가 한 해 동안 사용하는 복사용지의 양은 36만 톤이다. 목재로 환산하면 약 108만 톤에 해당하는 양이다.

일회용 종이 잔의 소비도 엄청난 양이다. 산업통상자원부 홈페이지에 의하면 우리나라에서 소비되는 종이 잔이 연간 200억 개 이상이다. 미국에서는 음료수용으로 사용하는 종이 잔을 매일 3억 2천만 개씩 소비하고 있다. 에너지 소비량이 많은 미국인은 1인 당 종이 소비에서도 세계 평균보다 6배나 많이 소비한다.

그린피스는 일회용 잔과 다회용 잔 대여시스템을 비교하는 '재사용이 미래다: 동아시아 지역 다회용잔 일회용잔 시스템의 환경성과 전 과정 평가(LCA) 비교' 보고서를 발표했다. 보고서에 따르면, 전 세계 연간 일회용잔 사용량은 5000억 개에 달한다. 특히 한국, 홍콩, 일본, 대만 등의 동아시아 지역에서 커피 등 다양한 음료의 용기로 일회용 잔이 필수품처럼 사용되면서 일회용품의 소비량이 놀라울 정도로 증가한 것으로 나타났다.

홍콩에서만 매년 약 4억 개의 종이잔이 일회용 테이크아웃 커피 용기로 버려지며, 일본의 카페 패스푸드 체인점, 편의점에서도 연간 39억 개, 대만은 40억 개의 일회용 잔을 폐기하는 것으로 조사됐다.

하루 소비량을 무게로 계산하면 100만 톤에 이른다. 종이 100만 톤이 어느 정도의 양인지 복사지로 계산을 해보자. 100만 톤을 복사지로 만들어 한 줄로 이으면 적도를 1500번이나 두를 수 있고, 같은 양의 두루마리 휴지를 한 줄로 이으면 달까지 200번이나 왕복할 수 있는 양이다.

우리나라 4인 가구는 70미터짜리 두루마리 휴지를 1년 동안 약 161롤을 사용하는데, 우리나라에서만 휴지를 만들기 위해 연간 500만 그루 이상의 나무가 희생되고 있다.

세계에서 산업용으로 벌목한 나무 가운데 42%가 종이 생산에 쓰였다. 이중 2/3는 펄프를 얻기 위해 단일 수종만을 심은 나무농장의 나무였다.

한국제지공업연합회에 따르면 우리나라는 최대 종이 수입지인 인도네시아의 원시림이 펄프와 종이생산을 위한 벌목과 '나무농장'이나 '조림지' 개발로 인해 빠르게 파괴되고 있다고 한다. 인도네시아 펄프 제지 기업은 펄프의 40~60퍼센트를 천연 원시림에서 얻는다. 인도네시아 최대기업 시나르 마스의 자회사인 세계 3위의 제지기업 APP는 열대우림과 습지를 파괴하며 나무농장을 만들고 있다고 한다.

종이 1t을 만드는데 30년생 나무 17그루 정도가 필요하다. 한 번 사용된 종이의 재활용을 1%만 높인다면 30년생 나무 80만 그루가 보호될 수 있다.

우리나라의 종이 사용량을 알아보자. 한국 제지 공업 연합회에 따르면, 2008년 한국에서 종이를 1,060만 톤 생산했으며 2010년에 국내에서 소비된 종이가 무려 9,148,883 톤이라고 한다. 즉 국민 1인당 183.8kg이나 소비했다는 의미가 된다. A4용지 39,295장을 만들기 위해 30년생 원목 기준으로 3.9295그루가 필요하다고 한다. 대한민국 국민이 2010년 한 해 동안 사용한 종이를 만들기 위해 필요한 나무는 195,583,004 그루이다.

우리가 한 번 사용하고 버리는 나무젓가락도 산림 파괴의 원인이 된다. 20년 이상 자란 나무가 어느 날 잘려 공장에서 젓가락 모양으로 다듬어진 다음 과산화수소, 표백제, 곰팡이 제거제 등의 약품을 넣고 끓이는 과정을 거쳐 일회용 젓가락이라는 이름으로 태어나 한 끼의 식사에 사용된 다음 곧바로 쓰레기통에 버려진다. 제조과정에 쓰이는 약품들이 젓가락을 통해 우리 몸으로 들어가 피부병 등의 여러 가지 병을 유발할 수 있다.

우리나라에서 사용하는 일회용 젓가락 대부분은 중국제품인데 그 숫자는 대략 450억 개쯤 된다. 2,500만 그루의 나무를 희생시켜야 만들 수 있는 양이다. 우리의 일회용 젓가락 사용이 중국의 사막화를 부추기고 있다. 우리가 염려하는 중국 발 미세먼지 발생에 일부 원인을 제공하는 것이 바로 우리가 사용하는 일회용 젓가락이다. 일회용 나무젓가락은 땅속에서 썩는데 대략 20년 정도 걸린다. 그 때 제조과정에서 스며들었던 각종 화학약품들을 토해내면서 토양을 오염시킨다. 그리고 그 오염물질은 돌고 돌아 우리에게 되돌아오게 된다.

재생 종이의 장점

　재생 용지를 사용하면 여러 가지 이점이 있다. 에너지를 절감할 수 있고 나무를 덜 베어도 된다. 그 뿐 아니라 물도 절약할 수 있다. 소나무의 바이오메스로부터 만들어진 일반 종이는 그 여정의 모든 단계(채집, 제조, 운송, 사용, 폐기)마다 온실가스를 배출한다. 그에 비해 재활용된 종이는 이 모든 단계, 특히 시작과 마지막을 연결함으로써 온실가스 배출을 줄여준다.

　재생종이 1톤이면 나무 20그루를 지켜낼 수 있고 가정에서 평균 6달 동안 쓸 수 있는 에너지를 절약할 수 있으며, 매립지의 면적이 3㎡ 줄어들고, 물 28톤이 절약되고, 대기오염을 75%나 줄일 수 있다. 최근 독일 환경연구소에서 발표한 자료에 따르면 천연펄프로 종이 1톤을 생산할 때보다 재생 펄프로 종이를 1톤 생산하면 에너지가 43%나 줄어든다고 한다.

　재활용지는 어떠한 종이를 재활용하느냐에 따라 처녀지에 비해서 1/6~1/3의 에너지가 절약되고 물소비량은 반 이상 줄고, 온실가스도

훨씬 적게 배출되고, 물과 공기 중으로 배출되는 유독 화학물질도 미량이었다. 연구결과에 따르면 처녀지가 생산되어 매립될 때까지 배출되는 온실가스의 양은 재활용 종이에 비해 2.3배가 많다. 종이 1톤을 만들기 위해서는 재활용지의 경우는 폐지가 1.1톤이 필요하지만 처녀지를 만들려면 나무 3톤이 필요하다. 종이를 5번 재활용하면 숲에 미치는 영향을 거의 15배까지 줄일 수 있다. 종이를 잘 다루기만 하면 아홉 번까지도 재활용할 수 있다.

종이봉투를 재활용하지 않고 버리면 매립지에서 메탄가스가 되거나 소각장에서 바로 이산화탄소가 된다. 환경 친화적인 종이를 사용하면 나무, 물, 오염, 온실가스 배출을 줄일 수 있다. 가령 잡지 1톤을 재생 펄프가 30% 섞인 종이를 사용하면 나무 6그루, 에너지 400만 BTU, 이산화탄소 300그램, 물 160kg을 절약할 수 있다.

재활용 종이에 이런 장점들이 있지만 단점도 또한 무시할 수 없다. 특정 종이는 대략 5~7번 재처리될 수 있지만 종이는 시간이 지남에 따라 섬유질이 더 짧아지고 약해지기 때문에 재생 종이는 품질이 낮은 제품이 될 수밖에 없다. 그래서 재활용 종이로 만든 책은 부피가 늘어나게 된다. 그렇다고 해서 가격이 천연종이에 비해 더 싼 것도 아니다. 오히려 3~5% 정도 더 비싸다. 출판업계에서 재생용지를 선호하지 않는 이유이다.

쓰레기로 버려지는 종이

산업화 이전에 종이는 일상생활에서 생필품으로만 사용되었다. 그러나 제지기술이 발달하고 종이의 가격이 하락하면서 종이는 대부분 포장 용품이나 일회용품으로 사용되기 시작하였고 재활용 비율은 높지 않아 대부분이 쓰레기로 버려지고 있다.

오늘날 종이의 절반가량은 한 번 사용된 뒤 쓰레기로 처리된다. 나머지 절반도 한 번 더 재생용지로 사용되는 정도이다. 북유럽에서는 재활용률이 75%에 이른다. 한국은 2009년에 90%의 재활용률을 달성했다.

종이 산업으로 인한 온실가스 배출량은 세계 연간 총량의 7%에 달하는 것으로 추정되는데 이는 항공 산업이 배출하는 양보다 높다. 미국이나 영국의 경우 가정 쓰레기의 약 40%를 종이가 차지한다. 그러나 종이는 폐기물로 버리기에는 너무 아까운 자원이다. 사용한 종이를 재생 펄프로 만들면 나무를 가공하여 종이를 만드는 것보다 훨씬 더 환경오염이 적고 더 효율적이기 때문이다. 그러나 아쉽게도 전 세계의 폐지 재활용 비율은 50% 정도이다.

쓰레기장의 종이는 소각하면 온갖 쓰레기가 뒤섞여 있어 다이옥신, 푸란, 카드뮴, 납, 산성가스 등을 포함해 광범위한 유독성물질을 공기 중에 배출하게 된다. 쓰레기로 버려진 종이는 분해 과정에서 메탄을 발생할 뿐만 아니라 작은 탄소분자가 이산화탄소로 자연스럽게 대기 중에 방출된다. 오늘날 쓰레기 매립지의 평균 16%는 종이 제품으로 채워져 있으며 매년 2천 6백만 톤의 종이 쓰레기가 매립되고 있다. 산소가 부족한 매립장에 묻히게 되면 종이는 이산화탄소보다 온난화지수가 20여 배 더 강한 메탄을 발생시킨다.

종이와 펄프 산업은 세계 온실가스 배출에 4번째로 기여한다.

PART 10

숲을 지켜낸 사람들

칩코운동

숲이 우리의 삶에 얼마나 중요한지 인식하는 것은 수준 높은 지식을 필요로 하지 않는다.

아무런 제도권의 교육을 받지 않아도 자연과 더불어 소박하게 사는 사람은 숲의 가치와 소중함을 잘 안다. 오히려 학식이 높고 공익을 위해 앞장서야 할 위치에 있는 사람들이 종사하는 기관이나 기업이 숲 파괴의 주범들이다.

경제 발전에 눈이 어두운 정부나 오로지 영리를 목적으로 하는 기업은 숲을 파괴하는데 주저하지 않는다. 그들의 목적에 반기를 들고 평화적으로 숲을 지켜낸 대표적인 운동이 있다. 인도와 태국 그리고 케냐에서 진행되고 있는 운동이다. 우리나라에서도 벌목 방지에 성공한 사례가 많이 있다.

1970년 대에 인도에서 칩코운동(Chipko movement)이라는 비폭력 저항운동으로 여인들이 나무를 지켜내고 말았다. '칩코'란 인도말로 '끌어안다'라는 뜻이다. 인도의 아낙네들이 나무를 끌어안고 저항하여 벌목을 막아낸 사건이다.

전통적으로 인도인들에게 숲은 대지의 어머니를 상징하며 나무는 우주의 이미지를 가진 신성한 존재이다. 원래 고페쉬와르 마을 인근의 산림은 산림청이 그동안 엄격하게 통제해 왔던 숲이었다. 1973년 3월 히말라야산맥에 인접한 인도 북부 우타라칸드(Uttarakhand)주의 깊은 산간 마을 고페쉬와르(Gopeshwar)에서 벌어졌던 일이다.

인도 정부가 테니스 라켓 제조회사인 사이몬사(Simon Company)에 고쉬페와르 지역의 숲에서 벌목을 허가해 주었다. 계획에 따라 사이몬사는 나무 300그루를 베려고 벌목꾼을 동원하였다.

그때 마침 그 지역의 남성들이 모두 다른 지역으로 일하러 나갔기 때문에 그 마을에는 여성들만 남아 있었다. 벌목 소식을 들은 마을 여성들은 한 그루의 나무도 베어내지 못하도록 벌목 대상으로 표시가 된 나무들을 하나씩 껴안고 벌목을 막기 위해 거세게 저항하였다.

시위의 결과로 고페쉬와르의 숲은 살아남을 수 있었고, 이러한 성공적인 벌목 저지운동이 세상에 알려지면서 사람들은 그 저항운동을 '칩코 운동'이라고 불렀다. 이후 이와 비슷한 방식으로 벌목에 대항하는 시위가 인도 곳곳에서 발생하였다.

아쉽게도 이 칩코 운동이 모든 사람들의 지지를 받은 것은 아니었다. 일부 남자들은 이 운동을 "무식한 아낙들아, 숲이 뭔지 알아? 송진과 목재, 외화란 말야"라고 비웃었다. 그러나 여자들은 그런 말에 흔들리지 않았다. 이에 대항하여 여성들은 "숲은 우리의 어머니, 흙과 물과 깨끗한 공기다. 우리는 이 숲 속에서 풀과 열매를 모아다 우리 아이들을 먹여 살렸다. 당신들은 이 나무에 손끝 하나 댈 수 없다."라고 맞서며 이 운동을 성공적으로 이끌었다.

인도에서 칩코 운동이 확산될 수 있었던 것은 간디의 비폭력 저항운동과 관련이 깊다. 칩코 운동에서처럼 벌목을 하려는 사람과 숲을 지키려는 사람들 사이에 유혈 충돌이 일어나는 것 보다는 나무를 껴안는 상징적인 행동을 통해서 비폭력 저항 정신을 보여준 것이다. 칩코 운동은 이후로도 활발하게 전개되었고, 1976년에는 36만 헥타르에 해당하는 산림에 대해 10년간 벌목 금지명령을 이끌어내기도 했다.

나무 수계식

태국에서도 벌목 중단을 성공적으로 이끈 운동이 있다. 태국 정부는 국가의 경제발전을 위해 대기업들의 공장부지와 농지 마련을 이유로 산림 개간을 추진했다. 특히 대기업과 계약한 농민들은 납품을 위해 점점 더 많은 산림을 벌채해 농지를 확장시키고 있었다. 갈수록 산림은 황폐해져 갔다.

이에 맞서 산림을 지키기 위해 스님들은 나무에게 계를 주었다. 태국인 대다수가 독실한 불자라는 점을 착안한 스님들은 수계한 나무를 베어내지 못할 것이라고 착안하여 숲을 찾아 나무에 수계식을 진행하였다. 수계식이 끝나면 그 나무에 명판을 붙여 놓는다. 명판에는 '숲을 파괴하는 것은 생명을 파괴하는 것'이라고 쓰여 있었는데. 여기서 태국어로 생명은 생명, 환생, 국가라는 3가지 의미가 있다고 한다. 숲을 파괴하는 것은 곧 생명을 파괴하고, 환생을 못하게 하는 것이며, 반국가적인 행위임을 의미하는 것이다.

수계식이 끝난 나무줄기에는 주황색 가사가 입혀지고 뿌리에는 향을 꽂아 놓는다. 1980년대부터 시작된 이러한 '나무 수계식'은 태국을 시작으로 캄보디아, 라오스, 스리랑카 등 동남아 불교 국가에서 나무와 숲을 함부로 벌채하거나 파괴하지 못하도록 불교 의식으로 정착되어 왔다.

실제로 태국을 비롯한 동남아시아에는 숲을 지켜온 많은 스님들의 활동과 그 전통이 남아 있다. 이 스님들은 '생태스님' 또는 '숲의 스님'이라고 불리는데, 붓다의 수행을 따라 숲에서 수행하고 기거하는 스님들이다.

이러한 활동을 하는 생태스님들은 이익을 추구하는 기업인들과 정치인, 개인 사업자들로부터 수많은 위협에 시달리고 있었다. 나무 수계식은 생태스님의 고난과 생명의 위협을 담보로 한 행사였다. 실제로 2005년에는 생태스님으로 활동하던 수바카노 스님이 괴한의 칼에 찔려 사망하는 사건이 발생하였다. 당시 스님은 치앙마이 명상센터 인근 숲이 귤 농장으로 바뀌는 것을 막아내려고 노력하였다.

스님들은 생명의 위협에도 불구하고 수계식 뿐 아니라 농민들을 대상으로 환경 교육을 진행하는 등 다양한 방법으로 산림 보존의 중요성을 전파하고 있다. 치앙마이 생태스님인 쿤수리 스님은 그가 주석하는 명상센터 안에 직접 농업학교를 운영하면서 농민들에게 수업과정을 통해 환경의 중요성을 홍보하고 있다. 그 학교에 매년 수십 명의 농민이 등록하는 것으로 알려졌다. 쿤수리 스님은 한 언론과의 인터뷰에서 "산림이 농민들에게 산소, 물, 좋은 음식 등을 제공하는 원천이 된다는 것을 알면 산림 보존에 도움이 될 것"이라고 밝힌 바 있다.

그린벨트 운동

남아 있는 숲을 지키고 이미 황폐화된 산림을 살려내기 위해 홀로 앞장선 여성이 있다. 벌목과 산림훼손으로 헐벗은 국토에 나무를 심어 아프리카 여성 중에서 최초로 노벨평화상을 받은 케냐의 왕가리 마타이 박사다. 그녀는 빈곤층 여성을 결집해서 3,000만 그루의 나무를 심었다. 벌목과 산림 손실이 어떻게 아프리카의 사막화를 초래했는지 절실히 느끼고 나무 심기를 시작한 것이다.

1980년 대 케냐 정부는 초고층 건물을 짓겠다고 나선 외국 투자자들에게 여러번 우후루공원 부지를 매각하려고 했다. 그때마다 왕가리 마타이 교수가 이끄는 케냐의 환경운동가들은 우후루공원을 지키기 위해 정부와 끊임없는 사투를 벌였다.

한 번은 이런 일도 있었다. 우후루공원 시위 현장에서 왕가리 마타이를 포함한 여성 환경운동가 일행이 옷을 모두 벗고 나체시위를 하겠다고 출동한 경찰들을 위협하여 공원을 지켜내었다. 우후루공원 뿐만이 아니다.

왕가리 마타이 교수가 이끌던 '그린벨트 운동(the Green Belt Movement)'이라는 단체는 응공숲(Ngong Forest), 카루라숲(Karura Forest), 에버데어숲(Aberdare Forest) 등지에서 나무 한 그루 쉽게 베어내지 못하게 저항하였다. 이에 더하여 케냐에는 '그린벨트 운동'에 소속된 묘목장이 5천 개정도 있고, 이 단체가 설립된 1977년부터 지금까지 이 단체가 케냐 곳곳에 심은 나무가 2천만 그루가 넘는다고 한다.

케냐의 중앙고원 지역 이히테에서 태어난 왕가리 마타이는 19세가되던 1959년에 국비장학생으로 선발되어 미국에 유학하였다. 그녀는 미국 피츠버그대학에서 생물학 석사 학위를 받았다. 독일에서 2년간 수학한 뒤 1971년 케냐 여성으로서는 처음으로 나이로비 대학에서 수의학박사학위를 받고 1976년 이 학교의 첫 여성 교수가 되었다.

왕가리 마타이가 어릴 적만 해도 이하테 주변 지역은 나무가 울창하게 우거진 숲이 있었다. 또한 토양이 비옥해 관목과 덩굴식물, 양치식물이 풍부했으며 어딜 가도 깨끗한 식수가 넘쳐흘렀다. 드넓은 평야는 견과류, 딸기, 옥수수, 콩, 밀 등의 야채들을 재배할 수 있을 만큼 유기물이 풍부했었다.

그러나 왕가리 마타이가 유학을 마치고 돌아왔을 때 국토는 이미 헐벗은 땅으로 변해 있었다. 큰 이익을 노린 부패 정권이 산림을 무분별하게 개발하여 나무가 없는 메마른 땅으로 변하면서 사람들은 물 부족, 영양결핍, 가난으로 고통을 받고 있었다. 이러한 상황에 큰 충격을받은 그녀는 '그린벨트 운동'이라는 단체를 조직해 나무 심기 운동을 펼치면서 가난에서 벗어날 수 있는 방법, 여자들이 인간답게 사는 방법등을 교육하기 시작하였다. 이렇게 시작한 '그린벨트 운동'으로 왕가리 마타이의 일생은 고난과 영광으로 얼룩진 파란만장한 삶을 살아가게 된다.

그녀는 수의학 교수로 재직하던 1977년에 '그린벨트 운동'의 첫발을 내디뎠다. 숲을 조성함으로써 아프리카의 사막화를 방지하고 오랜 가난에서 벗어나자는 취지로 시작된 이 운동은 문맹의 농촌 여성들에게 나무심기의 중요성을 역설해 이들을 강력한 동지로 만들어 나갔다. 숲을 위해 싸우면서 다니엘 아랍 모이 정권 때 정부와 충돌하면서 감옥에 갇히기도 하였지만 어떠한 고난도 그녀의 의지를 꺾을 수 없었다.

그녀의 끝없는 투쟁은 결국 세계적인 관심을 불러일으켰고 케냐에서만 6,000개 이상의 여성단체들이 이 운동에 참여하게 되었다. '그린벨트 운동'은 케냐뿐 아니라, 아프리카 전역의 나무심기 운동을 이끌었다. 마타이가 세계적인 환경운동가로 알려지기 시작한 것은 이 무렵부터이다.

케냐가 영국을 상대로 무장독립투쟁을 벌일 당시에 마타이는 백인의 나라로 공부를 하러 갔다며 민족을 배반한 "민중의 적"으로 낙인찍혀 망치를 든 사람에게 테러를 당하기도 하였고, 일부 언론사 등의 비난으로 그린벨트 운동이 저지당하기도 했지만, 그녀는 뜻을 굽히지 않고 환경운동을 이어갔다.

마타이는 목적한 운동이 성공을 거두기 위해서는 주민 교육이 중요하다고 생각했다. '그린벨트 운동'은 지금도 지역마다 주민 20~30명을 하나의 행동단체로 만들고 현장 활동가 한 명을 붙여 각종 교육활동을 벌인다. 이런 형태의 그룹이 현재 케냐 전국에 5,000여 개에 달한다고 한다.

그녀는 환경운동뿐 아니라 인권과 민주화 운동에도 힘써 케냐 전국여성위원회 위원, 국제연합 사무총장 군축자문위원 등을 지냈다. 1998년에는 '2000년 연대'를 결성해 공동회장을 맡아서 아프리카 빈국의 이행 불가능한 채무를 2000년까지 탕감하고 서구 자본으로부터 아프리카 삼림이 강탈당하는 것을 막자는 운동을 펼쳤다.

그녀는 다니엘 아랍 모이 정권 때 공정한 선거의 요구와 부패 종식, 인종 정치 청산을 요구하다가 여러 차례의 수감 생활을 하였다. 마타이는 음와이 키바키가 대통령으로 당선된 2002년 총선에서 의원으로 선출되었으며 2003년부터 2011년까지 환경부, 천연자원부, 야생동물부 차관으로 근무했다.

마타이가 그린벨트 운동을 시작한 것은 무분별한 벌목 등으로 인해 훼손된 아프리카의 밀림을 되살리는 동시에, 가난한 여성들에게 일자리를 주자는 두 가지 목적에서였다. 이후 나무심기 운동에 전념해 1986년에는 범아프리카 그린벨트 네트워크로 확대하였고, 우간다·말라위·탄자니아·에티오피아 등에서도 성공을 거두었다.

마타이가 '그린벨트 운동'을 통해 2003년까지 아프리카 각지의 마을·학교·교회 등에 심은 나무만도 3,000만 그루가 넘는다. 2004년 10월에는 '그린벨트 운동'을 통해 생태적으로 가능한 아프리카의 사회·경제·문화적 발전을 촉진한 공로로 노벨평화상을 받았다. 그녀의 노벨상 수상은 아프리카 여성으로서는 처음이었다. 또한 노벨평화상이 대부분인권운동가나 반전운동가에게 수여되었다는 점에 비추어 여성 환경운동가의 수상은 여러모로 이례적이라는 반응이었다. 하지만 왕가리 마타이의 삶을 들여다본다면 그녀는 환경운동가로서만 평가할 수 없는 업적을 남긴 인물이다. 숲을 지키고 나무를 심는데 온 힘을 다한 '그린벨트 운동'이 창설되고 나서 2011년까지 아프리카 각 지역에 심은 나무는 4,000여 만 그루에 달한다. 초심을 잃지 않고 묵묵히 외길을 걸어온 마타이는 2011년 9월 25일 나이로비의 병원에서 암으로 이 세상과 작별하였다.

계양산을 지켜낸 사람들

계양산은 인천의 진산(鎭山)이다. 그런 산이 위락단지로 변하기 직전에 시민들의 끈질긴 노력으로 숲을 지켜내게 되었다. 이미 1990년대에도 계양산 골프장 건설 사업은 대양개발과 롯데그룹이 각각 추진하려다가 반대 여론에 밀려 무산된 적이 있었다.

그 후 잠잠하던 계양산 개발계획에 대한 소문이 다시 들려왔다. 계양산에 골프장을 비롯한 위락단지가 조성될 예정이라는 것이다. 그런 소문이 떠돌다가 마침내 2003년 3월 5일, 롯데그룹이 주민들을 모아놓고 골프장 건설계획 설명회를 열었다. 이에 대하여 인천시가 긍정적인 반응을 보인 것은 물론이고 호텔 건립 등 위락시설을 더 늘려줄 것을 롯데 측에 요청했다는 소식까지 설명회를 전후해 이곳저곳에서 떠돌았다.

이런 소식을 접한 인천녹색연합은 곧바로 골프장 건설이 부당함을 보도자료를 통해 알린 후, 2003년 3월 23일에 '계양산 골프장 건설 반대를 위한 시민걷기대회'를 개최했다. '계양산을 사랑하는 사람들의 모임'과 '인천의제21', '계양의제21' 등이 함께 참가한 시민 행사였다.

그 후 본격적인 개발 움직임이 드러나지 않는 상황이 한동안 지속됐다. 그러던 중, 2006년 지방선거가 끝난 후 롯데건설은 그해 5월에 목상동 산 37번지 일원의 나무 2천 그루를 아무런 절차를 거치지 않은 채 뽑아버렸다. 그리고 6월 30일, 인천시에 '2011 수도권 개발제한구역 관리계획(안)'을 제출했다.

그에 맞서서 인천녹색연합모임은 생태조사에 착수하였다. 그들은 '계양산 친구들'의 조사 결과에 의하여, 곤충으로는 쌍꼬리부전나비, 대모잠자리, 물장군 등 멸종위기종과 희귀종인 사마귀게거미가 서식하고 있었고, 총 509종의 곤충을 확인하였다. 그 중 반딧불이로는 애반딧불이, 파파리반딧불이, 늦반딧불이 3종을 관찰했다. 식물은 2004년 인천녹색연합 조사 결과 107과 332속 538종을 확인했으며, 이후 조사를 통해 총 608종을 확인했고 12곳의 군락지와 38그루의 노거수, 산림청지정 희귀식물인 깽깽이풀 서식지도 확인했다.

조류는 2011년부터 36개월 간 실시한 조사에서 총 62종이 확인되었는데 법정 보호종으로는 참매, 황조롱이, 솔부엉이, 말똥가리 등이 있다. 양서파충류는 멸종위기종인 맹꽁이와 한국 고유종인 한국산개구리를 포함해 양서류는 3목 6과 9종, 파충류는 1목 3과 7종을 확인했다. 이처럼 계양산은 인천시민들의 허파로 휴식 공간이며 생태 보고라는 것이 확인되었다.

계양산 골프장 건설 계획이 정식으로 추진되기 시작하자, 인천녹색연합의 신정은 활동가가 2006년 10월 26일 새벽, 목상동 숲에 있는 소나무에 올라가 12m의 높이에서 머물며 농성을 시작했다. 신씨는 56일

동안 나무 위에서 내려오지 않았다. 그 뒤를 이어 윤인중 목사가 나무 위에서 155일을 지냈다. 모두 210일 동안 진행된 나무 위 시위는 계양산 골프장 건설 저지 운동의 상징과 같은 사건이었다.

인천시민들은 겨울 한복판에 나무 위에서 밤을 지새우는 활동가의 목소리에 귀를 기울였고, 계양산을 지키려는 사람들이 나무 아래에 모여들었다. 나무 위 시위와 함께 2006년 11월 7일에는 시청 앞에서 천막 농성을 시작했고, 11월 23일에는 부평 롯데백화점에서 계산역까지 삼보일배를 진행했다. 이런 반대운동에도 불구하고 인천시 당국은 요지부동이었다.

2007년 8월 23일, 롯데건설이 제출한 '2011 수도권 개발제한구역 관리계획(안)'이 도시계획위원회를 통과했다. '계양산 골프장 저지 및 시민자연공원 추진 인천시민위원회'(이하 '인천시민위원회')는 골프장 건설이 계획대로 진행되는 분위기 속에서 2010년 6월 2일에 있을 제5회 전국동시지방선거를 주목했다.

계양산 골프장 건설을 반대하는 후보를 당선시키는 것이 문제를 돌파하는 가장 가능성이 있는 방법으로 보였다. 그래서 2010인천지방선거연대는 자치행정, 지역경제/일자리, 도시개발, 환경, 교육, 복지, 여성, 보건의료, 문화 등 9개 분야 88개 정책을 제시했다. 첫 번째 정책은 계양산 골프장 중단과 시민공원 조성이었고 계양산 골프장을 반대하는 시장과 구청장, 시의원이 당선되었다.

계양산 보전 활동은 시민들의 관심과 참여를 이끌어 내는 것이 중요했다. 2009년 겨울에는 회원, 시민들이 골프장 예정지 입목조사 허위조작을 밝히기 위해 계양산 북쪽 기슭의 눈을 발로 밟아 녹이기도 했다. 인천녹색연합은 그 동안 계양산에서 활동해 온 소모임들과 생태교육을 받은 시민들을 중심으로 계양산 생태모니터링 작업을 시작했다. 그 과정에서 2008년부터는 계양지역의 여러 단체와 '계양산 반딧불이 축제'도 열었다.

시민들의 끊임없는 노력에도 불구하고 상황은 별로 나아지지 않았다. 하지만, 2009년에도 계양산·경인운하 반대 촛불문화제, 계양산 롯데골프장 반대 2차 릴레이 100일 단식, 계양산 롯데골프장 저지 및 자연공원 조성을 위한 시민행동의 날 등을 전개하며 골프장 건설 저지를 위한 활동 등을 계속해 나갔다. 드디어 인천시민들의 피눈물 나는 노력이 열매를 맺어 2011년 6월, 인천시 도시계획위원회에서 '계양산 골프장 백지화'가 결정됐다.

PART 11

벌목을
줄이기
위한
대안

대마 재배

대마의 용도

대마는 삼이라고도 부르는 1년생 초본이며 종자로 번식하는 식물이
다. 줄기는 높이가 온대지방에선 3m, 열대지방에서는 6m까지 자란다.
곧게 자라고, 횡단면이 둔한 사각형이며 잔털이 있고, 속이 비어 있으
며 녹색이고 줄기 표면에는 세로로 골이 파인다. 윗 부분에서 가지가
갈라진다.

대마는 수천 년 전부터 인간과 친근한 식물이었다. 섬유질 줄기 때
문이다. 줄기 껍질 안쪽 인피부에는 튼튼한 섬유가 있는데, 단독으로
또는 아마나 면과 혼합하여 실을 짜 옷감을 만들 수 있다. 역사적으로
대마는 옷뿐만 아니라 종이의 중요한 재료로 쓰였다. 1840년대부터 나
무 펄프가 종이 재료로 사용되기 전에는 거의 모든 종이를 버려진 대
마 천으로 만들었다. 대마는 튼튼하고 지속 가능한 섬유질을 생산한
다. 용도는 밧줄, 종이, 직물, 코킹, 카펫, 캔버스 등 다양하다.

대마에서 인피부를 제거하면 남는 것은 씨앗과 속대다. 속대로는 섬

유판, 건축용 블록, 단열재, 석고, 치장 벽토 등 많은 제품을 만들 수 있다. 대마는 일년생 작물이기 때문에 생산량을 늘리려면 윤작이 가능하다. 그러나 여느 일년생 작물과 같은 정도의 경운은 필요치 않다. 서로 가까이 심어도 되며, 매우 빨리 자란다. 또한 엉겅퀴 같은 잡초를 자라지 못하게 하는 제초제 역할을 한다. 게다가 살충제도 필요 없다.

그러나 영양분이 풍부한 깊은 토양과 함께 꽤 많은 양의 물이 필요하며, 퇴화된 땅을 복원하는 데는 적합하지 않다. 대마의 환경적 이익은 높지만, 가격 경쟁력은 그렇지 않다.

대마를 잘 활용하면 재배에 대량의 화학물질과 화석연료에 크게 의존하는 목화를 대신할 수 있는 장점이 있다. 부드러운 촉감에서는 면에 비해 떨어지지만, 청바지, 재킷, 캔버스, 신발, 모자 등과 같은 일상 의류에 사용하면 세계 면화의 절반을 확실하게 대체할 수 있을 것이며, 탄소배출 감소에도 큰 기여를 할 수 있다. 섬유와 밧줄에 사용되는 유용한 섬유 부분인 인피부의 수확량은 헥타르 당 900~2,700킬로그램 정도로, 이는 면화의 수확량보다 많다.

대마는 환경오염을 일으키는 수많은 제품을 대체할 수 있다. 플라스틱을 생산하는 석유화학 산업은 자원이 한정되고 환경오염을 일으키는데, 삼은 그런 플라스틱의 대용품으로 유용하다. 비료나 제초제, 살충제가 없이도 빠르게 자라며, 온난한 시기에는 3개월 만에 최대 높이까지 성장하며 목화보다 4배나 튼튼한 섬유를 생산할 수 있다. 또한 주택용 절연제와 자동차 외장제에서 통기성이 뛰어난 의복까지 거의 모든 제품으로 가공될 수 있다. 대마는 연료뿐만 아니라 플라스틱, 직물, 건설자재, 그리고 무수한 분야에서 석유화학물질에 대한 우리의 의존도를 현저히 감소시켜 줄 수 있다.

이처럼 대마의 용도는 우리의 상상을 초월할 정도로 다양하다. 1938년에 《포퓰러미캐닉스》에 발표된 한 기사에 의하면, 미국에서 금지되기 전에 대마는 다이너마이트에서 셀로판에 이르기까지 2만 5,000종의 제품에 사용될 수 있는 작물이었다.

문제는 대마에 테트라하이드로카나비놀(THC)이라는 물질이 존재한다는 점이다. 그러나 모든 대마가 THC를 함유하고 있는 것은 아니다. 우리가 직물이나 종이를 만들기 위해 재배하는 대마에는 THC가 거의 검출되지 않는다.

대마의 새로운 용도는 계속 밝혀지고 있다. 예를 들어, 연료에서 발생하는 스모그를 제거하는 데도, 원자력을 대체할 수 있는 보다 깨끗한 에너지원으로도, 토양 속의 방사능 물질을 제거하는 데도 이용될 수 있고, 인간과 동물들의 영양가 높은 양식으로도 사용될 수 있다. 향정신성 작용이 없는 대마 추출물, 즉 캐너비디올(CBD)은 오늘날 미국의 유행병인 아편중독을 억제하는 데도 도움이 될 것으로 최근에 밝혀졌다.

대마는 제지용 펄프로 사용될 수 있기 때문에 종이 때문에 벌목되고 있는 숲을 엄청나게 보호할 수 있다. 미국 농무부에 따르면, 1에이커의 대마에서 생산되는 펄프의 양은 4.1에이커의 땅에서 나오는 나무 펄프와 맞먹는다고 한다. 그리고 1년에 2차례나 수확이 가능하다. 종이의 질도 나무로 만든 것보다 더 좋고 더 오래 간다고 한다.

1883년까지 전 세계 모든 종이 가운데 80~90%는 대마로 만들어졌다. 또 대마는 대부분의 직물, 비누, 연료, 섬유제품의 원료였다. 대마는 돛의 재료였기 때문에 해운업이 발달한 나라에서는 필수 자원이었다. 초기 미국에서 대마를 재배하지 않는 농가는 불법이었다. 1631년부터 1800년대 초까지 법정통화로 쓰였고 심지어 세금도 대마로 낼 수 있었다.

이렇게 다양한 용도를 가진 대마이지만 미국은 1938년에 모든 종류의 대마 재배를 금지했다. 그 후 거의 한 세기 동안 대마의 재배가 금지되어 왔다. 그러나 미국의 트럼프 대통령이 2018년에 '농업개선법'에 서명함으로써 전국적인 규모로 미국에서 대마의 재배가 합법화되었다.

대마가 퇴출된 이유

대마는 중독성이 있는 마리화나가 아니다. 그런데도 1930년대에 마리화나와 같은 종에 속한다는 이유로 재배가 금지 되었다. 그러한 조치로 경제적 이득을 얻을 수 있는 사람들이 있기 때문으로 추정된다. 그 당시 대마는 목재산업, 석유산업, 목화산업, 석유화학산업, 제약산업 등의 여러 종류의 산업과 경쟁적인 관계에 있었다.

신문 업계의 거물 윌리엄 랜돌프 허스트는 거대한 숲을 소유하고 있었고, 그 숲의 나무를 벌목하여 목재펄프 종이를 만드는데 이용하려 했다. 값싼 대마로 종이 생산이 계속된다면, 허스트의 숲에 대한 투자는 큰 손실을 가져올 게 분명하였다. 그는 그에 대한 타개책이 필요하였다. 그가 소유하고 있는 언론매체들에 가장 자주 등장한 사설과 기사 제목들은 '마리화나라는 광기'였다.

그 광기로 여론몰이를 하여 대마의 퇴출에 성공하였다. 또한 허스트는 제지 공정에서 사용되는 화학물질을 공급하는 뒤퐁 회사와 동맹관계를 맺었다. 뒤퐁은 나일론과 같은 석유 기반 섬유산업을 준비하고 있었다.

대마를 가공한 제품들은 석유산업 전체에 대해 위협적인 상품이었다. 헨리 포드는 처음에 자동차에 바이오 연료에서 추출한 알코올을 쓰려고 했지만, 알코올과 대마가 모두 금지되자 오늘날 자동차산업의 주류가 된 더럽고 비효율적인 화석연료로 바꿀 수밖에 없었다.

환경오염의 해결사, 대마

대마는 가장 효율적으로 대기 중의 이산화탄소를 바이오메스로 전환시킬 수 있다. 산업용 대마는 어떠한 숲이나 상업용 작물보다도 단위면적 당 더 많은 이산화탄소를 흡수한다고 밝혀졌고, 따라서 공기 중의 탄소를 감소시킬 이상적인 이산화탄소 흡수제가 될 수 있다. 또한 앞에서 말한 바와 같이 대마는 석유화학 물질에 대한 의존성을 해결해 줄 수 있는 작물이다.

대마 경작은 환경오염을 막을 수 있고 독성화학물질 사용 때문에 오랫동안 죽어 있었던 경작지를 재생시킬 수 있다. 살충제나 제초제가 없이도 잘 자랄 수 있기 때문에 토양의 생물다양성을 증진시킬 수 있다. 그리고 대마의 길고 곧은 뿌리는 흙을 붙잡고 습기를 땅속 깊은 곳까지 통과시킨다. 대마는 기존의 농경지에서 재배가 가능하고, 윤작재배가 가능하다. 그러면서 다음 차례 작물의 소출과 이익에도 긍정적인 영향을 끼칠 수 있다.

대마는 오늘날 1분에 트럭 한 대 분의 쓰레기가 되어 바다에 버려지고 있는 석유화학 물질, 즉 플라스틱을 대체함으로써 환경오염을 막을 수 있다. 매년 100만 마리의 바닷새들이 플라스틱을 삼켜서 죽어가고 있다. 커다란 플라스틱 조각들이 햇빛과 파도에 의해서 잘게 부서진 미세플라스틱과 목욕 세제와 세안제에 포함된 미세플라스틱 알갱이들은 '바다의 스모그'라고 불려지고 있다. 그것들은 물속의 독성물질을 흡수하고 먹이사슬로 들어가 결국은 인간의 몸으로 들어간다.

섬유산업은 독성물질을 대량으로 쏟아낸다. 섬유산업이 배출하는 오염물질의 양과 사용하는 물의 양은 농업 분야 다음으로 많다. 하지만 대마 재배에는 아주 적은 양의 물이 소모되며, 대마 섬유는 독성화학물질을 사용하지 않고 만들어질 수 있다.

화석연료를 태워서 발생하는 환경오염도 역시 대마로 감소시킬 수 있다. 대마는 환경오염을 일으키지 않는 청정 바이오연료로 사용될 수 있는데, 그 점에서 밀이나 옥수수보다 더 효율적이고 친환경적이다.

섬유용 작물인 면화는 모든 농작물의 2.5%에 해당하지만 연간 살충제 사용에서는 16%를 차지한다. 여기에 살충제 중독, 살충제 유발 질병, 합성비료와 제초제의 강도 높은 사용, 수질오염, 건조한 땅에서 관개에 의한 토양의 염류화 등으로 인한 사망자 2만 명까지 더하면 이 한 작물이 미치는 사회적 환경적 기후적 영향을 뼈저리게 느낄 수 있다. 전 세계 온실가스 배출의 거의 1%는 면화 생산에서 비롯된다. 흰색 면 셔츠는 36킬로그램의 이산화탄소를 배출한다.

대나무 활용

대나무의 특징

대나무는 죽순이 나오고 40일이 지나면 더 이상 자라지 않는다. 짧은 기간 안에 성장을 마치려면 죽순은 한눈팔지 않고 빨리 자라야 한다. 빨리 자라는 상위 10위권 안에 들어가는 식물 중 어느 것도 대나무를 만나면 감히 성장 속도를 자랑할 수 없다. 봄에 대나무 밭에 앉아 있으면, 죽순이 한 시간에 2.5센티미터 넘게 자라는 것을 볼 수 있다. 빨리 자라는 날은 하루에 90cm까지도 자란다. 우리나라에서 많이 자라는 왕대는 높이 20~30m, 지름 30cm까지 자라기도 한다.

특히 비 온 뒤에 엄청나게 빨리 자라기 때문에 '우후죽순(雨後竹筍)'이란 말이 있다. 우리가 먹는 죽순은 땅 속에 있거나 새벽에 갓 올라온 죽순인데 새벽에 갓 올라온 부드러운 죽순이 점심때엔 먹을 수 없을 정도로 질겨지고, 저녁엔 이미 1m 가까이 자라난다. 죽순은 훌륭한 음식의 재료로 이용할 수 있다. 죽순은 싹이 나오고 열흘 이내에 조리를 해야 먹을 수 있기 때문에 순(筍)에 열흘 순(旬)자가 들어갔다고 한다.

이처럼 빠르게 자라는 죽순의 성질을 이용해 중국과 일본, 남아시아 일대에서는 '대나무 고문'이라 하여 죽순 위에 사람을 묶어 놓고 날카로운 죽순대가 빠르게 자라면서 사람의 몸을 뚫고 지나가게 했다고 한다.

대나무는 완전한 나무도 아니고 풀도 아니다. 풀이 일생에 한 번 꽃을 피우고 모든 조직의 생장이 멈추는 것과 같이 대나무 역시 일생에 단 한 번 꽃을 피우고 조직은 사라진다. 영양조직이 생식조직으로 모두 바뀌는 것은 명백한 풀의 속성이다. 반면에 목질화된 단단한 줄기 조직을 가지고 있어 나무로도 볼 수 있다.

나무는 보통 30년 이상 자라야 성장이 멈추지만 대나무는 1년이면 다 자란다. 다음 해가 되면 뿌리에서 죽순이 땅을 뚫고 나와 새로운 대나무가 다시 뻗어 나간다. 이처럼 대나무는 왕성하게 한 해에 다 자라므로 다른 나무보다 30배 이상 빨리 자란다고 말할 수 있다. 대나무는 자란 후 3~4년 후가 벌채 적기이다. 대나무는 80~100년에 한 번 꽃을 피운다. 꽃을 피우면서 모든 에너지가 꽃과 열매로 전달되기 때문에 대나무 줄기는 말라 죽는다. 그런데 땅 속의 뿌리는 그대로 살아 있어서 새로운 생명으로 다시 태어나 지구를 지킨다. 꽃이 한 번 피고 나면 다음에 발아하여야 할 죽아의 90%가 영양결핍으로 죽어버린다.

대나무는 꽃이 필 때는 잎이 돋아나지 않는 특징이 있다. 잎이 나지 않은 대나무는 양분을 만들 수 없으므로 한 번 꽃을 피우고 나면 영양 상태가 극도로 나빠져 회복하는데 10년 이상의 긴 시간이 요구된다. 뿐만 아니라 이제까지 비축해 두었던 영양분의 90% 이상을 꽃 피우는데 소모한다. 그래서 누렇게 말라 죽고 한 참 지나고 나서 땅 밑 뿌리로부터 새로운 대나무가 자라기 시작한다.

기후위기 시대의 대나무

대나무는 플라스틱 제품이 등장하기 이전에는 천 가지 용도로 길러 온 작물이었다. 긴요한 생활용품과 가구의 재료로 때로는 건축자재 등으로 쓰이지 않는 데가 없을 정도로 다양하게 사용되었다. 그런 대나무가 요즘은 무용지물이 되어 옛 추억의 유물로 남아 있다. 그러나 이젠 다시 대나무가 우리의 실생활에 다시 복귀해야 한다. 기후위기와 환경오염을 해결하기 위해서다.

기후 위기는 벌목의 면적과 비례하여 정도가 심각해진다. 대나무는 종이 생산을 위한 벌목을 막을 수 있는 훌륭한 대안이 될 수 있다. 종이에 사용되는 펄프의 대체재로서 대나무는 기존 소나무 재배지보다 6배나 더 많은 펄프를 생산할 수 있다고 한다.

석유화학 제품이 등장하기 전 대나무는 가구와 생활 도구 제작에 빼어놓을 수 없는 기여를 하였다. 지구 온난화와 환경오염을 해결하는 데 있어서도 대나무는 뛰어난 능력을 가지고 있다. 대나무는 어떤 식물보다 공기에서 탄소를 신속하게 흡수하여 바이오메스와 토양에 빠르게 격리시키며, 악화된 토양에서도 잘 자랄 수 있는 생명력이 있다. 어떤 종들은 적절한 환경에서 수명이 다하기까지 헥타르 당 187~750톤에 달하는 탄소를 격리시킬 수 있다.

탄소 격리를 포함한 다목적 용도로 보면 대나무는 이 세상에서 가장 유용한 식물 중 하나 이다. 대나무의 탄소 영향은 제조 과정에서 온실가스를 많이 배출하는 면, 플라스틱, 강철, 알루미늄, 콘크리트와 같은 제품을 대체할 수 있기 때문에 더욱 가치가 높다고 할 수 있 다.

대나무를 비롯한 나무는 뿌리에 이산화탄소를 저장하며, 생장기 동안 쭉쭉 뻗어 나간다. 그런데 대나무는 같은 크기의 나무보다 훨씬 많은 이산화탄소를 저장하고 35%나 더 많은 산소를 내뿜어 낸다. 대나무는 생장기 동안 이산화탄소를 최대한 흡수하는 특징이 있다.

대나무는 성장과정에서 비료나 농약을 필요로 하지 않고 토양을 안정화하는 역할을 한다. 그리고 목재의 대체재로 쓰여 열대우림의 벌목도 줄여준다. 그중에서도 가장 중요한 기능을 꼽으라면 산업 재료로 다양하게 쓰일 수 있다는 점이다.

대나무의 목질은 강도가 높아 건축자재로 많이 사용된다. 대나무는 콘크리트의 압축 강도와 강철의 인장 강도를 갖고 있다. 프레임에서 바닥, 너와에 이르기까지 건축자재로 거의 모든 분야에서 다양하게 사용된다. 그 밖에도 가구, 자전거, 보트, 바구니, 직물, 숯, 바이오 연료, 동물 사료, 심지어 배관에도 사용된다.

대나무로 만든 몇 가지 유용한 제품을 보면 바닥재로 내구성이 좋고, 활엽수에서 나온 단단한 목재에 비해 비용 대비 효율이 높다. 대나무는 훌륭한 건축 자재로 지구에서 10억 명 이상의 인구가 대나무 집에서 살고 있다. 가정용품으로는 대나무가 나무보다 방수성이 좋고 쉽게 뒤틀리지 않는다. 그래서 도마, 숟가락, 그릇용으로 아주 훌륭하다. 대나무에서 걸러낸 섬유로 만든 대나무 종이와 수건은 최근에 등장한 고급 린넨 제품이다. 대나무 섬유질로 직물뿐만 아니라 부드러운 종이와 흡수력이 탁월한 고품질의 수건을 만들 수 있다.

이젠 대나무가 옛날의 명성을 되찾아야 한다. 다양한 용도로 사용되어야 한다. 그래야 기후위기를 해결할 수 있고 환경 오염도 막아주고 숲도 살릴 수 있는 길이기 때문이다.

바이오 에너지 작물

바이오 에너지 곡물

바이오에너지(bioenergy)는 나무, 작물, 해조류 같은 유기체나 음식물 쓰레기, 폐식용유 등의 유기성 폐기물을 연료로 이용해서 얻는 에너지를 말한다. 이러한 생물유기체로 만들어진 연료는 기존의 석유를 사용하는 엔진에 바로 사용할 수 있으며, 화석 연료보다 환경오염이 적고 에너지 효율이 높다. 그러나 여기에도 여러 가지 문제가 뒤따른다.

대규모의 바이오 에너지를 얻기 위해서 옥수수나 사탕수수 같이 빨리 자라는 농작물을 재배하려면 넓은 토지가 필요하다. 이를 위해 산림 훼손과 생태계 파괴가 일어날 수 있다. 그리고 화학 비료나 농약 살포로 인해 또 다른 환경오염이 발생할 수 있으며, 바이오 연료로 사용되는 곡물 수요를 높여 곡물 가격이 폭등하는 원인이 되기도 한다. 또한 옥수수나 수수 같은 일년생 작물을 경작하면 지하수가 고갈되고 침식(浸蝕)이 발생하며, 비료를 주고 장비를 투입하는데 많은 에너지가 투입된다.

지구상에서 바이오 연료의 상당 부분을 세 곳에서 주로 생산하고 사용한다. 미국에서는 옥수수에 기반한 에타놀을, 브라질에서는 사탕수수에 기반한 에탄올을, 유럽연합은 대두와 카놀라 원료의 바이오디젤을 생산한다.

1kg의 바이오 연료를 생산하려면 20kg의 사탕수수가 필요한데, 이런 전환에 옥수수와 대두 역시 마찬가지 상황이다. 오늘날 지구상에서 생산되는 곡류의 20%가 바이오 연료로 사용되고 있다. 옥수수를 재배하여 바이오 연료를 얻는 과정을 보면 에너지 효율 면에서 상당한 단점이 있다. 실제로 빛으로부터 유용한 저장 에너지를 얻어내는 효율성은 1%에 지나지 않는다. 이러한 부작용을 해결해 줄 수 있는 다른 방법이 있다. 다년생 작물 또는 단벌기(Short-Rotation, 짧은 회전) 목본 작물이 그 대안이다.

다년생 작물과 단벌기 목본 작물

일년생 식물에 비해서 다년생 식물은 영양분의 유출이나 토양침식을 유발하지 않고, 합성비료 살포도 필요하지 않고 디젤 연료를 사용하는 장비의 도움이 없이도 스스로 잘 자랄 수 있다. 큰개기장, 억새 속 식물과 같은 다년생 초본식물은 이식이 필요해지기 전에 5~10년 간 수확할 수 있고, 더 작은 양의 물과 노동력으로 재배가 가능하다. 다년생 바이오에너지 작물은 적절히 재배하면 옥수수 에타놀에 비해 온실가스 배출량을 85% 줄일 수 있다.

지팽이풀, 수크렁, 기간테우스억새는 식량 작물보다 물과 영양분이 적게 드는 튼튼한 초본식물로 씨를 뿌리지 않고 해마다 수확할 수 있다. 미루나무, 버드나무, 유칼립투스, 아까시나무와 같은 짧은 회전 목본 작물의 수명은 20~30년이다. 이러한 작물들은 저목림 작업이라고 하는 과정을 통해 수확된다. 저목림 작업은 작물을 지면 가까이서 자르는 방식을 말하는데 그러면 빠른 성장이 반복해서 이어진다. 이들은 황폐한 땅에서 자랄 수 있는 유력한 후보이다.

짧은 회전 임업(SRF, short rotation forestry)은 8년에서 20년 사이에 경제적으로 최적의 성장을 달성하는 속성수를 재배하는 임업이다. 사용 될 품종은 이 기준에 따라 선택되며 오리나무, 물푸레나무, 남부 너도밤나무, 자작나무, 유칼립투스, 포플러, 버드나무, 새로운 품종의 오동나무, 종이 뽕나무, 호주 블랙 우드 및 플라타너스를 포함한다.

토양, 탄소, 그리고 비용에서 중요한 차이를 만드는 것은 다년생 곡물과 작물이다. 다년생 작물은 토양을 망가뜨리지 않기 때문에 어떤 농업 시스템에서도 탄소를 격리시키는 가장 효과적인 방법이다.

인간중심주의에서 생태중심주의로

　모든 식물들은 땅에 뿌리를 박은 채로 이동하지 않고 한 곳을 평생 지키면서 각각의 특성대로 살아간다. 그것을 식물 중심주의라고 부른 다면, 동물 종도 각각 자기 종족의 번성을 위하여 나름의 종족 중심주의로 살아가고 있다. 태생이 그렇기 때문에 어쩔 수 없는 일이다. 생존을 위한 방법일 뿐이다.

　따라서 인간이 인간중심주의로 사는 것도 당연한 일이다. 그렇다고 해서 인간중심주의가 과도하게 다른 생명체를 괴롭히거나 생태계를 파괴하여 자신들의 생존을 위한 토대마저도 위태롭게 한다면 그것은 진정한 인간중심주의가 아니다. 그 결과가 인간 스스로를 해치고 자멸로 이어지게 한다면 그것은 인간중심주의가 아니라 인간 파괴주의이며 생태파멸주의라고 불러야 마땅하다.

　현재 벌어지고 있는 숲 파괴와 생태위기의 밑바닥에는 인간중심주의가 자리 잡고 있다. 인간이 '만물의 영장'이고 '만물의 척도'라는 아주 위험한 발상 때문이다. 현재의 인간 중심주의는 다른 생물종의 안녕과 생존은 관심의 대상이 아니고 오직 인간의 번영에만 초점이 맞춰져 있다.

그러한 사상의 밑바탕에는 생존을 목적으로 하는 인간중심주의가 아니라, 욕망 충족의 무한 확장 의도가 꿈틀거리고 있다. 그 결과는 기후위기와 환경파괴이다. 생태계 파괴의 과보는 행위의 당사자가 받는 게 아니고 다른 생물종과 후손이 받게 되는 특징이 있다. 그렇다면 생태적 측면에서 본 인간중심주의는 파렴치한 사상이다.

억지를 부리는 것도 정도에 지나치면 안된다. 생명의 존엄성을 염두에 두지 않는 인간중심주의는 인간을 야금야금 자멸의 길로 내몬다. 생명의 존엄성은 생태계를 지속 가능하게 하는 바탕이기 때문이다. 참된 인간중심주의는 인간의 미래를 보장할 수 있어야 한다.

그런 면에서 보면 모든 생명체가 평화를 누리면서 안정적인 생태계를 유지할 수 있는 생태중심주의가 진정한 인간중심주의일 수 있다. 인간이 개입하지 않는 한 생태계에서 다른 생물종은 지구 생태계를 교란하는 행위에 발을 들여놓지 않는다.

지금까지는 인간이 지구의 모든 자원을 마음껏 이용할 수 있고 그로 인해 발생하는 부작용은 인간의 뛰어난 이성이 이끄는 과학기술을 이용하여 쉽게 해결할 수 있을 것으로 생각하였다. 그러나 그것이 인간의 무모한 환상이었고 착각이었다는 것을 오늘날의 기후위기나 환경오염은 우리에게 알려주고 있다.

지구 생태계는 절대 강자를 인정하지 않는다. 그러나 인간은 절대 강자로 군림하려는 어리석음을 범하고 있다. 아직도 그런 착각에서 벗어나지 못하고 있다. 마치 지구를 정복한 점령군처럼 마음대로 행동을 하고 있다. 그 결과가 바로 오늘날의 생태위기로 다가왔다.

그러나 인간의 생태윤리적 무감각증은 아직도 계속되고 있다. 선진국에서는 인구가 줄어든다고 땅이 꺼지게 걱정하고 있다. 그러나 과도한 인구 증가는 환경의 적이다. 지구의 재앙이다. 인간의 의식주 생활은 생태계에 부담을 주기 때문이다. 불과 100년 전만 해도 지구 인구는 지금의 절반에 훨씬 미치지 못했다. 지난 100년 사이에 지구 환경이 급격히 나빠졌다면 그 이전의 인구로 되돌아가야 한다. 인구 증가는 환경 악화의 출발점이다.

암세포처럼 증식해 가는 인구와 육식을 위한 축산업으로 지구의 생태계가 망가져 가고 있다. 인구 증가는 자연적인 현상이 아니다. 인위적인 원인이다.

치매 걸린 환자가 자기의 병을 인지하지 못하듯이 인간은 스스로의 과도한 욕망이 지구환경을 악화시킨다는 사실을 인식하지 못하고 있다. 소비주의라는 중병에서 헤어나지 못하고 있다. 인간중심주의와 소비주의의 철옹성을 탈출해야 한다. 생명존중의 불살생 정신으로 무장해야 한다.

숲을 살리고 생태계를 활기차게 만드는 생명 존중 사상이 우리의 일상생활에 적용되어야 한다. 인간의 무한 번영을 위해서 타 생물종의 생존권을 박탈할 권리가 인간에게 있는 것인가 다시 생각해 보아야 한다. 자연의 도구적 가치에 기반을 두는 인간 중심의 환경윤리는 더 이상 윤리가 아니고 생태윤리적 죄악일 뿐이다.

대지의 주인이 누구인지를 다시 생각해야 한다. 지구 생태계는 어떤 특정 생물종이 소유권을 주장할 수 없는 상호의존적 산물이다. 자식이나 후손에서 더 나아가 모든 생명체들이 공유해야 할 대지이고 자연이다. 자연은 인간의 생존만을 위한 자원이 아니라 우리 생명의 근원이고 우리의 모태이다.

자연은 인간이 추구하는 고도의 과학 문명을 원하지 않는다. 자연을 아끼고 사랑하는데 많은 지식이 필요하지 않다. 내가 먹는 물이 어디서 왔는지 음식물이 어떻게 해서 내 입까지 도달하게 되었는지 내가 숨 쉬는 공기가 어떻게 해서 만들어졌는지 모르는 사람은 아무도 없다. 자연을 있는 그대로 보아야 한다.

자연은 인간의 탐욕을 만족시키기 위한 자원 공급처가 아니다. 종이는 단순히 인간의 문화생활을 편리하게 해주는 대상이 아니라 나무를 살해해서 만든 결과물이다. 달걀은 단백질이 풍부한 완전식품이 아니라 인간이 강탈한 닭의 후손이다. 우리가 몸에 좋다고 먹는 꿀은 벌이 애써 모은 겨울을 나기 위한 생존의 양식이다.

우리가 함부로 소비하다가 남으면 버려도 되는 일용품과 식료품은 없다. 욕망의 절제가 미덕인 이유이다. 자연을 훼손하는 행위는 결국은 자기학대 행위이다. 이젠 지구라는 행성을 인간의 왕국에서 생태의 왕국으로 전환시켜야 한다.

벌목을 줄이기 위한 첫 삽은 우리의 사고 전환이다. 인간중심주의를 버리고 생태중심주의로 나아가야 한다. 그것이 인류의 생존을 보장할 수 있는 진정한 인간 중심주의이다.

나무를 대하는 태도가 인류의 미래를 결정한다.
인간이 나무를 살리면 나무가 인간을 살린다.

식사기도

지금 받은 이 음식에
한없는 자연의 은혜와
수없는 생명의 희생과
수많은 사람의 노고가

배어 있음을 알고 고맙게 먹겠습니다.

지구 살리기 운동

행동지침

나부터
지금부터
작은 일부터

고정희, 『식물, 세상의 은밀한 지배자』(나무도시, 2012)

공우석, 『숲이 사라질 때』(이다북스, 2021)

김성수 외 7인, 『희망의 숲』(위즈덤하우스, 2005)

김재웅, 『나무로 읽는 삼국유사』(마인드큐브, 2019)

김준하, 『새로운 기회와 도전 기후변화』(도서출판 씨아이알, 2017)

김해원, 『한지, 천년의 비밀을 밝혀라』(해와 나무, 2004)

남성현, 『위기의 지구, 물러설 곳 없는 인간』(21세기북스, 2020)

Green Patiot Working Group/국가지속발전위원회, 『지구온난화를 막는 50가지 방법(환경재단)』
(도요새, 2009)

동국대학교 생태환경연구센터, 『생명의 이해』(동국대학교출판부, 2011)

남궁 선, 『불교로 바라본 생태철학』(민족사, 2017)

도쿠무라 아키라/소진열, 『숲에서 배우다』(고인돌, 2013)

데이비드 조지 해스컬/노승영, 『숲에서 우주를 보다』(에이도스, 2014)

디나르 고드레지/김민정, 『기후변화, 지구의 미래에 희망은 있는가?』 (도서출판 이후, 2007)

디르크 브로크만/강민경, 『자연은 협력한다』(학산문화사, 2022)

이상희, 『꽃으로 보는 한국문화3』(도서출판 넥서스, 1998)

전영우, 『숲 보기, 읽기, 담기』(현암사, 2011)

전영우, 『숲과 한국문화』(수문출판사, 1999)158

최원오, 『한국신화2, 인간적인 너무나 인간적인』(여름언덕, 2005)87~94, 161~201

레스터 브라운/고은주, 『지구의 딜레마』(도서출판 도요새, 2007)

마리아 로데일/장호연, 『유기농 선언』(도서출판 백년후, 2011)

마빈 해리스/서진영, 『음식문화의 수수께끼』(한길사, 1992)

불교문화연구원, 『자연, 환경인가 주체인가』(불교문화연구원, 2003)

클리이브 폰팅/이진아 · 김정민, 『녹색세계사』(민음사, 2019)

월드워치연구소 엮음/이종욱 · 황의방 · 정석민, 『지속가능성을 위한 거버넌스』(환경재단 도요새, 2014)

이노우에 신이치(井上信一)/박경준, 『지구를 구하는 경제학』(우리출판사, 2008)

이나가키 히데히로/김소영, 『…식물학이야기』(도서출판 더숲, 2023)

김신자, 『오래된 지혜』(도서출판 이크로스, 2010)

김옥현, 『2℃』(산지니, 2018—)

김욱동, 『생태학적 상상력』(나무심는 사람, 2003)

데이비드 드 로스차일드/환경운동연합, 『뜨거운 지구에서 살아남는 유쾌한 생활습관 77』(추수밭, 2008)

데이비드 아널드/서미석, 『인간과 환경의 문명사』(도서출판 한길사, 2006)

수잔 시마드/김다히, 『어머니 나무를 찾아서』(시이언스북스, 2023)

슈테판 람슈토르프 · 캐서린 리처드슨/오철우, 『바다의 미래, 어떠한 위험에 처해 있는가』(도서출판 길, 2012)

알도레오폴드/송명규, 『모래 군의 열두 달』(도서출판 따님, 2000)

에드워드 윌슨/전방욱, 『생명의 미래』(사이언스북스, 2005)

박재완, 『산사로 가는 길』(연암서가, 2016)

박헌렬, 『지구 온난화, 그 영향과 예방』(우용출판사,2003)

반다나 시바/한재각 외, 『자연과 지식의 약탈자들』(도서출판 당대, 2001)

신기해, 『쓰레기 반장과 지렁이박사』(키위북스, 2016)

신영복, 『나무야 나무야』(돌베게, 2013)

차윤정, 『나무의 죽음』(웅진씽크빅, 2007)

차윤정, 『우리숲 산책』(웅진닷컴, 2002)

차윤정, 『숲의 생활사』(웅진닷컴, 2004)

차윤정, 『신갈나무 투쟁기』(지성사, 1993)

캐롤린 스틸/홍신영, 『어떻게 먹을 것인가』(메디치미대어,2022)

타일러 라쉬, 『두 번째 지구는 없다』(알에이취코리아, 2020)

틱 낫한/류시화, 『평화로움』(열림원, 2002)

한영미, 『한지에 피어난 꿈』(개암나무, 2014)

한스외르크 퀴스터/이수영, 『숲의 역사』(돌배나무,2021)

헨리 데이빗 소로우/강승영, 『월든』(이레, 2009)

헨리 데이빗 소로우/김은주, 『자연과 더불어 사는 즐거움』(기원전, 2003)

호프 자런/김은령, 『나는 풍요로웠고 지구는 달라졌다』(김영사, 2020)

요제프 H. 라이히홀프/조홍섭, 『생물 다양성, 얼마나 더 희생해야 하는가』(도서출판 길, 2012)

왕가리 마타이/이혜경, 『검은 대륙의 초록 희망』(책씨, 2005)

왕가리 마타이/ 최재경, 『위대한 희망』 (김영사, 2011)14

우종영, 『나는 나무에게서 인생을 배웠다』(메이븐, 2019)

유영초, 『숲에서 길을 묻다』(한얼미디어, 2005)

윤상욱, 『숲과 나무와 문화』(문음사, 2012)

이가원, 허경진 옮김, 『연암 박지원 소설집』(서해문집, 2007)

이병욱, 『불교사회사상의 이해』(운주사, 2016)

임경빈, 『나무백과(6)』(일지사, 2002)

임경빈, 『우리숲의 문화』(광림공사, 1993)

이우상, 『숲에는 갈등이 없다』(아름다운 인연, 2012)

오세창 · 안세희 · 한규성, 『생활속의 나무이야기』(선진문화사, 2008)

송흥선, 『한국의 나무문화』(문예산책, 1996)

소웅영 · 윤실, 『은행나무의 과학 · 문화 · 신비』(전파과학사, 2012)

수잔네 파울젠/김숙희, 『식물은 우리에게 무엇인가』(도서출판 풀빛, 2002)

신준환, 『다시, 나무를 보다』((주)알에이치코리아, 2014)

신준환, 『행복한 나무』(지오북, 2018)

대니얼 샤모비츠/이지윤, 『식물은 알고 있다』(도서출판 다른, 2013)

대니얼 샤모비츠/권애리, 『식물의 감각법』(도서출판 다른, 2019)

장일순, 『나락 한 알 속의 우주』(녹색평론사, 1997)

제랄딘 맥커린/최인자, 『길가메시』(웅진씽크빅,2006)

제레미 리프킨/신현승, 『육식의 종말』(시공사, 2002)

조안 말루프/주혜명, 『나무를 안아 보았나요』(아르고스, 2005)

박경준, 『불교사회경제 사상』(동국대학교출판부, 2010)

글 박영하 · 사진 제갈영, 『우리나라 나무 이야기』 (이비컴, 2004)

박종무, 『모든 생명은 서로 돕는다』(도서출판 리수, 2014)

고규홍 글/김상철 사진, 『이 땅의 큰나무』(눌와, 2003)

이유미, 『광릉 숲에서 보내는 편지』(지오북, 2004)

자크 브로스/주황은, 『나무의 신화 』(이학사, 1998)

야스민 · 미하엘 라이트/박원영, 『나무의 힘』(태동출판사, 2003)

카르멘 유엔/강태헌, 『붓다의 밥상』(파피에, 2007)

페터 볼레벤/강영옥, 『자연의 비밀 네트워크』(더숲,2020)

피터 싱어/김성한, 『동물해방』(연암서가, 2012)

하워드 F. 리먼(Howard F. Lyman)/김이숙, 『나는 왜 채식주의자가 되었는가 』(서울, 문예출판사.

2004)

한국도로공사 전북본부, 『전주수목원』(신아출판사, 2019)

한국불교 환경교육원 엮음, 『동양사상과 환경문제』(모색, 1996)

한국역사학연구회, 『조선시대 사람들은 어떻게 살았을까』(청년사, 1996)

황성수, 『현미밥 채식』(페가수스, 2020)

위베르 앙시웅 · 스테파니 벨랑제/권지현, 『마지막 나무가 사라진 후에야』(흐름출판, 2012)

오용성, 『나무의 이해』(영남대학교 출판부, 2011)32

유정길, 『생태사회와 녹색불교』(아름다운인연,2013)

유정길, 『거룩한 불편』(모과나무, 2025)

멘디하기스/이경아, 『종이로 사라지는 숲이야기』(상상의 숲, 2009)

마이클 폴란/조윤정, 『미이클폴란의 행복한 밥상』(다른 세상, 2009)

마이클 폴란/이경식, 『욕망하는 식물』(황소자리,2011)

마이클 폴란/조윤정, 『잡식동물의 딜레마』(다른세상, 2008)

마하트마 간디/김태언, 『마을이 세계를 구한다』(녹색색평론사, 2006)71

탁광일, 전영우 외 21인 『숲이 희망이다』(책씨, 2004),

남효창, 『나는 매일 숲으로 출근한다』(청림출판, 2012)

남효창, 『나무와 숲』(계명사, 2008)4쪽

위무량, 『숲이야기』(일진사, 2007)28

김성훈, 『민족의 얼이 서린 숲과 나무』(대한P&D, 2006), 31

린다 리어/김홍옥, 『레이첼 카슨 평전』(샨티, 2004)

박상진, 『역사가 새겨진 나무이야기』(김영사, 2004)

장도곤, 『예수 중심의 생태신학』(대한기독교서회, 2002)

제이슨 히켈/김민우, 민정희, 『적을수록 풍요롭다』(창비,2021)

제인구달/김은영, 『희망의 밥상』(사이언스 북스, 2006)

전영우, 『우리가 정말 알아야 할 우리 소나무』(현암사, 2004)5

정인석, 『인간중심 자연관의 극복』(나노미디어, 2005)

조용훈, 『기독교환경윤리의 실천과제』(대한기독교서회, 1997)

조용훈, 『동서양의 자연관과 기독교환경윤리』(대한기독교서회, 2002)

차윤정 · 전승훈, 『숲 생태학 강의』(상지사, 2009)

최진우, 『숲이라는 세계』(리마인드, 2024)

최현민 외 6인, 『불교와 그리스도교의 생태영성』(운주사, 2013)

코린 맥러플린·고든 데이비드슨/황대권, 『더 나은 삶을 향한 공동체』(생각비행, 2015)

프롬(E. Fromm)/장성환, 『소유냐 삶이냐』(흥신문화사, 2011)──쪽구름도서관

폴 호컨/이현수, 『플랜 드로다운』(글항아리, 2019)

요르겐 랜더스(Jorgen Randers)/ 김태훈, 더 나은 미래는 쉽게 오지 않는다. (생각연구소 : 한국물가정보원, 2013)1~552.

피터 싱어·짐 메이슨/함규진, 『죽음의 밥상』((주)웅진씽크빅, 2008)

현진, 『오늘이 전부다』(클리어마인드, 2009)

황대권, 『야생초 편지』(도서출판 도솔, 2002)

글 박영하, 사진 제갈영, 『우리나라 나무 이야기』(이비컴, 2004)

후쿠오카 신이치/김소연, 《생물과 무생물 사이》(은행나무, 2013)

쥘 미슐레/정진국, 《마녀》(봄아필, 2012)

황윤, 『사랑할까, 먹을까』(한겨레출판, 2018)